A Garota dos Pés de Vidro

A Garota dos Pés de Vidro

ALI SHAW

Tradução
Santiago Nazarian

LeYa

Título original: *The girl with glass feet*

Diretor editorial: Pascoal Soto
Editora: Mariana Rolier
Produção editorial: Suria Scapin

Preparação de texto: Tulio Kawata
Revisão: Luiz Carlos Cardoso
Diagramação: S4 Editorial
Adaptação de capa: S4 Editorial

DADOS INTERNACIONAIS DE CATALOGAÇÃO NA PUBLICAÇÃO (CIP-BRASIL)
Ficha catalográfica elaborada por Oficina Miríade, RJ, Brasil.

S534 Shaw, Ali, 1982-
A garota dos pés de vidro / Ali Shaw ; tradução: Santiago Nazarian. – São Paulo : Leya, 2010.
288 p.:

Tradução de: *The girl with glass feet*
ISBN 978-85-62936-42-5

1. Literatura inglesa. 2. Ficção inglesa. 3. Romance. I. Título.

10-0031 CDD 823

TEXTO EDITORES LTDA.
[Uma editora do grupo Leya]
Av. Angélica, 2163 – Conj. 175/178
01227-200 – Santa Cecília – São Paulo – SP
www.leya.com

Agradecimentos

Sou grato a toda a boa gente que me ajudou durante o percurso para escrever *A garota dos pés de vidro*. Devo agradecer a vários amigos que leram e releram rascunhos e deram sua opinião sincera, ou simplesmente entenderam por que eu não saía para brincar em dias de sol. Obrigado também a Jan e Malcolm Shaw por seu querido apoio, e a todos em Lancaster por viver com a ideia em seu estágio mais inicial, e a Ed Jasper por ficar com ela.

Estou especialmente em dívida com duas pessoas que entenderam o livro instintivamente, e então trabalharam duro para vê-lo publicado: Sue Armstrong, por permanecer dedicada à ideia, e Sarah Castleton, por seu perfeito equilíbrio de entusiasmo e sábia edição.

Finalmente, amor infinito e obrigado a Iona, que escutou cada palavra infinitas vezes. Escrever é como mergulhar – obrigado por estar lá quando eu voltei à tona.

1

Naquele inverno, houve relatos nos jornais de um *iceberg* do tamanho de um galeão flutuando num ranger majestoso pelos penhascos de St. Hauda's Land, de um porco que fungava levando andarilhos perdidos dos morros para o precipício abaixo de Lomdendol Tor, de um espantado ornitologista contando cinco corvos albinos numa revoada de duzentos. Mas Midas Crook não lia os jornais, apenas olhava as fotografias.

Naquele inverno, Midas via fotos por todos os cantos. Elas assombravam os bosques e o espreitavam no final de ruas desertas. Era tamanha a quantidade que, quando ele se arrumava para capturar uma, a segunda cruzava sua mira e, seguindo-a, ele avistava uma terceira.

Um dia, na metade de dezembro, ele buscava fotos numa parte dos bosques perto de Ettinsford. Era uma tarde em que escurecia com os raios finais de luz passando entre as árvores, dançando pela terra como holofotes à busca de algo. Ele deixou a trilha para seguir um desses raios. Gravetos estalavam sob seus sapatos. Um pássaro guinchando saltitou para longe sobre as folhas. Os galhos balançavam e estalavam uns contra os outros sobre sua cabeça, cortando através dos raios. Ele manteve a busca, seguindo por uma trilha de sombras.

Seu pai certa vez lhe contou uma lenda: viajantes solitários em trilhas tomadas pela vegetação percebiam um brilho de formas humanas como um vulto entre as árvores ou nadando num lago parado. E algo, algum impulso vindo do âmago, iria fazer os viajantes sair da trilha em busca daquilo, para o labirinto das árvores ou as águas profundas. Quando o alcançavam, ele tomava forma. Às vezes formava uma flor com pétalas fluorescentes. Às vezes formava um pássaro de faíscas cujas penas do rabo soltavam brasas. Às vezes tomava a forma de uma pessoa e eles achavam que viam, sob uma nuvem como um véu sobre o rosto, os traços de um ente querido havia muito falecido. A luz sempre ficava cada vez mais brilhante até que – num flash – os viajantes eram cegados. O pai de Midas não precisou se deter muito no que acontecia com eles depois disso, perdidos e sozinhos no frio do bosque.

Não fazia sentido, claro, como tudo o que seu pai dizia. Mas a luz era mágica, tornando viva a terra insípida. Um feixe dela contra um tronco de árvore, clareando o amarelo rachado da casca. Seduzido, Midas se aproximou e a capturou com a câmera antes que voltasse ao solo. Uma rápida olhada em sua tela prometia uma bela foto, mas ele estava ávido por mais. Outro feixe acendeu arbustos em frente. Dava às amoras um vermelho incisivo, as folhas venenosamente verdes. Ele fotografou, e se apressou para outro feixe que corria através da vegetação rasteira. Seguia em seu próprio ritmo, enquanto Midas tropeçava em raízes e perfurava os tornozelos em ramos de espinhos. Ele seguiu até as margens do bosque e continuou em campo aberto, onde o cerrado se tornava uma descida para longe, em direção a um rio. Corvos giravam no céu em seus trapos oleosos. Uma água não visível borbulhava por perto, formando uma poça negra no fundo do declive. Sobre a poça, o raio de luz repousava como uma fita dourada. Midas desceu o barranco para pegá-lo, com os pés derrapando no solo úmido e o ar frio penetrando em seus pulmões enquanto cambaleava pela última distância, descendo à margem. Uma camada de gelo rendado cobria a água e impedia reflexos, então tudo o que ele podia ver da poça era a escuridão. O raio havia sumido. As nuvens se aglutinaram rápido demais. Ele estava ofegante, segurando a cabeça entre mãos e joelhos. Seu hálito perdurava no ar.

"Tudo bem com você?"

Ele se virou e sentiu o pé deslizar na terra. Caiu à frente e cambaleou novamente, com mãos sujas e manchas frias de lama em seus joelhos. Uma garota estava sentada, tranquila, numa rocha lisa. Por algum motivo, ele não a havia visto. Ela parecia ter saído de um filme dos anos cinquenta. A pele clara e o cabelo loiro eram tão pálidos que pareciam monocromáticos. Seu longo casaco estava amarrado na cintura por um cinto de tecido. Ela era provavelmente alguns anos mais nova do que ele, com vinte e poucos e usava um chapéu branco combinando com as luvas.

"Desculpe se te assustei", ela disse.

As íris dos olhos dela eram de um cinza-titânio, seu traço mais marcante. Seus lábios não tinham nada de especial e suas bochechas eram normais. Mas seus *olhos*... Ele percebeu que os estava encarando e rapidamente afastou o olhar.

Virou-se para a água à procura da luz. Do outro lado havia um campo marcado por uma cerca com arame farpado. Um felpudo carneiro cinza estava lá, com chifres como caracóis, olhando para o espaço. Depois disso, o bosque começava novamente, sem sinal de uma casa de fazenda no campo do carneiro. Não havia sinal algum da luz.

"Tem *certeza* de que está tudo bem? Perdeu alguma coisa?"

"Luz."

Ele se virou de volta para a garota, querendo saber se ela poderia ter visto. Estava na rocha a seu lado, irradiando através de um buraco nas nuvens.

"*Psiu!*" Ele gastou meio segundo mirando, então tirou a foto.

"O que está fazendo?"

Midas examinou a imagem na tela da câmera. Uma boa foto, pode-se dizer. Metade da pedra da menina estava manchada de uma sombra ramificada de árvore, a outra metade tornada uma porção de âmbar brilhante. Mas espere... Examinando melhor, ele havia estragado a composição, cortado a ponta das suas botas. Ele se aproximou da tela. Não fora à toa que cometera o erro; os pés da menina estavam juntinhos num par de botas vários números maior do que devia ser o dela. As botas estavam cobertas de laços e fivelas, como uma camisa de força. E havia uma bengala em seu colo.

"Ainda estou aqui, sabe?"

Ele levantou o olhar, assustado.

"E perguntei o que está fazendo."

"O quê?"

"Você é fotógrafo?"

"Sim."

"Profissional?"

"Não."

"Amador?"

Ele franziu a testa.

"Você é um fotógrafo desempregado?"

Ele abanou as mãos num gesto vago. Essa pergunta complicada o preocupava com frequência. O que as outras pessoas não conseguiam perceber é que a fotografia não era um trabalho, um *hobby* ou uma obsessão; era simplesmente tão fundamental para sua interpretação do mundo como o efeito da luz mergulhando em sua retina.

"Eu lido com fotografia", ele murmurou.

Ela levantou uma sobrancelha. "É falta de educação fotografar as pessoas sem o consentimento delas. Não é todo mundo que gosta."

O carneiro roncou em seu campo.

Ela prosseguiu: "Mas, enfim, posso ver? A foto que você tirou de mim."

Midas timidamente estendeu a câmera, inclinando-a levemente em direção a ela.

"Na verdade", ele explicou, "hum, não é uma foto sua. Se fosse, eu teria enquadrado diferente. Eu não teria cortado a ponta de suas... botas. E teria pedido sua permissão."

"Então é uma foto do quê?"

Ele deu de ombros: "Pode-se dizer que é da luz".

"Posso olhar mais de perto?"

Antes de ele ter a chance de pensar numa maneira de dizer não, não realmente, na verdade não – ele não ficava confortável com outras pessoas vendo seu trabalho –, ela se esticou e pegou a câmera. A alça ainda presa no pescoço o forçou a se aproximar insuportavelmente dela. Ele recuou esperando, se inclinando para trás para manter-se o máximo que pudesse longe dela. Os olhos de Midas se voltaram para as botas da garota. Essas não eram apenas grandes. Eram enormes para uma pessoa tão magra. Chegavam quase aos joelhos.

"Deus, eu estou péssima. Tão sombria!" Ela suspirou e soltou a câmera. Midas se endireitou e deu um passo aliviado para trás, ainda olhando para as botas dela.

"Eram do meu pai. Ele era policial. São feitas para andar na lama."

"Oh, ah..."

"Aqui", ela abriu a bolsa e tirou a carteira, que tinha um pedaço de foto amassada mostrando-a de bermuda *jeans*, camiseta amarela e óculos escuros. Estava numa praia que Midas reconhecia.

"É Shalhem Bay", ele disse, "perto de Gurmton."

"Verão passado. A última vez que vim para St. Hauda's Land."

Ela passou a foto para ele olhar mais de perto. Nela, a pele estava bronzeada e o cabelo era de um loiro queimado. Ela calçava chinelos com pés pequenos, desconcertantes.

Um rosnado atrás dele fez Midas saltar. O carneiro soltou um círculo de vapor em sua cabeça de chifre.

"Você se assusta fácil. Tem certeza de que está tudo bem com você? Qual é seu nome?"

"Midas."

"Que incomum!"

Ele deu de ombros.

"Não tão incomum se é seu próprio nome, creio eu. O meu é Ida."

"Olá, Ida."

Ela sorriu, mostrando os dentes levemente amarelados. Ele não sabia por que isso o surpreendia. Talvez porque o rosto dela era cinza.

"Ida", ele disse.

"Sim." Ela apontou para a superfície escura da rocha. "Não quer se sentar?"

Ele se sentou a alguns centímetros dela.

"Sou só eu que acho", ela perguntou, "ou está um inverno horrível?"

As nuvens agora estavam pesadas e fechadas como concreto. O carneiro esfregou uma das patas na cerca, rasgando a lã acinzentada no arame farpado.

"Não sei", disse Midas.

"Tem havido poucos desses dias frescos, quando o céu é de um azul brilhante. Gosto de dias ao ar livre. E as folhas mortas não são cúpricas, são cinza."

Ele examinou o monte de folhas a seus pés. Ela estava certa. "Agradável", ele disse.

Ela riu. Tinha uma risada úmida, da qual ele não tinha certeza se gostava ou não.

"Mas você", ele disse, "está vestida de cinza." E ela estava bem. Ele gostaria de fotografá-la entre pinheiros monocromáticos. Ela usaria um vestido preto e maquiagem branca. Ele usaria filme colorido e capturaria o tom tênue em suas bochechas.

"Eu costumava usar cores vibrantes", ela disse, "açafrão e escarlate. Jesus, eu costumava ser bronzeada."

Ele fechou o rosto.

"Bem, *você* deve sempre aproveitar o inverno preto e branco. Você é fotógrafo." Ela se adiantou e o empurrou de uma forma jocosa que o espantou e o teria feito recuar se não tivesse sido pego de surpresa. "Como o homem lobo."

"Hum?"

"Vendo em preto e branco, como um cão. Quanto a mim, eu gosto de invernos coloridos, queria mesmo que eles voltassem. Nunca foram tão soturnos assim."

Ela mantinha os pés parados enquanto sentada, não os mexia nem batia no solo, como ele tinha o hábito de fazer.

"Então, o que você faz? Já que não é fotógrafo profissional."

Ele se lembrou repentinamente de seu pai avisando para não conversar com estranhos. Limpou a garganta. "Trabalho para um amigo. Numa floricultura. Chama-se Catherine's."

"Parece divertido."

"Eu me corto sempre. Com o papel dos buquês."

"Uma floricultura deve ser um pesadelo para um fotógrafo de preto e branco."

O carneiro remexeu com o casco a terra lamacenta.

Midas engoliu em seco. Essas haviam sido mais palavras do que ele havia falado em algumas semanas. Sua língua estava ficando seca. "E você?"

"Eu? Creio que se pode dizer que não sou empregável."

"Hum... está doente?"

Ela deu de ombros. Um pingo de chuva acertou a rocha. Ela afundou o chapéu na cabeça. Outra gota caiu sobre o couro de sua bota, formando uma mancha sobre os dedos.

Ela suspirou. "Não sei."

Mais chuva caiu, gelada, sobre suas bochechas e a testa.

Ida olhou para o céu. "Melhor eu voltar." Pegou a bengala e cuidadosamente ficou de pé.

Midas olhou para o alto do barranco do qual descera. "Para... onde?"

Ela apontou com a bengala. Descendo a margem sinuosa do rio. "Uma pequena cabana que pertence a um amigo."

"Ah. Creio que devo ir embora também."

"Prazer em conhecê-lo."

"O mesmo. Fique... Fique boa logo."

Ela acenou levemente, então se virou e seguiu pela margem. Andava num passo de caramujo, apoiando-se cuidadosamente com a bengala a cada passo, como se estivesse redescobrindo o jeito de andar depois de um sono enfeitiçado. Midas sentiu uma pontada dentro de si quando ela partiu. Queria tirar uma foto, desta vez *fotografá-la*, não fotografar a luz. Ele hesitou, então a fotografou, sua forma móvel recortada pela água e pelo campo cinza do carneiro.

2

Ela havia desenvolvido um jeito particular de andar para se acomodar à sua condição. Passo, pausa, passo, em vez de passo, passo, passo. Você precisa daquele momento de pausa para se assegurar de que colocou o pé certo. Como os passos de abertura de uma dança. Suas botas eram grossas e acolchoadas, mas uma queda acidental ou tropeço descuidado podia provocar um dano irreparável que acabaria com ela de vez, acreditava. Seria o fim.

E como era andar em ossos e músculos, em calcanhares e solas? Ela não conseguia se lembrar. Agora, andar parecia uma levitação, sempre a uma polegada do solo.

O rio permanecia em silêncio, balbuciando numa pequena cascata ali, raspando numa pedra coberta de algas que parecia uma cabeça com cabelos verdes. Ida continuava arrastando os pés, ocasionais gotas de chuva dissolvendo-se em seu casaco e molhando a lã de seu chapéu. Era outro problema desse maldito jeito idiota de caminhar, ela pensou. Não conseguia se mover rápido o suficiente para se manter aquecida. Puxou o cachecol sobre o queixo e o nariz gelado.

O bosque cerrado de arbustos mergulhava seus ramos no rio. Uma mariposa pousou num cacho de amoras. Ela parou de andar enquanto a mariposa abanava as asas. Eram de um marrom aveludado salpicado de verde vivo.

"Oi", ela disse para a mariposa.

A mariposa voou para longe.

Ela continuou caminhando.

Ida queria a mariposa de volta. Às vezes, quando fechava os olhos, ela via mais cores do que num dia inteiro com os olhos abertos em St. Hauda's Land.

Ela sempre gostou de estar em lugares onde cinturas entrelaçadas, ombros e costas dançavam ao encontro das suas, um cintilar de cores em vestidos e saias. Ela afastava o sono usando o simples prazer das companhias, fosse aconchegada numa cabana no frio usando uma malha grossa, fosse contando histórias e jogando cartas no apartamento de amigos até a manhã chegar. Não havia nada disso naquelas ilhas.

Ela tinha consigo o guia barato de St. Hauda's Land que comprara em sua viagem para o arquipélago no verão. Quando o abriu naquele inverno, pela primeira vez desde a viagem, grãos de areia branca caíram de dentro.

Gostou mais disso por pensar no lugar no verão. Havia lido, com pena dos ilhéus, sobre o avanço de barcos de pesca industrial que vinham, do continente, com redes para invadir as águas do arquipélago, coletando tanques inteiros de baleias e transformando-as em agonizantes manchas vermelhas em seus matadouros a bordo. Havia lido sobre baleeiros locais que navegavam cada vez mais longe no mar nos pequenos barcos em que seus pais e avós haviam pescado. Alguns não voltaram, porque as tempestades sopraram ou porque embarcações velhas, de gerações passadas, falharam. Havia lido sobre como, quando eles voltavam com pequenas pescas, o mercado já estava saturado de carne do continente. As famílias baleeiras começaram a se mudar, levando seus jovens com elas. O guia de Ida destacava isso, mas soava como um delírio. Os turistas nunca iriam ficar atraídos, como o autor esperava, pela arquitetura desmazelada do litoral de Glamsgallow. Nem pelos muros de pedra da igreja de Ettinsford. Nem pela casa da união pesqueira em Gurmton, cujo teto com o retrato de homens e criaturas do mar, pintados com talento medíocre em cores opacas do oceano, era comparado de maneira bem otimista à Capela Sistina.

Era errado contar com o litoral, apesar de ser impressionante às vezes. Outras ilhas tinham paisagens ainda mais impressionantes que

St. Hauda's Land, mostrando o mar traiçoeiro mais do que qualquer outra coisa. Ida se perguntava quando o mapa fora desenhado, porque praias inteiras mostradas lá já estavam enterradas sob o peso da água. Uma imponente torre natural de pedras chamada Grem Forst (conhecida localmente como o Farol do Gigante) foi descrita numa prosa floreada como a grande atração. O mar ceifador andou trabalhando, ceifando a rocha com sua foice de ondas. Sem testemunhas, uma noite a torre despencou. Quebrou-se numa fileira de pedras, formando rostos tristes que saíam da maré.

Em terra, o arquipélago tinha apenas pântanos malcheirosos e bosques sem encantos para atrair os veranistas. Ida duvidava de que as ilhas pudessem sobreviver dependendo desse tipo de turismo. No máximo, o guia poderia alertar sobre algo que fosse bom evitar.

Solidão. Não se pode comprar companhia em St. Hauda's Land.

Ele era estranho, o rapaz com a câmera. Um físico diferente: pele pálida rente ao esqueleto, segurando-se de forma tímida; não era feio, mas certamente não era bonito, com um cuidado excessivo para não arrumar problemas, não atrair atenção.

Fazia sentido. Ela sabia que fotógrafos querem que você se comporte naturalmente, como se as câmeras não estivessem lá.

Gostou dele.

Hesitou, dando o passo seguinte pela margem do rio. Havia coisas mais urgentes que um homem de uma ilha esquecida.

Henry Fuwa. O tipo de homem de quem ou se tem pena ou se tira sarro. O tipo de pessoa que pode ser vista num ônibus sentada ao lado do único banco vazio, enquanto os demais passageiros preferem ficar de pé. O homem pelo qual ela havia voltado todo esse caminho – desbravado o ondeante suspiro da balsa e a ausência de cor – para encontrar. De todos que havia conhecido desde que aquilo começou a acontecer com ela, só Henry havia oferecido uma pista sobre a estranha transformação sob suas botas e várias camadas de meias. Ela nem sabia que era uma pista quando ele deu a dica, porque, naquela viagem de verão, Ida ainda era capaz de mexer os dedinhos do pé e pegar a areia entre eles.

O vento balançava os galhos do abeto acima dela. A lembrança da pista que ele havia dado era como uma gota na calada da noite. No momento em que isolava a gota, você a percebia, então isso fazia você escutá-la novamente.

Ele disse isso no Barnacle, aquele pubzinho horrível em Gurmton, seis meses atrás, quando a terra era amarela e o mar turquesa.

"Você acreditaria", ele disse (e na época ela disse que não), "que há corpos de vidro aqui, escondidos na água do pântano?"

A noite umedecia o bosque. As sombras se estendiam pela trilha e Ida mal podia ver onde o caminho terminava e a vegetação começava. A meia-lua parecia dissolver-se nas nuvens. Um pássaro gritou. Folhas farfalhavam entre troncos em forma de minhocas. Algo balançava os galhos.

Ela foi em frente, mancando, no escuro, ansiosa para entrar e reviver suas cores na segurança da cabana. Amanhã procuraria novamente Henry Fuwa. Mas como você encontra um recluso no mundo selvagem dos reclusos?

3

Depois de encontrar Ida, Midas voltou sem pressa para seu carro, inspecionando as imagens no cartão de memória da câmera enquanto andava. As fotos dos raios de luz haviam ficado maravilhosas, mas ele perdeu todo o interesse por elas. As duas fotos de Ida estavam horríveis. Na primeira, da rocha, ela estava muito escura. Na segunda, em que andava cuidadosamente pelo caminho, parecia plana e suas botas, desajeitadas. Quando ele voltou para casa em Ettinsford, deletou as fotos da moça.

Ettinsford era um dos poucos assentamentos em St. Hauda's Land cuja população estava aumentando em vez de unir-se à deserção. As famílias em St. Hauda's Land sempre foram formadas por baleeiros desde quando (se dizia que) um cansado são Hauda enfiou seu cajado em Longhem e recebeu de prêmio um rechonchudo cadáver de filhote de baleia, cuja carne tostada na fogueira manteve sua missão longe da fome. A proibição da caça de baleias, uma década atrás, acabou com tudo isso, e, com a perda das famílias baleeiras, as cidades costeiras foram ficando vazias.

Construídas sobre morros, afundando em bosques de ambos os lados, as estradas de Ettinsford caíam para um largo corpo de água, cujas margens foram designadas como área de parque graças a enchentes constantes, mais do que à necessidade de espaços verdes. Todas as tentativas de construir algo lá haviam falhado. O solo, infestado de raízes, se abria sob casas e tijolos; a argamassa cedia e rolava até a água.

A cidade tinha um mercado, uma peixaria e um punhado de lojas de especialidades com horas de abertura aleatórias, já que o comércio em Ettinsford acontecia apenas em dias de feira. Havia duas igrejas: uma, um barracão pintado de branco adorado pela mãe de Midas antes de se mudar para Martyr's Pitfall, na ilha Lomdendol, e a outra, uma velha capela de pedra, a Igreja de Saint Hauda.

Midas abriu o portão de seu quintal da frente e andou até a porta de sua estreita casa de ardósia. O inverno havia sacrificado a maior parte das plantas, mas ele chutou uma urtiga do caminho enquanto procurava suas chaves. Foi direto à cozinha, ligou a chaleira e se jogou numa das cadeiras de madeira. Círculos de café marcavam a mesa branca. Do lado de baixo penduravam-se punhados de tachinhas grudentas, como goma de mascar sob carteira escolar, convenientes para quando ele precisava prender uma foto. Queria ter tirado a foto perfeita de Ida.

As paredes da cozinha eram um muro de fotos em preto e branco. Cenários, estranhos, entes queridos. Uma foto de um homem tentando andar de bicicleta sem pneus. Uma gata malhada dando de mamar a um filhote de *pit bull*. Um barco queimando. Um *streaker* numa tourada. Uma única foto dele mesmo, com o cabelo arrepiado como uma coroa no vento, enquanto ajudava a mãe a subir um morro nevado. Havia outra foto de sua mãe, pendurada ao lado da única foto de seu pai. Uma vez ele usou o computador para colocá-los juntos e fazer parecer que estavam felizes. Não deu para parecer real.

A cafeteira apitou e se desligou. Ele se levantou, foi à cafeteira e lavou sua caneca branca rachada. Então foi à geladeira tirar o café do compartimento do *freezer*.

Denver tinha colado um de seus desenhos de baleia na porta da geladeira. Midas fechou os olhos e respirou profundamente. Pediu-lhe que parasse de colar coisas lá. Ela insistia. É difícil se enfurecer, pois ela só tem sete anos e se dedicou a desenhar para ele uma bela baleia. Mas, às vezes, Midas suspeitava que a vida era um filme com mensagens subliminares. Coisas se moviam com um grau razoável de previsibilidade, então eram pontuadas por alguma lembrança terrível da infância. Ele estava na cozinha. Pegou a cafeteira. Ia abrir o *freezer* para pegar café. Então, de repente, encontrou a carta de suicídio de seu pai na porta de outra geladeira. Isso fazia uns dez ou doze anos.

Cuidadosamente, retirou o desenho de Denver. Ela tinha vindo visitá-lo e entrou na casa. Esperava que ela tivesse tido um bom dia na escola. Assim como esperava que as outras meninas não tivessem sido cruéis com ela naquele dia.

Ele pegou o café e jogou algumas colheres na cafeteira, acrescentando água.

Algo em Ida o havia desarmado. Não apenas suas botas, seu cabelo, seu rosto. Era uma coisa estranha... A forma como a Ida *real* era de alguma forma mais atraente do que a Ida fotografada.

Um filme antigo poderia resolver esse problema.

Se ele tivesse uma segunda chance de fotografá-la, com filme de verdade, conseguiria uma boa foto. Ele sabia que sim. A câmera digital estava enfraquecendo seus instintos. Se pudesse capturar Ida em algum lugar mais claro: lâmpadas montadas, refletores em guarda-chuva, tudo mais.

Colocou o filtro na cafeteira. O café dançava lá dentro.

Mas ela seria companhia, e ele estava se afastando de qualquer companhia. Era sua resolução recorrente de ano-novo, e seria uma vergonha quebrá-la agora que dezembro estava diante dele. Além do mais, não tinha cordas suficientes no coração para dar para alguém puxar. Desde que havia terminado com Natasha (e isso já fazia muito tempo), ele andava casto, sozinho. À tarde, às vezes, ficava com Denver e o pai dela, Gustav. Todas aquelas noites tinha apenas uma câmera como companhia.

Estava na mesa que tinha suas porcarias de fotos dentro. Removeu a lente para limpar o vidro embaixo. A lente brilhou.

Ele *gostava* de ficar sozinho.

4

Seis meses atrás, Ida tinha visto Henry Fuwa dando longos passos por uma estrada de pedras. Ela não o conhecia, não conhecia ninguém em St. Hauda's Land. Era apenas uma turista aproveitando o sol de verão. Tudo o que sabia ao certo era que houve uma colisão. Henry Fuwa estava tão focado em sua caixa de joias que não levantou a cabeça para ver os carros. Um ciclista, ofegando morro abaixo em direção à praia, gritou enquanto seus freios guinchavam e suas rodas tremiam sobre as pedras. Ele foi jogado ao ar pelo impacto, com a bicicleta empinando e guinchando na estrada com a roda da frente girando. Henry caiu para trás com o ar expelido de seus pulmões. Sua caixa de joias voou, girando e abrindo-se. Ele tentou pegá-la, ela foi ao chão; a tampa soltou-se das dobradiças e o conteúdo deslizou pela sarjeta.

Ida aproximou-se para ver se os dois homens estavam bem. Henry enfiou seu grande par de lentes de volta no rosto e rastejou até a caixa esmagada, mas, antes que pudesse reunir o conteúdo espalhado, o ciclista, que grunhia de pé, agarrou-o pelo colarinho e rosnou: "Que porra você acha que está fazendo?".

Ida, tentando ser útil, abaixou-se para pegar o conteúdo da caixa: um pequeno ninho de palha, um quadrado de seda e um tipo de inseto seco, que ela apanhou com dois dedos.

Tinha asas de borboleta, como flocos de cera moldada. Sob as asas, tinha um corpo peludo com pequenos chifres. Sua pele parecia bem seca sob os raios quentes do verão. Tinha uma cabeça de touro, não maior do que seu polegar, com um focinho rosa desenhado como uma careta. Um borrão branco entre as narinas. O detalhe impossível de uma cicatriz no lábio inferior.

Havia calor e uma batida em seu coração, como em um pintinho recém-nascido.

Ida imaginou que aquele ser estranho batera a cabeça e agora voltava a si. Ela não podia mais sentir as batidas do coração. Imaginou também o calor do hálito daquilo em seus dedos e o rolar dos seus olhos nas órbitas. Deve ser um brinquedo, algum tipo de ornamento, ela pensou.

Levantou o olhar com espanto quando ouviu um grito de dor. Henry Fuwa havia empurrado o ciclista raivoso e avançava sobre ela. Ele arrancou o pequeno ornamento das mãos da garota e o protegeu nas suas, balançando a cabeça com cabelos desgrenhados. Suas pernas cederam e ele caiu de joelhos nas pedras. Lágrimas molhavam as lentes de seus óculos como gotas de chuva numa janela. O ciclista saiu correndo em sua bicicleta. Henry Fuwa apanhou a caixa quebrada e colocou o ornamento dentro. Puxou a barba, gemeu, bateu com os punhos na estrada. Seus ombros balançavam tão duramente que as vértebras ficaram visíveis em seu pescoço trêmulo. Uma pedestre passou longe e seguiu apressada seu caminho, mas Ida, não sabendo o que fazer, se abaixou e pousou a mão no ombro dele.

A estrada ficou vazia, os únicos sons vinham do mar distante, dos passinhos das gaivotas nos beirais das casas e do choro de Henry Fuwa. Ele era um homem alto, mesmo ajoelhado na estrada. Com quase cinquenta anos, ela imaginava, e um cheiro peculiar, não ruim, algo como solo molhado.

Ida olhou adiante na estrada a placa de um *pub* pendurada sobre uma porta. O Barnacle, com a pintura de um naufrágio como letreiro. Ela apertou o ombro do homem.

"Venha", ela disse suavemente, "venha. Por que não fica de pé? Por que não entra? Eu te pago uma bebida."

"Está morto", ele disse.

Ela deslizou o braço sob o dele e o ajudou a se levantar, então o guiou, como se faz com uma criança, até o *pub*.

Quando marcara suas férias de verão naquelas ilhas, naquele pequeno arquipélago trinta milhas ao noroeste do continente, Ida havia reservado dois assentos na balsa, um para ela e outro para seu namorado. Então o namorado a tinha largado. Uma semana antes da viagem, tudo reservado em seu nome e com a previsão de um lindo sol de verão, ela resolvera viajar assim mesmo. Gostava de esticar as pernas na cama do hotel, dobrando os dedos nos dois cantos inferiores do colchão. Não que estivesse tentando viver momentos muito íntimos com a lembrança de seu ex. O garoto era cria de uma mãe pastora e um pai policial. A primeira conversa deles caiu nisso: como fazer quando seus pais reprimem não apenas a lei doméstica, mas a lei do Estado e da alma. O próprio pai dela havia sido pastor e também policial, então ela se solidarizava. Sua mãe, graças a Deus, fora um tipo de contrabandista, que ajudou a assegurar que Ida escapasse das inibições com que seu ex lutava. Bastava insinuar a palavra sexo para o pescoço se retrair como uma tartaruga no casco, seus dentes rangerem, seus olhos se esbugalharem.

Ela sentia culpa por não ter saudade dele tanto quanto tinha saudade de companhia em geral. Na maior parte dos lugares a que viajava, Ida logo conhecia gente parecida com ela, com quem podia conversar por longas horas, e socializar se tornou uma vocação. Em St. Hauda's Land só encontrou gente cuidadosa, sigilosa, educada, mas fechada aos estranhos. Durante a noite, as pequenas cidades e vilas ficavam desertas e o silêncio era mortífero, mas isso era bem ao norte do mundo e o sol não se punha até altas horas, e mesmo assim uma luz permanecia. Um dia de verão aqui era um longo tempo para se passar sozinho.

Ida levou Henry Fuwa a uma mesa num canto do Barnacle, onde traços secos de cerveja amarga manchavam os descansos. Ela o fez sentar-se num banquinho e perguntou-lhe o que gostaria de beber. Ele deu de ombros.

"Deixa disso", ela disse, "é por minha conta."

"Ah..." Ele enxugou os olhos com os pulsos. "Um gim, por favor. Só uma dose de gim com gelo."

"Qual é seu nome?"

"Henry Fuwa."

"Prazer em conhecê-lo, Henry Fuwa. Sou Ida Maclaird."

Ele secou os óculos numa malha vagabunda. "Obrigado pela gentileza, Ida."

A proprietária do Barnacle apoiava um braço flácido no balcão e o outro gesticulava com vogais indistintas enquanto ela se detinha com dois clientes costumeiros. Os clientes sentavam-se em banquinhos no bar, usando bermudas e pares idênticos de meias vermelhas com âncoras brancas. Fotos da história do time de futebol de St. Hauda's Land estavam penduradas em ordem cronológica nas paredes. Um grupo de cavalheiros bigodudos, usando chapéus de feltro, ia diminuindo de idade até se misturarem com garotos de cabelos arrepiados e dentes faltando vestidos com o uniforme azul-gelo do clube.

A *jukebox* tocava solos de guitarra dos anos setenta e Ida pensou como algumas músicas soavam ultrapassadas, como moscas presas numa jarra do *pub*. O ar-condicionado quebrado rosnava atrás do bar e não surtia efeito sobre o verão úmido. Ela olhou de volta para a mesa, na qual Henry Fuwa estava sentado, sem se mover, segurando a cabeça com as mãos.

Ida se perguntou o que seu ex pensaria disso, de oferecer drinques a esquisitões na rua. Às vezes desejava possuir o tipo de mau gosto que levava meninas a preferir idiotas que só querem uma coisa. Você conhece esse tipo de cara, filho de um brutamontes de pescoço de touro, que não se recusaria a usar a mesma camisa de futebol todos os dias da semana. Que tem como descanso de tela uma modelo gostosona que o faz enfiar a mão dentro da calça toda vez que ela aparece.

Não que esse fosse um encontro romântico. Esse cara tinha quase a idade de seu pai. Ela deu um longo gole na cerveja enquanto esperava o gim de Henry ser servido.

Ela não era esse tipo de garota. Em vez disso (algumas vezes parecia incontrolável), ia atrás de tipos que estavam presos dolorosamente a quem eles eram e à maneira como se encaixavam no mundo. A primeira vez em que levou seu ex a um restaurante foi porque isso fora tudo o que ela pôde fazer para arrancá-lo do mundo de pensamentos em que ele vivia mergulhado, apenas para ele acabar dizendo bobagens sobre como ela era uma princesinha, uma deusa, até de uma porra de uma sereia ele a chamou uma vez.

E agora ele a havia deixado. Era introvertido demais para ela, ele disse, engolindo seco entre as palavras. Doce idiota. *Uma garota como você não deveria sair com um cara como eu. Estou preocupado em ser um atraso pra você.*

Ela levou as bebidas para a mesa. Henry Fuwa parecia um pouco mais composto. Ele esfregou a manga no nariz.

"Então", ela começou, "você é daqui?"

"Alguns quilômetros. Mas vivo em St. Hauda's Land, sim."

"Você que fez esse ornamento? É por isso que está triste? Teve muito trabalho nisso, aposto."

"Não. É uma velha caixa de joias que pertenceu à minha mãe."

"Quero dizer... a figura dentro. Você é quem fez isso?"

Seus lábios começaram a tremer novamente.

"É um tipo de caixinha de música, certo? Que pena. Achei bonita. Como você prendeu as asas no corpinho do touro?"

Ele a estudou por um momento, então deu de ombros, desanimado. "Eu o alimentei."

"Como?"

"Mas uma coisa triste aconteceu. Eles gostam de voar para a água – para a praia perto de onde eu os mantinha. Se escapam, sei para onde vão. É o sal, ou algo do mar. Pesam muito pouco, sabe? Pouco o bastante para ficar na superfície como essa mosquinha na cerveja."

A visão do inseto, as seis patas circulando ao redor de sua bebida, a distraiu por um momento de sua incredulidade.

"Mas, ontem... a maré estava alta. E havia águas-vivas no raso. O touro naquela caixa pousou na superfície e, como eu expliquei, eles adoram..." Correu a mão pelo cabelo e ficou olhando, pálido, para o gim.

Ela tirou a mosca e a soltou no descanso do copo.

Henry começou novamente. "O ataque... que recebeu... tem *gente* que não se recupera de ataques de água-viva, então qual é a esperança para um touro de asas de borboleta? Minha última chance era uma clínica na frente da praia, preparada para tratar vítimas de água-viva. Eu teria de explicar *tudo*, mas..."

Ele deu um gole desajeitado no gim e abaixou o copo passando a língua pelos lábios.

Ida ainda tinha de decidir se ele estava mentindo (para tentar impressioná-la?) ou se era apenas pinel. A música que tocava na *jukebox* era uma canção de amor melosa. Ela bebericou a cerveja. "Suponho que esse... touro de asa de borboleta... seja o único existente."

"Não. Há sessenta e um conhecidos. Todos no meu curral. Desculpe, apenas sessenta agora."

"É... incrível."

Ida sabia que ele podia dizer o que fosse e ela não acreditaria nele. Ele deu de ombros, desanimado. "Eles comem e cagam e são mortos, como tudo mais."

"E você é a única pessoa no mundo que sabe sobre eles?"

"São meu segredo." Henry tomou um gole maior de seu gim e piscou duro enquanto engolia, sua expressão descrevendo a descida do álcool na garganta. Ela se perguntava sobre quando ele bebera pela última vez, então se perguntou se já estaria bêbado. Ele se debruçou sobre a mesa de forma tão sincera como os vagabundos que ela vira nas celas da delegacia de seu pai.

"Você acreditaria que há um animal no bosque que transforma tudo o que olha em branco puro?"

Ela suspirou. "Não. Não acredito."

Ele se inclinou de volta, coçando a barba. Então tentou se debruçar de volta para a frente. "Você acreditaria que há corpos de vidro escondidos na água do pântano?"

"Não. Você tem cabelo preto e uma aparência saudável para mim."

"Não sei o que isso tem... Ah, espere, não disse que ela *me* viu."

Ela observou os olhos de Henry rolando para trás enquanto ele esvaziava o gim. Ele segurava a testa com uma mão e sacudia os dedos. "Você me comprou um duplo..."

"Que tipo de animal ela é?"

"Ela é toda branca, como você espera, com exceção do lado de trás da cabeça, onde não pode ver a si mesma."

Ida bebera três dedos de cerveja de sua caneca no tempo que ele levou para terminar o gim.

"Que cor?"

"*Branco*."

"Que cor é o lado de trás da cabeça dela?"

"Azul."

Ela sorriu docemente. "O que você faz da vida, Henry?"

"Estou muito ocupado com..." Ele fechou a boca e de repente pareceu sóbrio. "Claro. Você acha que sou um tipo de maluco."

"Não é isso..."

Ele se levantou, procurou na carteira e colocou o valor do gim na mesa, em moedas.

"Eu que ofereci."

Ele saiu do *pub*. Depois de um momento de frustração, ela deixou as moedas e foi atrás dele, mas não o viu em nenhum lugar da rua. Gaivotas brancas bicavam os restos de peixe e batatas, bicavam as massas e bandejas de plástico. Por um momento, ela achou que a mais branca das gaivotas tinha olhos brancos também, mas era só um efeito da luz.

5

De um avião, as três ilhas principais do arquipélago de St. Hauda's Land pareciam-se com o corpo esmagado de um inseto de olhos esbugalhados. O tórax era a ilha Gurm, cheia de pântanos e morros cobertos de árvores. O pescoço era um aqueduto natural com arcos gastos pelo tempo através do qual o mar corria, atraindo o olhar. Isso era o morro alto, mas desinteressante, de Lomdendol Tor, na ilha de Lomdendol, que, segundo suposições locais, inicialmente delimitou St. Hauda's Land. As pernas eram seis ramificações de rochas se estendendo da costa sudoeste da ilha de Gurm, prendendo o mar em vales de areia entre elas. As asas eram uma flotilha varrida pelo vento de ilhotas inabitadas de granito no norte. O ferrão era a ilha Ferry em forma de foice no leste e a curiosa cidadezinha de Glamsgallow representava uma gota de veneno na ponta.

Glamsgallow ostentava o único aeroporto de St. Hauda's Land, mas a maior parte dos aviões cruzava as ilhas antes de virar para a terra, voando sobre os outros estabelecimentos. Ao norte de Gurm, escondido do público, estava Enghem, propriedade privada de Hector Stallows, o milionário local. Construída no pé de Lomdendol Tor, Martyr's Pitfall era uma cidade para os idosos. Nas manhãs de domingo, a sombra do portão cobria construções e ruas. Casais saíam de casas de repouso para caminhar e se sentar em cemitérios ajardinados. Em contraste, Gurmton atraía os jovens e boêmios. Milhares de luzes brilhavam em frente ao mar, dos frenéticos *flashes* das máquinas caça-níqueis e *jukeboxes* aos holofotes cortando o céu de noite, alardeando nas nuvens a rivalidade de duas casas noturnas vagabundas.

Atrás de Gurmton, os bosques começavam repentinamente. De noite, festeiros perdidos buscando o mar ficavam sóbrios em segundos quando se deparavam com a beira da floresta. Da mesma forma, gente dirigindo nas estradas nubladas através das árvores se tornava ciente do ruído de seus motores. Os aparelhos de som eram desligados e a conversa era suspensa. Os bosques pareciam um monstro adormecido pelo qual era melhor passar na ponta dos pés.

E o coração dos bosques amedrontava Ettinsford, onde folhas e galhos mortos sopravam pelas ruas, onde estradas desapareciam na cidade, como se seus construtores tivessem sido afastados de seus caminhos iniciais. O rio de Ettinsford era tecnicamente um estreito, o ponto mais estreito entre as ilhas Gurm e Ferry. Uma velha ponte de madeira passava sobre a água na época, como dizia a lenda local, em que o próprio são Hauda foi carregado de uma terra à outra por uma revoada de cento e um pardais.

Em Ettinsford, na Catherine's, a floricultura da ilha, o sino tocava enquanto Midas abria a porta.

Gustav limpou maionese dos lábios e levantou o olhar. Seu rosto era vermelho e os cabelos, ruivos, mas sua cabeleira estava se dissipando mais rapidamente do que deveria para um homem que acabara de completar trinta anos. Um palito de coquetel prendia o sanduíche gorduroso sobre a mesa: três fatias de pão integral, fatias de *bacon* e meio pote de maionese. Midas conseguia sentir o cheiro no ar.

"Bom dia", ele disse, esfregando os olhos.

"Que diabos." Gustav engoliu o que estava na boca. "Tudo bem com você?"

O cabelo de Midas estava arrepiado e seus olhos inchados. Seu corpo todo parecia estar em colapso. "Dormi mal."

Gustav embrulhou o sanduíche em papel-alumínio e limpou as mãos num velho pedaço de papel de embrulho. "Que foi? Está ficando gripado? Denver ficou. Vai perder a aula no final da semana, aposto."

Gustav amassou o papel em que limpou as mãos e jogou-o no lixo. Errou o alvo e o papel desapareceu numa densa área do mar de azevinho com flores azuis.

"Droga."

Ele saiu de trás da mesa e se meteu no azevinho procurando o papel. Encontrou-o e jogou no lixo, batendo as mãos enquanto voltava para trás da mesa.

"Não vai me contar o que há de errado? Ficou bêbado? Aproveitou a noite pelo menos uma vez?"

Midas tocou um botão de lírio. "Já te disse. Não consegui dormir."

Gustav abriu uma gaveta e tirou o quadro que usavam para entregas. "Mas há algo mais, não há?"

Midas hesitou, mas eles eram os melhores amigos um do outro havia muito tempo.

"Uma menina."

Gustav soltou o quadro. "Repita!"

"Conheci uma menina ontem e..."

"Midas! Que ótimo! Secretamente, eu tinha medo de que você..."

Midas estendeu a mão. "Não foi nada, sabe... não foi um encontro romântico. Não foi por isso que mencionei. É que..."

Gustav sorriu delirantemente.

"... só havia algo incomum nela."

"Claro que tem de haver, para manter Midas Crook acordado a noite toda."

"Ela usava um tipo de botas. Grandes como este vaso." Bateu de leve no vaso. Azul e alto.

"Ela então... é grandona?"

"Essa é a coisa. Ela tem mais ou menos minha altura. E magra. Quase esquelética."

Gustav estava confuso. "Ela não é uma dessas meninas moderninhas do continente..."

"Não. Acho que não. Ela *é* do continente, sim. Mas não era estranha, além das botas. Gustav, você sabe alguma coisa sobre deficiências? Problemas nos pés?"

Ele não sabia, apesar de citar uma lista de nomes: calcanhar de aquiles, pé de atleta, micose. Nada disso parecia o caso de Ida.

Os dois continuaram cuidando da loja. Midas entregou alguns buquês pela cidade e pensou em Ida o tempo todo. Pouco depois do meio-dia, voltou sacudindo gotas de chuva da jaqueta. Gustav sentava-se à mesa, no telefone, com uma mão na testa vermelha. Olhou melancolicamente quando a campainha tocou.

"Sim, o.k.", ele disse ao telefone. "Vou recebê-lo então."

Desligou o telefone com um estrondo e bufou. Suspirou novamente e correu as mãos pelo cabelo rareado.

"O que vai fazer no sábado, Midas?"

"Você quer que eu trabalhe?"

"Não. É minha sogra. Ela encontrou caixas velhas de troços da Catherine. Quer saber se quero alguma coisa."

"A *mãe* da Catherine não quer?"

Gustav deu de ombros. "Parece que ela não gosta das coisas. Poderia jogar fora. Eu disse que fico com tudo."

"Então vai pro continente amanhã?"

"Sim."

"E quer que eu cuide da Denver?"

Ele assentiu. "Só de manhã, se o trânsito estiver bom. Não quero levá-la. Vou me debulhar em lágrimas."

Foram três anos que pareciam não ser nada. Sentado no carro de Gustav com xícaras frias de café em canecas térmicas plásticas. As jaquetas verdes e néon dos paramédicos.

Gustav estava claramente se lembrando também. Depois de um tempo, levantou-se da cadeira e andou gingando até a pia nos fundos da loja. Abriu a torneira. A água batia num regador.

E foi o quê? Apenas oito anos desde aquele dia quente quando Midas fora o padrinho e seu colarinho coçava-lhe o pescoço suado e ele brincava com o anel na caixa – tão fácil de se perder em seu bolso – e observava o péssimo fotógrafo do casamento tratando de tudo o que havia de errado e então... ele foi tomado pela beleza de Catherine e a brancura de seu vestido de casamento.

Era amigo de Gustav desde a infância, quando viviam nos cantos opostos da mesma rua. Gustav tinha sido uma criança acima do peso, sem ambições, mais interessada em figurinhas de futebol do que no dever de casa, mas era vários anos mais velho do que Midas e isso o tornava um amigo valioso para um esquisitão impopular que respondia pelo nome de Crooky no *playground*. Infinitas vezes a simples altura e o peso do garoto mais velho haviam salvado a carteira e o dinheiro do almoço de Midas, ou a pele dos socos das outras crianças. Até depois que Gustav deixou a escola (na primeira oportunidade) e passou a trabalhar para se manter, ele chegava depois do trabalho para pegar Midas voltando para casa e conversar com o garoto mais novo sobre times de futebol, um assunto que Midas nunca conseguiu dominar. Em troca, Midas tinha sido todo ouvidos para Gustav, escutando atentamente seus infortúnios românticos e sua conversa morosa sobre estar em crise com apenas vinte anos.

Então Gustav se apaixonou. Midas se preocupou que aquilo pudesse significar o fim da amizade deles, mas, em vez disso, trouxe o segundo amigo de sua vida. Catherine era resplandecente, ambiciosa, e a nova proprietária da floricultura da cidade. Gustav estava trabalhando numa agência de notícias havia cinco anos, desde que deixara a escola; isso não o havia preparado com um extenso conhecimento de botânica, mas, pela simples falta de outros pretendentes, ele conseguiu emprego na floricultura. Em dois anos entre copos-de-leite e brilhantes papoulas-do-ártico amarelas, Catherine, lenta mas seguramente, sentiu tanto amor por Gustav como ele havia sentido por ela em seu primeiro encontro. Denver chegou quase ao mesmo tempo, um feliz acidente. Eles se casaram pouco depois que Catherine descobriu estar grávida e por um curto período o lar deles foi o lugar mais caloroso e convidativo que Midas poderia encontrar em St. Hauda's Land.

Gustav girou um ramo de ráfia. "Eu poderia telefonar e tentar te liberar de verdade. Hoje. Para compensar que só te avisei agora. E já me desculpo se demorar a voltar. Você sabe como a mãe da Catherine gosta de fofocar."

"Não precisa me dar folga. Adoro cuidar da Denver. Você sabe que vou ajudar."

Ficaram lado a lado em silêncio. Midas se lembrou de como ficaram lado a lado com o corpo de Catherine, com a policial insistindo que dissessem em voz alta quando o mero olhar deles já era o bastante. *Sim*, Gustav sussurrou, *é ela*.

Gustav limpou a garganta e abriu a torneira. "Vou te dizer uma coisa. Escute. Não estrague tudo com essa nova namorada."

"Mas... Não é uma namorada... Eu a conheci ontem. É por causa das botas dela, que ficaram na minha cabeça. Não tem nada a ver com atração. No máximo, eu a achei peculiar. Frágil. Facilmente quebrável."

Gustav levantou as sobrancelhas. Midas corou. Não pretendia parecer depreciativo.

O sino sobre a porta tocou e um cliente entrou.

A barriga de Midas se apertou. Uma gota da torneira caiu no regador.

O cabelo de Ida grudado à cabeça pela chuva. Ela entrava na floricultura. Carregava um guarda-chuva branco destruído pelo vento e um casaco até o joelho sobre um vestido preto de lã. Secou o nariz e as bochechas com uma mão, enquanto apoiava a outra na bengala.

"Boa tarde", disse Gustav. "Posso ajudar...", ele gaguejou porque havia visto as botas, "... em alguma coisa?"

Ela corou. "Eu estava passando e meio que entrei. Para ver o Midas." Ela apontou para a porta. "Reconheci o nome na placa. Catherine's. Hum. Olá, Midas. Você se lembra que me disse que trabalhava aqui?"

Gustav batucou com as mãos na mesa e se endireitou na cadeira. "Que *ótimo*. Ótimo. Uau. E vocês dois, vocês dois vão fazer o quê? Tomar um café ou alguma coisa assim?"

Durante o silêncio que se seguiu, um raio de sol momentâneo partiu a rua lá fora, tornada mais clara pela chuva que ainda caía e pelo véu molhado sobre os prédios.

"Só vim dar uma passada...", murmurou Ida. "Apenas, você sabe." Ela se arrastou para dentro. "Bem. Vocês dois estão ocupados. Midas está trabalhando." Ela acenou para Midas.

"O-olá", ele disse.

"Na verdade", disse Gustav, "acabei de dar a tarde de folga para ele."

A luz do sol desapareceu.

"Midas", disse Ida, "você gostaria... gostaria de ir tomar um café?"

★

Ida acabou tomando uma limonada enquanto Midas bebericava um americano num café com janelas embaçadas e uma televisão preto e branco murmurando no balcão. Eles haviam se ensopado no curto espaço da floricultura até o café (Ida caminhava tão lentamente...). Quando se sentaram, as pernas de suas calças, molhadas, colaram-se nas coxas. Era um típico café de Ettinsford, com carpete estampado e toalhas de mesa plásticas. Aquarelas de um artista local retratavam a cidade não como o poço de maçonaria decadente de que as fotos de Midas serviam de prova, mas como uma cidadela de pedra cor de pêssego numa luz improvável. Os olhos desse artista eram diferentes dos dele? Limpou o saleiro e o pimenteiro entupidos da mesa, então se posicionou para deixar Ida conduzir a conversa. Ele pensava em painéis de luzes e refletores. Então ela se mexeu em seu assento para ficar confortável e Midas sentiu que a bota dela raspou no sapato dele sob a mesa. O toque o fez estremecer, como ouvir uma batida de noite. Puxou as pernas de volta para baixo da cadeira e comprimiu os olhos.

Quando os abriu, ela estava bebericando a limonada e observando-o com curiosidade. Ele tentou parar de examiná-la. Ida tinha olheiras: escuras como machucados. A pele era fina e cheia de veias aparentes. Mas, mesmo que não tivesse uma imagem muito bonita, ele queria tirar uma foto dela, queria se debruçar sobre uma ampliação.

"Então, há quanto tempo mora aqui?"

"Minha vida toda", murmurou Midas, olhando para a mesa. Ele se perguntava se Ida pensava que ele deveria ser mais aventureiro. "E quanto a você? De onde você é?"

"Já viajei bastante. Estou ficando no chalé de um amigo da minha mãe, saindo de Ettinsford. Ele foi para o continente por alguns dias."

"Está de férias?"

Ela balançou a cabeça. "Vim aqui para encontrar alguém que conheci certa vez nas ilhas. Mas não tenho nenhuma pista de onde procurar." Ela mexeu a limonada com um canudo preto. Bolhas subiram à superfície. Cubos de gelo turvo batiam um contra o outro.

"O amigo da minha mãe, Carl, o dono do chalé onde estou ficando, disse que a ilha é tão incestuosa que você pode perguntar quase a qualquer um sobre a vida do outro. Acha que é verdade?"

"Não. Você pode descobrir o que eles *acham* da vida dos outros..."

"Não é o mesmo, é? Estou certa de que Carl não sabia onde eu devia procurar."

Esse Carl estava certo. Havia algo incestuoso no lugar. Midas sabia de três Carls na ilha, e esperava que nenhum dos três fosse amigo de Ida. "O que Carl faz?"

"É professor de línguas clássicas."

Midas franziu a testa. Seu pai fora professor de línguas clássicas.

"Mas ele não é um cara chato, como você pensa. Ele é bem ativo. Trabalha com arqueólogos em sua pesquisa – viaja bastante. Eu o ajudei em projetos quando era adolescente, quando meus pais queriam me despachar por uma semana ou duas. Fiz bastante mergulho. Era minha especialidade. Recentemente ele fez um trabalho na trilha em Lomdendol. Deve ter mergulhado muito lá, imagino."

Ele preencheu a descrição do personagem. Soava preocupantemente familiar, mas conversas eram como maratonas e você tinha de prosseguir mesmo assim. Especialmente quando elas fluem de forma tão rara como esta. "Você... gosta de mergulhar?"

"Ganhei medalhas quando era menina. Na verdade... é meio vergonhoso pensar nisso agora... trouxe outra foto para te mostrar."

Ida abriu a bolsa e tirou uma foto amarrotada dela em traje de mergulho, fazendo sinal de positivo com as duas mãos e sorrindo por trás de uma máscara de mergulho rosa-néon. No fundo, o oceano era impossivelmente ultramarino. Ele nunca havia visto o mar assim. Mesmo no verão, as águas da ilha permaneciam enigmáticas, opacas e cinzas.

"O Mediterrâneo", ela explicou. "Na costa da Espanha."

"Oh." Imaginá-la como ele fazia agora (queimada pelo sol da Espanha, deixando pegadas na areia dourada, rindo seu sorriso líquido, usando nada além de um biquíni rosa-néon) a estragava. Midas tentou focar no presente, seu jeito modesto de se vestir, sua elegante aparência monocromática. "Eu... eu... creio que você não possa mergulhar no momento. Com o problema no pé..."

Ela balançou a cabeça. No balcão, a televisão preto e branco perdeu o sinal e deu um estalo, como um chicote. Estava claro que ela não gostava de falar sobre seus pés, mas era tudo em que ele podia pensar para manter a conversa rolando. Midas sugou todo o seu café acidentalmente e se sentiu envergonhado com o som. O sinal da TV se estabilizou. Um âncora de jornal estava lendo uma notícia de economia sobre ações valorizadas em empresas de propriedade de Hector Stalows, conhecido infamemente em St. Hauda's Land como "o homem do perfume", já que as fragrâncias foram a forma de ele conquistar fortuna.

"Então", ela disse, empurrando seu canudo pelo copo, "esse homem que estou procurando... Seu pai era japonês. Não pode haver muitos nomes japoneses na ilha. Seu nome é Henry Fuwa."

Midas olhou o rosto ávido e fascinante dela, e queria se transformar numa onda para poder se desmanchar.

"Bem? Ouviu falar nele? Tem um cabelo preto escovinha e uma barba preta espessa. Magrelo. Olhos esbugalhados."

Midas segurou a cabeça. O jornal na TV foi para a previsão do tempo. A estação de TV da ilha ainda mostrava nuvens recortadas em papelão sobre um grande mapa impresso. Ele fechou os olhos e se lembrou de Henry Fuwa na TV local, algo a que havia assistido numa tarde úmida, alguns anos atrás. Henry Fuwa abaixado à margem de um rio, usando uma camisa xadrez e um chapéu grande e gasto. Vestido e sujo como um garimpeiro procurando ouro, se comportando como um ratinho do pântano. Ele tinha os olhos bem abertos, fixos na câmera, seu nome piscava na parte inferior da tela e Midas então se lembrou dos caracteres em japonês escritos numa etiqueta de buquê. Um pedido de orquídeas brancas à floricultura. Para serem entregues. Ele se lembrou de suas mãos em choque, tremendo, enquanto segurava na esquerda a inscrição e na direita o endereço de entrega que o sr. Henry Fuwa havia solicitado.

O buquê era para ser entregue à mãe de Midas.

"Então, *ouviu falar*?"

Ele balançou a cabeça rapidamente, negando.

"Era de se esperar, creio eu. Ninguém ouviu. Eu o conheci em Gurmton, mas ele disse que morava a alguns quilômetros. Não tive sorte em Gurmton, então achei que Ettinsford poderia ser minha próxima aposta."

"Não acho que ele mora aqui."

Ela suspirou. "Alguma sugestão?"

"Talvez na zona rural?"

"Este lugar todo é zona rural!"

Midas buscou compostura novamente e levantou o olhar. "Para... para alguém do continente, pode parecer com zona rural, mas eu nunca, hum, pensei em Ettinsford dessa maneira. É uma cidade. No campo há centenas de refúgios com cabanas isoladas."

"Mas não tem muito como chegar *a cada uma delas*..."

"Você nem encontraria todas no mapa..."

"Ótimo." Ela bateu os dedos na mesa. "Não tenho nada mais para onde seguir. Tenho o nome dele, e o cheiro."

Ele não pediu mais detalhes, mas ela deu.

"De turfa."

As narinas de Midas se comprimiram e trouxeram um rastro disso. Ela disse de forma irreverente, mas funcionou... O ar que vinha dos pacotes abertos na infância. *Esta é a hora*, ele disse para si mesmo, *de terminar seu café e nunca mais ver essa menina*.

"Bem", ela bufou, "essa investigação não está levando a lugar algum. Me conte sobre você. Você e sua família devem ser próximos."

"Não", ele enxugou a testa, grato pelo fato de a conversa não estar indo a lugar algum. "Por quê? Por que pergunta?"

"Porque você viveu em Ettinsford a vida toda. Deve ter raízes fortes aqui."

"Bem..." A verdade era que ele ficava acordado algumas noites perguntando a si mesmo por que nunca se mudara. Em geral concluía que era um covarde: muito parecido com seu pai. Mas, de vez em quando, acreditava que se mudar seria covardia. Poderia ter partido depois da morte de Catherine, depois da morte de seu pai. Mas os laços permaneciam. Lá permaneciam Gustav e Denver. Lá permanecia sua mãe...

Ele piscou e o buquê de Henry Fuwa esperava como se fosse uma foto do lado de dentro de suas pestanas.

"Creio que", ele disse cuidadosamente, "há raízes."

"Família?"

"Minha mãe vive perto de Martyr's Pitfall. Não é muito longe. Mas eu não a vejo."

Ida levantou as sobrancelhas.

Ele bebeu seu café.

As sobrancelhas erguidas significavam "siga em frente".

"Oh. Desculpe. Bem, é simples. Ela não se importava muito comigo. Eu não me importava com ela. É melhor não se envolver."

"Isso é horrível. Como pode dizer isso assim, tão friamente?"

"Porque estou sendo franco. Em uma época houve mais proximidade entre nós... Mas ela está em seu próprio mundo agora. Se você quer vê-la... é como ver um animal através de uma tela no zoológico. Às vezes ela olha para você sem expressão. Outras, passa pelo quarto ou fica caída em sua maldita cadeira."

Tinha medo de pensar no que passava pela cabeça da sua mãe quando ela se sentava assim. Podia-se ver por seus olhos vagos e lábios silenciosos se movimentando que ela reimaginava sua vida.

Ida o encarava. "E quanto a seu pai?"

Ele bufou.

"Vamos. E quanto a ele? Você o vê? Ele a vê?"

Ele negou com a cabeça.

"Então, onde ele está?"

Mesmo depois do desconforto da lembrança do buquê, ele se encontrou sorrindo, saboreando o que estava prestes a dizer. Não achava que acreditava numa pós-vida, mas gostava de imaginar algo para seu pai. "Em algum lugar onde nunca vai se acostumar com o calor."

6

Numa rede de musgo de palmeira, pendurado entre galhos verdes, um touro de asas de borboleta dormia. Ele havia dobrado para trás suas finas asas e adormecido ajoelhado nos fios úmidos de sua cama provisória. Ao redor dele, o pântano se estendia no horizonte por todas as direções, um matiz de turfa brilhante, grama ocre e árvores cujos troncos curvos formavam arcos baixos. Em suas sombras, sapos sentavam-se solitários ou empilhados uns sobre os outros, com o papo pulsando em bolas rosadas. A luz do sol de inverno não esquentava nada. O calor vinha do solo suculento e da ocasional explosão de uma bolha de gás fétido.

Um sapo coaxou e desapareceu numa poça opaca. O touro acordou com o barulho da água, levantou sua cabeça e testou suas asas. Elas zuniam, e formavam uma sequência de manchas de um teste de Rorschach, antes de ele decolar com suas pernas balançando. Saltava de árvore em árvore, esquivando-se através do trânsito de varejeiras e mosquitos ruidosos.

Ele voou por algum tempo, até que gritos de gaivotas perfuraram o zumbido do lago. As pedras, escorregadias por causa da alga, pontuavam o cenário como barcos virados, transformando o pântano num reino de piscinas de rochas e regatos correndo. O touro parou num dos picos de granito, batendo as asas na luz e esparramando água de um sulco na pedra. Então ele voou em frente. O cheiro de salmoura juntava-se à fórmula do gás. Não muito longe, a terra despencava de repente e o mar se chocava com ela. Ao longo do abismo, um homem vestindo calças à prova d'água e galochas caminhava para casa.

Ele se apresentava às vezes como sr. Fuwa, o nome com que era chamado lá no Japão, mas Henry era mais fácil se fosse para conhecer uma nova pessoa, algo que acontecia tão raramente que tornava o negócio com os nomes redundante. Similarmente redundantes eram lâminas e espuma de barbear, pentes, ferro de passar roupa e desodorante. Nada disso significava que ele era porco ou desleixado. Seus óculos eram mantidos imaculados porque sua linha de trabalho exigia uma observação meticulosa de detalhes minuciosos. Nas raras ocasiões em que fazia um amigo, o rosto da pessoa ficava marcado em sua mente por anos.

O touro de asas passou por ele.

De início, ele mal podia acreditar. Bateu ambas as mãos na cabeça e o viu esvoaçar. "O que está fazendo aqui?", gritou, instintivamente estendendo a mão. Tocou sua pele, leve como pau-de-balsa. O bicho olhou para ele impassível, estendeu as asas e as fechou na pequena marca azul em suas costas.

Eles escapavam a toda hora nesses dias, mesmo que ele checasse e checasse de novo os cadeados todas as manhãs e noites. Eles sairiam se o vento feroz do pântano levantasse uma telha da cobertura ou soltasse um pedaço de argamassa, criasse uma abertura mínima, que era tudo do que precisavam para escapar. Hoje em dia, estavam voando para o perigo, fossem águas-vivas no mar ou sapos curiosos, víboras ou morcegos do pântano.

Sua cabana não ficava muito longe, numa parte lisa de uma rocha no lago. Tinha uma espécie de jardim, um pequeno quadrado de pântano cercado, onde flores agarradas ao solo cresciam com pétalas brancas. No final do jardim estava uma cabana com telhado de ardósia: seu curral para o gado.

Olhando ao longe, ele podia ver a corcova no horizonte onde Lomdendol Tor se erguia no extremo oeste da ilha de Lomdendol. Os geólogos disseram que havia sido um vulcão na pré-história; babando nas ilhas em vida, o fogo transformara-se em terra.

A metamorfose estava na rocha de St. Hauda's Land. Em pedreiras, pedras explodidas mostravam seu interior transformando-se em quartzo ou revelando prisioneiros fossilizados. O mar moía a costa, remoldando-a todos os anos. E transformações completas aconteciam em fendas e rachaduras...

Henry seguia pelo caminho de pedra do jardim que servia como ponte quando a chuva caiu pesadamente. Destrancou a porta do cercado e virou a fechadura, mas não abriu de uma vez. O touro de asas de borboleta o havia seguido para casa, e ele ofereceu sua palma novamente, fazendo ruídos guturais para tranquilizá-lo. O touro pousou indiferentemente e Henry colocou a outra mão sobre ele, sentindo o bater de suas asas de encontro à palma. Ele deslizou para dentro do curral, fechando a porta com o pé atrás de si.

Lá dentro havia um odor de comida de galinhas que vinha da lama que alimentava o gado, e uma segunda porta que funcionava como uma cabine pressurizada temporária. Ele foi para trás dela e entrou no cercado, onde uma lâmpada movida a bateria brilhava num canto, iluminando as várias gaiolas presas nas paredes ou penduradas como móbiles do teto. Os touros as usavam como poleiros e camas, embora estivessem vazias agora porque o rebanho estava todo voando.

Eles giravam no ar como uma nuvem de folhas no vento. Sessenta corpinhos marrom e cinza em círculos com suas asas brilhantes e opalescentes. Henry lançou o touro que havia capturado ao ar para que se juntasse aos outros. As asas zumbiam, ele voou de volta para a porta e bateu forte contra a madeira. Sempre faziam Henry sorrir quando precisavam de sua ajuda. Henry o empurrou levemente em direção ao rebanho e o touro se perdeu no meio deles. Henry se sentou num banquinho de três pernas que rangia com seu peso. Um rebanho de gado alado pode ficar parado no chão por horas, com toda a docilidade de um gado comum num campo, mas no ar eles se deliciam com o poder do voo, e há algo caleidoscópico em seu movimento. Você começa a ver formas e, antes de se dar conta, está hipnotizado, seus pensamentos voando no ar ao seu redor. Você pensa em como se sentava assim, admirando esse gado desde que era criança (talvez esteja fazendo isso há tempo demais agora).

Henry tirou os óculos e os dobrou no colo enquanto se inclinava para se apoiar na parede, respirou fundo, fechou os olhos e escutou o zumbir e o ruflar das asas do gado.

Ele havia confiado em apenas uma pessoa para contar deliberadamente o segredo do gado de asas de borboleta, e podia vislumbrar o rosto da menina que havia descoberto por acaso. Ida Maclaird.

Ela o pegou desprevenido quando ele derrubou a caixa de joias e o levou para o Barnacle. Na ocasião, ele se preocupou com ela e a quem ela poderia contar. Queria não ter fugido do Barnacle. Parecia-lhe inevitável que ela contasse para todos piadas sobre o louco que conheceu nas férias. Se tivesse acreditado no gado de asas de borboleta *ela* é que seria a louca, e, assim, poderia não lhes contar. Ele muitas vezes rezou pelo silêncio dela, para que uma revelação viesse até ela, qualquer que fosse, de que o frágil gado era real e deveria permanecer escondido.

7

A jovem Ida Maclaird.

Carl Maulsen teve apenas um breve momento com ela. Então ele deixou St. Mauda's Land como se uma tempestade o tivesse carregado. Ele tinha forçado sua mala estufada para conseguir fechá-la. Deu-lhe um *olá* e um abraço apertado, notando a bengala e as botas (não havia tempo para comentar: o táxi buzinava lá fora), deixou a chave do chalé em sua pequena e suave mão, mergulhou no táxi e foi embora apressado.

Todo o tempo, um terrível pânico o afligia, causado pela mera visão dela. Como um homem orgulhoso de moldar seu próprio destino, ele achava uma vergonha quando os acontecimentos o tiravam do rumo. Não era preciso uma tragédia ou guerra para descarrilar um homem. Bastava uma lembrança.

O suor brotava em sua testa. Seu coração palpitava e suas bochechas coçavam com a eletrostática do cabelo de Ida raspando em seu rosto quando a abraçou. Ele riu abertamente pelo comportamento não característico de seu corpo, que em quarenta e oito anos só havia se comportado assim com uma mulher. Com as pernas da calça presas ao assento de couro do táxi, ele finalmente percebeu que havia esquecido de trazer sua compostura. Ele a havia segurado em seus braços, tão delgada como Freya Maclaird um dia fora.

Com o táxi correndo sob os ramos do bosque, ele olhava para os galhos e tentava se recompor. O táxi saiu da floresta, descendo um morro em direção à velha ponte de madeira que cruzava o estreito entre as ilhas Gurm e Ferry. Ondas batiam com urgência sob a ponte, encaminhando-se para o amplo mar.

A rota do táxi serpenteava pelas vastas águas da ilha Ferry, onde os lagos estavam metade congelados e juncos cresciam altos e grossos como mudas de árvores. O cheiro do gás do pântano filtrava-se pelas janelas fechadas do carro. Ele via seus punhos batendo nos joelhos.

Ida cresceu e se tornou igualzinha a Freya. Ele se perguntava se, quando as pessoas dizem que as mulheres se tornam suas mães, elas querem dizer apenas no mimetismo, ou se uma garota pode *realmente* se *tornar* sua mãe. Poderia uma mulher desocupar sua meninice e deixá-la para sua filha, como um vestido de segunda mão? Poderia um homem ter uma segunda chance com uma menina assim? Ele bateu em sua perna para que parasse de se agitar. Ideias assim não lhe surgiam desde que Freya Maclaird estava viva. Sabia que era uma ideia ridícula e tentou apagá-la de sua mente. Ainda assim, elas brotavam durante o percurso, com a estrada gingando ao redor dos pântanos da costa sul e aproximando-se da cidade de Glamsgallow, espremida contra as docas.

Na balsa, ele pensou em Freya. No táxi do continente, pensou em Freya. No saguão do hotel, esperando por suas chaves, pensou em Freya.

De manhã, foi para a universidade do continente na qual daria sua palestra. Depois, os professores que o haviam convidado o chamaram para jantar e tomar vinho, então voltaram para seus estudos e o deixaram sozinho para encontrar seu caminho de volta num ponto de ônibus, onde agora ele esperava, sozinho, numa grande avenida, torcendo o nariz com o vento artificial do trânsito. Viu o ônibus chegando, seu retorno marcado para o porto e de lá o barco para St. Hauda's Land. O ônibus parou. As portas se abriram. O motorista, usando gravata e camisa com colarinho amarelado, olhou Carl de cima para baixo e esperou um momento até rolar os olhos e perguntar: "É pra hoje?".

Carl pensou em Ida ficando em seu chalezinho. O sentimento que o havia emboscado ontem, como em seus braços ela havia trazido de volta o tempo de sua mãe, havia entorpecido com a mundanidade de uma rede de hotéis, pontos de ônibus, salas de leitura e testes de microfone, ligando e desligando, sinais de saída de emergência brilhando em verde... mas não havia desaparecido. Estava enterrado em algum lugar dentro dele. Ele precisava se recompor antes de vê-la novamente.

As portas do ônibus se fecharam, e apenas quando o veículo estava se movendo foi que o motorista mostrou seu dedo do meio.

Carl cruzou a rua. Um caminhão buzinou para ele e desviou, evitando um atropelamento. Do outro lado da rua, ele se sentou na calçada ao lado da parada de ônibus, esperando pelo que ia para o sul do continente.

Havia cogitado a ideia pela primeira vez durante o almoço, enquanto a professora de literatura que era sua acompanhante tagarelava sem parar sobre o romantismo. Murmurara em concordância com as opiniões dela e mastigou a carne de frango frito que havia pedido. Nunca pretendeu se encontrar falando asneiras para estudantes entediados ou ser idolatrado por professores excêntricos. Havia ficado naquele auditório de palestras e olhado nos olhos vazios de uma centena de alunos. Sua palestra foi vacilante. Ele não conseguia pensar nos clássicos. Só pensava em Freya.

Mas, quando tentou visualizá-la, pensou na lápide e nos ossos a sete palmos de profundidade. Teve de pensar no rosto vivo e respirando de Ida para apagar essa imagem.

O ônibus para o sul chegou e Carl jogou-se nos fundos, num assento com pouco espaço para as pernas, ao lado de um viajante num sobretudo cáqui, cujo brilhante *laptop* roubava todo o espaço. Ele tornou aparente seu desconforto esticando as pernas e afastando os cotovelos do corpo.

Havia chamado Ida pelo nome de solteira de Freya quando escrevera para ela pela última vez. *Ida Ingmarsson. Todo o meu amor, Carl.* Ele percebeu o erro no momento em que colocou a carta no correio, então fez várias tentativas para evitar que fosse enviada. Claro que tudo se passou sem comentários, mas estava lá, em olhares, quando ele a viu novamente, quase um ano depois do acontecimento. Quão premonitório parecia agora.

Ele considerava que o amor antes possuído estava morto havia muito tempo, deixando-lhe apenas remorsos e um coração seco.

Mas, vendo Ida crescida, o amor renasceu e o coração voltou a bater. Essa imagem do amor imortal o espantou brevemente, antes que a fórmula social de seu relacionamento voltasse. Ela o havia chamado de tio, como uma menina. Claro que ele não deveria nunca se permitir conhecê-la. Não deveria ter mantido contato com a mãe dela. Como se você pudesse terminar com o amor abruptamente porque aquela que você ama assinou os papéis com outra pessoa na igreja.

Lá fora, subúrbios e cidades se repetiam. Então vinha o campo muito trabalhado, acres aráveis e pastos de vacas. A noite veio, o trânsito aumentou. Passaram por uma cidade com torres de blocos que tinham janelas acesas em amarelo e tantos cabos de telefone, fios e antenas que os prédios pareciam presos numa rede. O homem ao lado dele roncava. Um fio de baba ligava sua boca ao nó da gravata.

Carl saiu do ônibus numa cidade de arquitetura comunista. Ao longe, morros e uma estação de força mandavam uma nuvem protetora sobre as ruas. Postes de iluminação com duas lâmpadas encimavam os cantos da rua. Cercas eram marcadas com pichações sem imaginação em cores sem graça. Entrou no melhor hotel que conseguiu, um que havia ao menos feito um esforço (ainda que pífio) ao colocar um carpete vermelho de mau gosto no saguão e pendurar candelabros de plástico. Um estagiário com uma gravata-borboleta preta frouxa deu-lhe a chave do quarto, e ele subiu as escadas até o quarto andar para exercitar as pernas que haviam ficado quase anestesiadas no ônibus. Jogou sua sacola no quarto, trancou a porta e foi direto de volta para as ruas, ignorando o ronco de seu estômago.

Andou pela rua que levava ao cemitério. Queria que houvesse uma floricultura aberta naquele horário para que pudesse deixar para Freya suas íris douradas favoritas. No cemitério, passou por uma pessoa de luto num banco e abriu caminho entre as lápides para o bloco branco de pedra entalhado com o estranho nome que era apenas metade dela. Freya *Maclaird*.

Aquele canalha do Charles Maclaird nunca contou a Carl que um tumor estava crescendo no topo da espinha de Freya. Nunca o informou de sua morte. Esse era o motivo de seu ódio por ele, mais doloroso que seus laços legais com a mulher. Mais doloroso até que a ideia dos dois dividindo uma cama com uma regularidade torturante.

Encolhendo-se ao lado do túmulo com seus punhos fechados na frente da boca, ele se perguntava como a menina que havia visto, a garota a quem havia dado as chaves de sua casa, não tinha nada do Charles. Ela era tão parecida com o que sua mãe havia sido em seu apogeu que podia ser uma irmã. Segurá-la em seus braços havia sido... como ele imaginava que seria segurar Freya.

Se ele ao menos soubesse que Freya estava morrendo, teria ido ao lado da cama dela, abraçado-a, não importa o que Charles Maclaird e o resto do mundo pudessem pensar.

Quando foi àquele cemitério pela última vez (teria sido três anos atrás?), ele estava tão confuso que acordou no dia seguinte e encontrou suas unhas rachadas e seus dedos feridos com marcas de mordidas. Considerava seriamente desenterrá-la. Havia sido privado de seu lugar de direito ao lado do leito de morte dela e do funeral, e mal podia acreditar que suas esperanças estavam arruinadas. Mantivera por muito tempo uma crença ousada de que Charles iria pisar em falso um dia e Freya viria correndo. Mantivera a crença, ainda que constantemente erodida pelo envelhecimento de seu corpo, que haveria noites com ela. A forma dela, seu arfar através de lábios partidos.

Limpo, muito limpo, o túmulo tinha três anos. Apenas o medo o impediu de revolver a terra fresca naquela época. Não o medo das consequências de ser pego, mas o medo de que pudesse maculá-la. Em vez disso, ele voltou para sua cabana em St. Hauda's Land.

Não havia flores no túmulo dela agora. Charles deveria ter cuidado disso, mas aqui estava o incômodo: Charles havia odiado e então desprezado Freya. Ele a chamava de puta, ou isso era o que diziam. Carl poderia ter partido o pescoço do infeliz se o tivesse visto chamando-a assim. Pelo menos Ida enxergava as coisa. Ida, pelo que dizia nas cartas, via seu pai como o caipira egoísta que ele era. Ela podia não o desprezar tanto como Carl, mas ficava cruelmente feliz por saber que eles estavam em melhores termos um com o outro do que ela estava com o bugre que a havia gerado.

Ela era cada centímetro de sua mãe. Carl se abaixou para beijar o túmulo.

8

Um exército de folhas desfilava pelos chãos do parque de Ettinsford, avançando pela turfa escura e o caminho de asfalto. Uma criança num carrinho tentou pegá-las quando passaram por ela. Esticou-se nos arreios de seu carrinho e gritou enquanto seus dedos estalavam no ar. As folhas continuaram se movendo, passando às margens do estreito no qual o parque se apoiava, ao redor da base da torre pintada do relógio. Finalmente, elas se emaranharam num arbusto atrás de uma senhora num banco. A senhora fez uma careta quando as folhas rasparam nela e se prenderam a seu xale.

Midas checou a torre do relógio. O pôr do sol já terminava, mergulhando o céu numa parede amarela e num céu azul de joia. Pássaros saltitavam entre galhos nus. Patos balançando na água enfiavam o bico sob as asas. Uma revoada grasnava ao vento.

Ele se perguntava se Ida iria aparecer, porque ela estava atrasada. Combinaram de comer peixe e batatas fritas e ele foi direto do trabalho, descendo a espiralada rua principal da floricultura até a grama exposta do parque. Cruzou os braços, inquieto. Mesmo com dois coletes e três camisetas, seu casaco felpudo não conseguia mantê-lo quente. Ele estava desconfortável com o peixe e as batatas fritas. Quando deixaram o café no dia anterior, Ida sugeriu que se encontrassem novamente, para uma refeição. Ele não havia experimentado nenhum dos restaurantes ou bares de Ettinsford; então, quando ela lhe pediu uma recomendação, o único lugar que podia se lembrar de ter visitado era a loja de fritas, talvez seis ou sete anos atrás. Ela disse que não era bem o que havia pensado, mas insistiu que, se era o que ele recomendava, iria tentar.

Ele ficou surpreso de ela querer vê-lo novamente depois de ter dito que não poderia ajudá-la a encontrar Henry Fuwa. No café, quando ela disse aquele nome, a reação instintiva de Midas foi balançar a cabeça e afastar a lembrança do buquê. Mas depois, de noite, quando esquentava água para sua garrafa térmica, ele percebeu que se sentiu uma farsa. Como se a tivesse traído.

As lembranças eram apenas fotos impressas em sinapses. Ou assim ele justificava ao dividir uma delas com o mundo enquanto mantinha as outras trancada em álbuns escondidos. Ainda assim, enquanto derramava a água fervente pelo gargalo de borracha da garrafa, um sentimento enjoado o fez estremecer, e ele derrubou água escaldante em sua mão. Havia alguma lei funcionando, alguma autoridade que requeria que ele dividisse suas lembranças de Fuwa com ela, como evidência? Não dormiu bem, sentou-se na cama com os joelhos ossudos dobrados próximos de seu peito, sentindo-se assustado demais para desligar a luz.

Agora, no parque, ele se perguntava como poderia contar a Ida que, na verdade, sim, o nome de Henry Fuwa fazia sentido, sem deixá-la brava pelo fato de não ter dito isso antes.

Um mendigo podia ser visto andando torto do outro lado da torre do relógio, segurando uma sacola de garrafas azuis de cidra. Alguém andava lentamente atrás dele. Quando o mendigo se jogou num banco, Midas viu que quem vinha atrás era Ida. Só que seu modo de andar estava diferente. Ela havia abandonado sua bengala por uma pesada muleta de madeira.

Ele soube no momento em que ela sorriu, do outro lado do parque, que iria decepcionar a si mesmo. Enfrentar o sentimento enjoativo era melhor do que enfrentar a ira dela. Sua garganta apertava enquanto ele empurrava a culpa de volta para dentro. Ela se aproximou pela beira da água, usando os mesmos chapéu branco e casaco até o joelho em que ele a vira anteriormente, e ocorreu-lhe de novo que o rosto e os olhos dela eram quase monocromáticos em sua palidez. O frio dava uma definição aguda a tudo, e ela não era exceção. Ele queria arrancar a capa de sua lente e fotografá-la naquele exato instante.

"Que tarde gostosa", ela disse, olhando para o céu.

"Sim", ele disse, decidindo não comentar a troca da bengala pela muleta.

"Você parece estar congelando. Desculpe pelo atraso."

"Não se atrasou."

Ela olhou para o relógio. "Atrasei. Sério, desculpe. Ainda acho difícil calcular o tempo para isso." Ela apontou para as botas. "Eu estava com medo de que você pensasse que eu não viria. Não está com frio, Midas? Tem um buraco no seu casaco!"

"Estou com dois coletes."

"Mas não está com frio?"

"Um pouquinho."

"O.k. Então vamos pegar um desses peixes com batata."

Ele assentiu para demonstrar entusiasmo e caminhou lentamente ao lado dela, para fora do parque e atravessando a rua até a loja.

Havia um peixe de madeira pendurado sobre a porta. Rachaduras e manchas de cocô de passarinho desbotaram sua pintura azul. O cheiro de gordura e massa pairava pela calçada. O cheiro era ainda mais forte lá dentro, no ar quente em que as paredes azuis tinham sido azulejadas como em uma piscina e pintadas com murais de tubarões e polvos. Os funcionários de rosto vermelho e chapéu branco jogavam fritas em bandejas de poliestireno e afundavam peixes em fritadeiras que chiavam.

Midas apontou para uma foto esverdeada da especialidade da casa: bolo de peixe. Quando ela lhe perguntou o que havia de tão bom na loja, ele o citou como exemplo. Com a deixa, um cliente sorridente deixou o balcão com um bolo de peixe aberto e batatas; o vinagre deixava a casca empapada. Um homem esguio de jaqueta de couro e gola rulê preta foi até o balcão e apoiou um guarda-chuva. Piscou para a garçonete, que corou.

"Bolo de peixe duplo e batatas", ele disse numa voz nasalada.

"Sal e vinagre?"

"Bastante sal."

A garota jogou sal nas batatas. Midas falou para Ida não se decepcionar se o bolo de peixe tivesse decaído naqueles seis anos, repentinamente envergonhado com sua escolha de comida. Mas ela parecia genuinamente deliciada, e confiou nele, pedindo o bolo de peixe enquanto se sentava numa cadeira de plástico numa mesa perto da janela.

"Por quanto tempo você acha que eles ficam quentes?", ela perguntou, quando ele veio com dois pacotes engordurados.

"Acabaram de sair da fritadeira."

Ela sorriu. "Vamos levar para minha casa?"

"Hum..."

Ela se levantou cuidadosamente e bateu na barriga dele. O toque do dedo dela travou a garganta de Midas e ele não conseguiu falar, mesmo pensando que deveria educadamente recusar a oferta. Deus, ele mal a conhecia.

Ela estava decidida. "Pode dirigir pra gente?"

Ele olhou para o rosto ávido dela e fez o teste do pai: pergunte a si mesmo o que seu pai teria feito e certifique-se de fazer exatamente o oposto.

Saíram para a rua fria, onde o mendigo do parque estava aconchegado na entrada de um beco com seu saco de garrafas de cidra. Midas ouviu os dentes dele batendo. Conduziu-a a seu carro e percebeu que estava estacionado sobre uma poça. Ela se abaixou cuidadosamente para sentar no banco do passageiro. A noite caía rapidamente. Logo eles estavam indo por um campo escuro e não havia mais carros na estrada.

"Essas batatas têm um cheiro bom."

"Humm..."

Ela riu. "Você não é mesmo de falar, né?"

Ele corou. "Acho que não."

Galhos escuros passaram pela janela. Começou a chover. O carro passou num buraco e Ida saltou e involuntariamente agarrou os joelhos. Midas tentava manter os olhos na estrada. Pinheiros balançavam com o vento e a chuva.

"Talvez você pense demais nas palavras que vai usar e como fazer sua boca pronunciá-las."

Ele franziu a testa. Talvez ela tivesse muita facilidade para falar. "Talvez."

Depois de um silêncio, ela apontou para uma entrada estreita. Ele virou, os faróis varreram um pequeno bangalô com telhado de ardósia.

As árvores roçavam uma na outra na escuridão. Chuva fria, quase neve, batia-lhes na cabeça e nos ombros enquanto deixavam o carro.

Ida respirou profundamente. "O.k. Este é o chalé."

A porta da frente, azul, tinha uma ferradura presa. Nas janelas, plantas mortas em vasos rachados. Uma gota de chuva gelada acertou o olho de Midas. Ida andou até a porta, segurando firme a chave, mas não fazendo nenhum movimento para colocá-la na fechadura. Ela olhava para a carpintaria.

"A decoração é bem previsível, temo eu. Carl não é muito interessado nisso. Pense num acadêmico de meia-idade."

Ele pensou em seu pai. Ela destrancou a porta e apertou o interruptor.

Um amplo corredor levava à escada de madeira e a duas portas, uma para a cozinha e outra para uma sala de estar com um sofá-cama em que ela claramente estava dormindo. Ele se perguntava por que ela não dormia no andar de cima, no quarto, e se o sofá-cama tornava esse aposento seu quarto. Nesse caso, ele estaria *no quarto dela*. Deus, ele não estava pronto para algo assim.

Uma estante estava entulhada de fotos e livros com nomes de que ele se lembrava vagamente, do escritório de seu pai: Virgílio, Plínio, Ovídio. Eram como palavras de um feitiço de magia negra, e ele virou as costas para os livros. Num canto havia uma pilha de pesos e um par velho de luvas de boxe, e na parede em frente à janela estava um pequeno quadro com o autorretrato de Van Gogh, com a orelha bem enfaixada. Uma manta estampada azul-marinho com pontos prateados revestia o sofá-cama.

Ida sentou-se na cama e começou a tirar as botas. Midas tentou não parecer muito interessado. Ela as puxou e colocou cuidadosamente no carpete ao lado. Por baixo, usava várias camadas de meias.

"Deve ter sido difícil", ele disse, olhando os pés acolchoados dela. "Embaixo d'água."

Ela franziu a testa. "O que quer dizer?"

"Esses mergulhos que você disse que costumava fazer com Carl Maulsen."

"Não, não. Esse... sintoma não se desenvolveu quando eu trabalhava com o Carl."

"Ah."

"Sim."

"É recente?"

Ela assentiu.

Eles olharam para baixo.

"Midas?"

"Sim?"

"Não quero falar disso."

"Desculpe."

Ela deu de ombros. Bateu as mãos. "Então está bem. Vamos comer esses bolos de peixe."

Midas foi à cozinha e encontrou pratos. Desenrolou os pacotes engordurados e os carregou de volta para a sala. Jogou-se numa poltrona que estava deformada pelas malas.

Ida abriu uma janela para deixar sair o cheiro de fritura. Algo nas árvores piava enquanto eles comiam.

"Há corujas lá fora", disse Midas.

"Sim, eu ouvi quando não consegui dormir, noite dessas."

"Devíamos sair e procurar por uma delas."

Ela pareceu surpresa. "Você gostaria de fazer isso?"

"Sim."

Ela mastigou pensativamente, terminou sua bocada e limpou os lábios. "Quando eu era menina, costumava ir à praia e procurar golfinhos à luz da lua. Acho que nunca fui procurar corujas. Mas, agora... é difícil caminhar no escuro."

"Não vamos longe."

"Desculpe." Ela corou. "Desculpe, Midas. Fico com muito medo de tropeçar."

Ele ficou surpreso. Havia visto nela uma confiança superior em tudo e o reverso repentino a fez parecer, por um momento, mais jovem, quase uma menina.

Estava ficando frio lá dentro. Ida fechou a janela, aumentou o aquecimento e pediu para Midas pegar uma garrafa de vinho branco na geladeira, verde e suando de tão gelada.

"Você tem muitas garrafas nessa geladeira."

Ela sorriu. "São do Carl. Mas ele falou para eu me servir, sabe?"

Ela colocou o vinho firmemente na mesinha ao lado do sofá--cama, junto das duas taças, então pegou um saca-rolha, que ela brandiu como uma faca.

"Ele tem sido realmente bom comigo, esses anos todos. Uma espécie de tio."

"Vocês são parentes mesmo?"

"Não. Minha mãe é que o conhecia há muito tempo." Ela enfiou o saca-rolha na rolha e girou com a mente distante. "É ele, naquele recorte emoldurado."

Havia uma coluna de jornal amarelada numa pequena moldura no final de uma prateleira de livros. Midas se levantou e a tirou da prateleira. A manchete dizia DUPLA LOCAL RECEBE BOLSA HONORÁRIA DO CONTINENTE e havia uma foto acinzentada no final do artigo. Dois homens mostrados em ternos elegantes; o primeiro era sem dúvida Maulsen, de porte troncudo, sorriso animado e cabelo grisalho.

"Merda", disse Midas, apertando a moldura da foto.

Ida levantou o olhar, preocupada. A rolha se esmigalhou no gargalo da garrafa e caiu no vinho.

Ele cambaleou até a poltrona e caiu de costas.

"Midas, o que foi?"

Ele balançou a cabeça rapidamente. Ela comprimiu os olhos quando ele olhou para ela. Ele pensou em como escondera o que sabia sobre Henry Fuwa, e não poderia suportar esconder isso também. Passou a ela a moldura.

"Leia os nomes."

Ela passou pelo artigo, então fixou-se na imagem. "É *você*?"

"Meu pai."

"Vocês têm o mesmo nome?"

"Sim."

Ela abaixou a foto. "Você não sabia disso, sabia?"

Ele balançou a cabeça. "Quero dizer, eu sabia da bolsa, mas não de Carl Maulsen."

"Bom... ótimas notícias! Você disse que não sabia muito sobre seu pai. Talvez Carl possa ajudar."

"Não quero saber mais sobre meu pai. E ver uma nova foto dele depois de todos esses anos..."

Ele ficou em silêncio, e se perguntou se uma menina do continente como ela poderia entender os nós da vida de lá. Os círculos de fofoca mais poderosos que a televisão. Os vizinhos bisbilhoteiros que poderiam detectar segredos como corvos detectam carniça. Quase pior que isso (porque você poderia ignorar as pessoas): a forma como o lugar *regurgitava* detalhes indesejáveis. Ele queria que a morte tivesse transformado seu pai em cinzas e poeira, como o padre havia prometido que aconteceria em seu funeral. Talvez o solo fosse muito ralo em St. Hauda's Land. "Deus", ele deixou escapar, "essas ilhas! São tão incestuosas."

"Por que você não se muda?", ela perguntou gentilmente, como se pensasse em voz alta.

"Porque...", ele bufou, "não faria o que aconteceu ir embora. Eu tenho de... superar."

Ela assentiu lentamente. "O que aconteceu exatamente?"

Ele apontou para o recorte de jornal. "Se for aos arquivos do *Echo's*, encontrará talvez dois ou três incidentes dignos de nota nos últimos dez anos. A vida aqui é tão enfadonha... Quando algo trágico acontece, seus efeitos são mistos. Você não pode andar pela rua sem as pessoas o reconhecerem como o pobre coitado do jornal. E pior – já que só há uma coisa para se falar –, alguns dos olhares que você recebe são horríveis. Distorcidos."

Ida escolheu suas palavras com cuidado. "Algo ruim aconteceu com você?"

"Uma amiga se afogou. Antes disso, meu pai se suicidou. E houve outras coisas..."

"Merda. Desculpe, Midas."

Ele sorriu fraco para ela. "Estou bem. Só a primeira coisa ainda é um problema."

"Quero dizer, sinto muito por tagarelar sem parar como todo mundo aqui sabe da vida do outro." Ela olhou para a garrafa esmeralda em sua mão. "Sinto muito também por ter derrubado a rolha no vinho."

Ele sorriu para ela. "Não importa. Podemos filtrar o vinho."

Encontrou um coador de chá na cozinha (a cozinha do *colega de seu pai*). O vinho gargarejou da garrafa e passou pelo coador.

"Saúde", disse Ida, olhando-o calorosamente quando ele entregou a taça para ela.

9

Numa silenciosa noite de verão, o pai de Midas cambaleou de sua cadeira e caiu torto no chão de seu escritório. A mãe de Midas o encontrou e ligou para uma ambulância que chegou rapidamente e correu para o hospital, onde ele passou três dias. Os exames revelaram um crescimento anômalo sob o seu coração. Não havia chance de cura.

"Ele pode se sentir bem por várias semanas, até meses", disse o médico objetivamente, pressionando o polegar no botão de uma caneta. "Então provavelmente vai ter um ataque similar ao que acabou de sofrer, ou pior. Haverá um ponto em que o corpo dele não vai ser mais capaz de restaurar o controle completamente. Ele vai perder a sensação e a função motora nas partes do corpo afetadas. Esperamos que isso aconteça principalmente nos membros, mas, você entende, caso se espalhe por uma grande artéria ou por seu sistema digestivo, não há muito o que fazer."

O médico girou a caneta nos dedos, então a levou até os lábios e a bateu no queixo.

"Se ele lutar", disse a mãe de Midas depois de um tempo, com as mãos bem apertadas. "Se ele lutar por um bom período, se ele segurar."

O médico roeu a caneta.

Então (no dia em que seu pai fixou a nota na geladeira), Midas fugiu da escola. Era uma escola grande, à qual as crianças de St. Hauda's Land eram levadas de ônibus todos os dias, e ainda assim ele não se encaixava nem encontrava anonimato lá. Enquanto os outros alunos dormiam uns com os outros e fumavam maconha no canto do campo de futebol, ele ficava na biblioteca estudando livros pesados de fotografia. Os professores haviam retirado sua câmera para prevenir um possível roubo, mas no intervalo ele estava sonhando com a nova lente de *zoom* que sua tia havia comprado para ele e continuava em sua caixa lustrosa, em casa. Ainda cheirando a poliestireno. Ele esteve desesperado para falar da caixa a alguém, mas ninguém ouviria. Uma chuva pesada caiu sobre a escola, batucando nos telhados e levando as outras crianças para dentro. E isso trouxe Freddy Clare à biblioteca.

"Olá, Crooky", ele disse, deslizando para a cadeira em frente a Midas. Seu cabelo estava preso ao pescoço, ensopado da chuva.

"Oi, Freddy."

"Olha isso, Crooky." Algo prateado brilhou em seu bolso enquanto ele abria o *blazer*; parecia o cabo de uma colher.

"O que é isso, Freddy?"

Freddy olhou ao redor furtivamente, e tirou o objeto do bolso. Um canivete dobrável fechado. "Como em *O poderoso chefão*, Crooky. Você gosta?"

"É bem bom."

"Com certeza. Agora, você está com dinheiro?"

"Não."

Freddy rangeu os dentes. "Não seja idiota, Crooky. Ser idiota pode te colocar em apuros. Não vamos esquecer que sei onde você mora."

Midas viu Freddy brincar com o canivete – ele tinha curativos em três dedos além do polegar. Não havia bibliotecários à vista e, apesar de outros meninos terem notado, tinham a cara enfiada nos livros.

"Não tenho dinheiro, Freddy."

"Claro que não", sorrindo, ele puxou a lâmina do cabo.

"Não... Não estou mentindo."

"Claro que não. Como em *O poderoso chefão*, Crooky."

Para alívio de Midas, uma bibliotecária apareceu vindo de trás da seção de História Antiga. Ela viu o canivete de Freddy e pareceu horrorizada, abrindo e fechando a boca, lutando com os botões de sua malha.

Freddy suspirou e fechou o canivete. "Tudo bem, moça, só estava mostrando ao Crooky o meu novo brinquedo."

Ele deslizou da cadeira e olhou pesaroso para o canivete. A chuva batia nas janelas da biblioteca.

"Mas creio que você vai querer confiscar. Não vai, senhorita?"

Ele o estendeu para ela. Ela o pegou.

"Bem!", ela bufou. "Graças a Deus, vocês foram responsáveis!"

Freddy sorriu. "Sem problema, senhorita. Você está sendo justa."

A bibliotecária segurou o canivete entre o indicador e o polegar, como se ele pudesse contaminá-la. "Você percebe que vou ter de denunciar essa quebra do regulamento escolar?"

Freddy deu de ombros amigavelmente. "Você só está fazendo seu trabalho, senhorita." Enfiou as mãos nos bolsos e checou o grande relógio da biblioteca.

"Veja só. O intervalo já está quase acabando. O tempo voa, não é, Crooky? Te vejo depois da escola."

Midas e a bibliotecária o viram saindo animado. O sino da escola tocou.

★

Midas se escondeu no banheiro até as aulas começarem. Depois deu sua escapada, fugindo para fora da escola com o colarinho da jaqueta virado para cima, a chuva e o vento eram tão pesados que ele teve de acelerar a caminhada para casa. Quando chegou, estava ensopado. Chamou para ver se seu pai estava em casa, mas não teve resposta. Então, enquanto fazia café, viu uma nota presa na porta da geladeira:

Na garagem. Desculpe pela bagunça.
M.

Midas deixou o café e colocou de volta sua jaqueta molhada. Passou pela porta traseira, pelo quintal e saiu por um beco traseiro que terminava em um quarteirão de garagens da rua. A chuva caía num ângulo afiado, levada pelo vento.

A luz fazia um desenho pelo canto da porta da garagem. Pingos caíam no metal e escorriam pelas janelas. Midas se molhou até lá e empurrou a porta aberta, entrando assim que deu.

Seu pai estava numa escadinha, um homem pálido de bigode vestido com suéter e calças elegantes, rasgando um pedaço de fita com os dentes. Ele estava prendendo sacos de lixo numa parede, seu arquear nervoso era pronunciado, até na escada.

"O que está fazendo?", perguntou Midas.

Seu pai quase caiu da escada com o susto, então pôs a mão no coração. "Meu Deus, Midas, você quase me matou de susto." Desceu a escada correndo e fechou com um chute uma maleta na qual havia algum tipo de ferramenta, uma coisa em formato de L e com um cabo preto. Midas não conseguiu vê-la o tempo suficiente para dizer o que era, apesar de notar um saco com minúsculos cilindros de metal ao lado dela, dentro da maleta. Seu pai colocou as mãos na cintura. "O que está fazendo aqui? Você deveria estar na escola."

"Eu fugi."

"Oh... Midas!" Ele refletiu por um tempo, olhando seu filho de cima a baixo. "Você vai pegar pneumonia se não se secar. Escolheu um dia feio para fugir. Vamos sair e pegar uma toalha pra você."

"O que está fazendo com esses sacos de lixo?"

Seu pai olhou sobre os ombros para os sacos pretos nas paredes e no piso. "Esses? Bem... vamos voltar à sua toalha?"

Ele desligou a luz da garagem. Midas abriu a porta e voltaram para casa juntos, com os pés pisando em poças. Entraram correndo pela porta dos fundos.

"Toalha, toalha...", murmurou seu pai.

"Posso encontrar uma pra você", disse Midas.

"Estou tentando arrumar uma para *você*." Seu pai passou-lhe um dos panos de prato. "Tem uma coisa. Você não pode simplesmente fugir da escola."

Midas esfregou o pano de prato nos cabelos.

"Eles vão se preocupar com você."

"Não vão sentir minha falta."

"Ah, vão sim, Midas. Instituições como essas nunca perdem o passo. Devem ter chamado a polícia para achá-lo neste momento, tenho certeza."

O telefone tocou. O pai de Midas esfregou o bigode com o polegar.

"Provavelmente são eles", disse. "Telefonando para dizer que você fugiu. Vamos." Ele passou pelo corredor e pegou o telefone da parede. "Residência dos Crook. Senhor Crook falando. Como posso ser útil? Sim. Sim. Temo que sim. Comigo, sim. Oh, farei. Hum, bem, bom dia." Colocou o telefone firmemente e suspirou. "Calce os sapatos. Vou levá-lo de volta."

"Já calcei."

"Ah. Ah-ha. Então vamos. O carro está na rua. Eu estava... usando a garagem."

"O que estava fazendo com aqueles sacos de lixo?"

Seu pai procurou a chave do carro nos bolsos, mas parou antes de abrir a porta. "Não se preocupe, Midas. Você pode acabar com eles nesta tarde."

"Mas o que você estava..."

"Midas, por favor?" Ele abriu a porta do carro. A chuva caía e batia em seu rosto. "Meu Deus, parece que o mundo está num dilúvio."

Olharam as nuvens negras.

"Não quero voltar para a escola. Se eu voltar, Freddy Clare vai me bater ou me esfaquear até a morte. Depende se ele conseguiu pegar o canivete de volta."

"Sim", seu pai murmurou, vendo vapor nas poças.

"Estou falando sério", disse Midas, "e o Freddy também. Ele é louco."

"Então venha para o carro. Traga um balde se quiser, para tirar a água do carro enquanto vamos." Ele riu para si mesmo. Midas o seguiu pela chuva, ainda segurando o pano de prato, e sentou-se no banco do passageiro. Seu pai parou, com a chave na ignição.

"Sua mãe o teria colocado na escola dominical se eu não tivesse impedido. Pode acreditar nisso?" Ele se encostou no assento. "Te fiz um favor, segurando você aqui. Não é para o meu filho essa crença dogmática numa entidade monoteísta. Não, meu filho tem consciência do simbolismo de um panteão – a impossível coexistência de uma multidão de poderes supremos. Não é mesmo, Midas?"

Seria um corte rápido, se Freddy pegasse o canivete de volta, ou seria algo lento? Seria dolorosamente lento, uma facada por vez...

"Sabe, Midas, estou feliz que tenhamos nos trombado nesta tarde." Ele batucou com os dedos na direção enquanto outras chaves do chaveiro ainda se penduravam da ignição desligada. "Essa conversa de escola dominical e esse tórrido aguaceiro me deixaram com pensamentos sobre o dilúvio."

Água da chuva espirrou no parabrisa.

Seu pai começou a falar de arcas parando no pico das montanhas, de pombas brancas e corvos afogados flutuando no oceano. Midas se perdeu em preocupações. Então percebeu que o pai tinha parado de falar. Os nós de seus dedos estavam brancos na direção. Seus óculos deslizaram até a ponta do nariz. Era assim que ele ficava quando estava ansioso. Seu pai nunca ficava entusiasmado ou feliz, mas, de tempos em tempos, ficava ansioso.

Um melro golpeado pela chuva pousou no capô do carro e se debateu antes de descer no asfalto e ir cambaleando em outra direção.

O pai de Midas bateu palmas. "Barcos, Midas! Uma boa maneira de fazer as coisas. Melhor do que essa bobagem de sacos de lixo."

"Pra *que* os sacos de lixo?"

"Bobagem. Barcos, Midas! Meu Deus, você sabe me inspirar."

Ele virou a ignição de repente. "Vamos voltar para a escola."

Midas segurou a cabeça. Chegou à escola em tempo para a aula dupla de matemática, com apenas um pano de prato para mostrar de sua fuga.

10

Quando Midas acordou, a cabeça lhe doía e suas articulações estavam duras. Ele havia adormecido na poltrona do quarto de Ida, onde estava um breu. Falaram de coisas mais fáceis, livros (calcularam que ele leu um para cada vinte lidos por ela), notícias (ele estava desatualizado) e cinema (ele lhe disse que não dava certo com os filmes: queria estudar cada quadro, como faria com uma foto, mas o esforço o deixava tonto). Finalmente, o cansaço os atingiu. Adormeceram onde estavam sentados.

Deixaram as cortinas abertas e o mundo lá fora estava visível em vagas camadas azuis, como se olhassem de um submarino. Uma respiração suave vinha da cama. A boca de Midas estava seca e ainda tinha gosto de vinho branco. Tentou voltar a dormir, mas não conseguiu. Procurou o abajur. Uma aranha corria pela parede, para longe do suave brilho alaranjado que repentinamente preencheu o cômodo. Ida estava deitada na cama, com seu cobertor de bolinhas prateadas enrolado nela. Seus pés ficavam para fora do colchão. Ele os observou por um momento, numa espécie de torpor. Ela se mexia e virava a cabeça com frequência, mas seus pés ficavam parados. Mesmo quando ela fechava os punhos e os encostava de forma protetora no peito, seus pés permaneciam parados como pedras.

A noite parecia inflar sua curiosidade, como a lua trazendo as marés. Sua câmera estava aninhada na bolsa ao lado da poltrona. Ele a tirou, removeu a capa da lente, então pensou no que estava fazendo e guardou a câmera de volta. Colocou-a no criado-mudo e se recusou a olhar para ela.

Parecia tão inocente, mas com Ida dormindo no quarto também parecia estranhamente estranha, como se fosse um acessório. Ele pegou a alça, sentiu o toque áspero de suas faixas na ponta dos dedos. Havia tempos, via a câmera como uma extensão de seu corpo, como outros podem ver uma cadeira de rodas ou um par de óculos; o simples fato de cogitar agir independentemente do contato tornava seus ombros tensos e seus dedos do pé frios. Ele ficaria cego sem a condução dela. Olhando para os pés sem movimento de Ida, ele duvidava que teria a coragem de investigá-los sem sua câmera.

Seus joelhos estalaram quando se levantou e rastejou até o pé da cama.

As meias de cima que Ida usava eram de um branco-creme. Ele olhou de volta para a câmera, o plástico embotado da capa da lente mascarando seu olho. Seus dedos se agitaram. Controlou a respiração e gentilmente pôs um dedo no dedão de Ida. Ela não percebeu. A frieza inesperada de seu pé parecia não ser o corpo de outra pessoa. Ela respirava regularmente, lábios entreabertos, uma espuma de saliva no canto da boca. Ele apertou levemente. As meias dela eram suaves. Mas seu pé era duro como um diamante.

Ele tirou a mão e deu um passo para longe da cama. O vinho branco devia estar fazendo efeito. O que ele tocou não parecia um pé.

Voltou para a sua poltrona e colocou a câmera no colo. Logo ficou satisfeito em acreditar que havia se enganado.

Estava quase cem por cento feliz de acreditar nisso.

Passando a alça da câmera pela cabeça, moveu-se para o pé da cama, respirou profundamente e pegou o dedão dela entre os dedos. Apertou até não poder negar que era duro e gelado. E certamente ela não podia sentir. Ela murmurou em seu sono. Ele meteu as mãos frias nos bolsos. No teto, a aranha galopava para a frente e para trás, entrando e saindo do arco de luz.

Ele buscou o topo da meia de Ida e o apertou gentilmente. Então correu até o tornozelo. Ela murmurou algo e ele congelou, mas deixou os dedos lá. Ela ainda estava dormindo profundamente.

Puxou as meias para baixo, descendo ao tornozelo e a alguns centímetros do pé.

Olhou.

Continuou olhando.

Tirou totalmente as meias.

Os dedos dela eram de puro vidro. Liso, claro, brilhante. Arcos resplandecentes de luz circundavam cada dedo e cada dobra entre suas juntas. Vistas através dos dedos dela, as manchas prateadas no lençol da cama difundiam-se em vapores metálicos. A planta do pé também era de vidro, mas de um vidro turvo, e ia perdendo a transparência gradualmente até perto do tornozelo, quando chegava à pele: fosca e cor de pele como qualquer outra. E ainda assim... Aquelas poucas polegadas de transição o espantavam mais do que seus dedos sólidos de vidro. Ossos materializavam-se levemente dentro da planta de seu pé, e então se tornavam de um branco puro e preciso perto do tornozelo inalterado, envolvido por ligamentos vermelhos translúcidos em camadas mais densas. Na curva do peito do pé, fios de sangue estavam presos como toques de tinta em bolinhas de gude. E havia lugares no vidro onde a petrificação estava incompleta. Lá havia um fio macio, acolá um belo pelo loiro.

Ainda assim, ela dormia profundamente.

Os dedos de Midas avançaram em direção aos botões de sua câmera.

Quando havia tirado fotos o suficiente, ele ficou parado por um tempo segurando as meias removidas. Tentou colocá-las de volta, mas, quando as conduzia ao redor do tornozelo, ela ofegou no sonho e ele ficou imóvel. Midas não a havia despertado, mas não conseguia repor a meia. Deixou-a amassada sobre os dedos e voltou à poltrona, onde pensou seriamente em fugir. Ela acordaria, notaria que as meias tinham sido retiradas e chegaria à conclusão óbvia. Ele grunhiu silenciosamente. Ainda estava um pouco bêbado e muito cansado. A imagem daquele pé permanecia em sua mente, parecendo a memória de um sonho que ele sabia estar prestes a se dissolver.

★

Ida corria com seu marcador de pulso e *hip-hop* tocando nos fones de ouvido. À sua esquerda, gigantes enormes de concreto e vidro: quarteirões de escritórios e moradias cujas roupas a lavar e cestas penduradas brilhavam em centenas de cores. À direita, o rio da cidade passava pesado sob barcos e boias. À frente, uma ponte cruzava a água cor de mel, sustentando centenas de pedestres que recebiam buzinadas do trânsito. O sol tornava cada parabrisa uma placa opaca, cor de laranja.

Ela corria sob a ponte e seus passos ecoavam irregularmente sobre as vigas decoradas pelos artistas de grafite e pela maré. Os ecos estavam irregulares porque ela não conseguia manter um passo firme. Cada vez que seu pé direito atingia o asfalto, algo afiado penetrava em seu dedo. Ela estava tentando ignorar e já tinha parado várias vezes para tirar pedras do tênis, sem resultado. Continuou correndo por mais de um quilômetro antes de tentar novamente, dessa vez se sentando num banco que dava para o rio e para a catedral da cidade. Uma teia de andaimes envolvia as torres gêmeas da cidade. Construtores, com capacetes, moviam-se como aranhas. Um barco de festa estava atracado na margem mais distante, seus convidados balançando, abraçando-se uns aos outros e gritando através da água.

Ela tirou o sapato e o chacoalhou, então fez o mesmo com a meia, procurando pedras. Ainda nada.

Colocando-o de volta, sentiu algo como uma farpa e pôs o pé entre as mãos para tentar encontrá-la.

O sol piscou num ponto do lado interno de seu dedão, com um cintilar laranja em sua pele ruborizada. Ela tentou tirá-lo. Permanecia. Olhando mais de perto, viu o que parecia um cristal incrustado. Uma fina camada de pele havia crescido sobre ele.

Mais tarde, num banho quente em seu apartamento, com o barulho do agitado trânsito incessante mesmo através de janelas fechadas, ela tentou arrancar o cristal com agulha e pinça. Prendeu-o bem e puxou. Uma dor lancinante passou por seu pé e ela chiou. Então, segurou com uma mão ao redor do dedão, apertando forte enquanto esperava que o sofrimento passasse.

O cristal permaneceu em sua almofada de pele avermelhada. Ela respirou fundo e tentou puxar com a pinça novamente, mas a dor foi ainda mais forte, pois a pele agora estava inflamada. Uma sirene se iniciou lá fora e ela teve um sentimento repentino da vastidão da cidade e do país, o cenário do continente, formações de nuvens acima, o mar minando a terra, e ela mal era uma farpa no meio disso tudo. Estremeceu. O banho havia esfriado.

Do nada, lembrou-se de um homem de St. Hauda's Land. Henry Fuwa e sua caixa de joias com respiradouros.

★

Ela acordou de noite e puxou o edredom bem apertado ao seu redor. Seus joelhos e pernas pareciam sem sangue e frios. Olhou para Midas, que dormia numa cadeira e roncava levemente. Ele havia ligado o abajur ao lado da cama. Ida não ficaria surpresa se isso fosse devido a um medo da noite, e ela achou cativante. Ele segurava a câmera no colo como se fosse um ursinho de pelúcia. Ida se perguntou se poderia confiar nele.

Para contar-lhe tudo sobre seu pé, ela teria de descobrir mais sobre ele.

Sentou-se e se moveu furtivamente pela cama. Suas meias caíram no carpete. Ela parou e olhou-as, depois olhou para Midas.

★

Ele abriu os olhos. Um relógio tocava em algum lugar da escuridão. Esse era o momento da noite em que as coisas pareciam surreais, quando um pensamento que seria desprezado à luz do dia poderia tomar seu estômago e não ser desenraizado até de manhã. Mas estava acordado, sem dúvida. Ele *havia* visto o que havia visto. Sonhara com tempestades de raios atingindo as praias e fundindo os grãos de areia em vidro. E... ele não queria adormecer novamente. Pretendia fugir antes que Ida acordasse.

Bocejou e, prestes a se alongar, percebeu que a câmera não estava em seu colo. O abajur continuava ligado. Seu corpo todo se enrijeceu.

Ida estava sentada na cama de costas para ele, com a alça da câmera enrolada nas mãos.

Ele entrou em pânico. E fingiu dormir. Não saberia dizer qual foto queria menos que ela visse. Aquela em que preencheu com a área de transição, para que os riscos cristalizados de sangue o lembrassem de nebulosas em fotografias do espaço sideral? Ou o *close* dos dedos dela, quando ele colocou a mão livre por trás para que se preenchessem com o rosa pálido dos dedos dele? Ele simulou um ronco. Depois de um tempo, viu Ida se aproximando. Sentiu o peso da câmera voltando a seu colo. Os lençóis farfalharam e o colchão estalou. A luz se apagou.

★

Ida o acordou, cutucando seu braço. Uma luz invernal preenchia o quarto. Ele fechou os olhos novamente.

"Venha, Midas, tenho algo para te mostrar."

Ela tinha um cheiro perfumado e seu cabelo estava molhado. Usava um colete cinza e uma saia preta na qual amarrara um avental branco. Estava novamente de botas.

"Venha."

Ele se forçou a levantar e a seguiu para a cozinha, onde ela parou perto da janela, deixando espaço para Midas ficar a seu lado. A neve fina havia se depositado lá fora, cobrindo os campos que se inclinavam bosque acima. No meio da subida, havia cervos caminhando. Um pequeno rebanho, o mais próximo talvez a vinte metros. Um jovem macho patrulhava solenemente entre eles, ocasionalmente sacudindo a neve de seus chifres imaturos.

"Lindo, não?"

"Sim."

Oh, Deus, pensou, enquanto a lembrança de Ida abaixada sobre sua câmera voltou a sua mente. Ela sabia que ele havia visto seu pé. Por que não mencionou isso? Oh, Deus.

Ida foi para o fogão. Chamas azuis esquentavam uma frigideira, *bacon* e tomates chiando no óleo. Ela arrancou a embalagem plástica de um pacote de salsichas.

"Estou cozinhando um café da manhã inglês completo", ela disse, "para agradecer por ter ficado na última noite. Está de ressaca?"

Ele tentou sorrir.

Ela virou o *bacon* e o balançou na frigideira. "Café ou chá?"

"Café, por favor."

Lá fora, um dos cervos cutucou o chefe com o rosto.

Ida serviu café numa grande caneca branca com o vapor levantando-se no ar.

"Suco de laranja?"

"Escute, Ida..."

Ela levantou o olhar, então voltou para o *bacon*. "Bem?"

"Café, por favor."

"Você já pediu café."

Ele olhou o círculo preto na caneca. "Sim, quero dizer, está bom, obrigado. Sem suco. Só café está bom... é..."

Ela partiu um ovo e o conteúdo escorreu na frigideira. A clara chiou e se tornou turva.

"Um ovo ou dois? Ganhei de um fazendeiro que vive logo ao lado."

"Ahn... Ida?"

Ela pôs um pouco de sal no ovo. Então olhou irritada para ele. "Está determinado a falar desse assunto? Achei que poderíamos fingir que nunca aconteceu."

Passou a espátula de madeira pelo canto do ovo. Lá fora, os cervos moviam-se no campo em câmera lenta.

"Olha", ela disse finalmente. "Achei que fosse ficar brava, mas não fiquei." Bateu a espátula na sua outra palma e prosseguiu: "Pelo menos não muito. Não sei por que, mas na verdade estou um pouco aliviada. Esta manhã tentei pensar em todas as razões pelas quais você poderia ser tão intrometido. Você já sabia? Ou talvez apenas tenha um fetiche por pés?"

Ela riu. "Mas você queria tirar uma foto, não é? Não havia maldade."

Ida mexeu no *bacon*. Ele se mexeu desconfortável.

"Midas, gosto de você." Ela apontou com a espátula para ele. "Mas não diga a ninguém sobre o meu pé. Juro por Deus que te mato se você fizer isso."

"O.k.", ele disse, engolindo em seco.

"O café está pronto. Sente-se."

Ele puxou uma cadeira e sentou-se à mesa. Uma toalha xadrez fora colocada diagonalmente, deixando os cantos de madeira descobertos.

"Então", ela disse, "não quer esse ovo?"

"Dói?"

Ela olhou atentamente para a comida enquanto servia os dois pratos e os jogava na mesa, fazendo chacoalhar as facas e garfos. Midas encolheu-se na cadeira.

"Olha, te disse que confio em você. Te perdoo por xeretar, apesar de ainda achar que você foi incrivelmente mal-educado, mesmo não querendo ser. Mas não tenho certeza se quero entrar nos detalhes sórdidos. Quero esquecê-los."

"Eles te assustam, não é?"

"Quando você cava um buraco, Midas, e alguém oferece uma forma de sair dele, é de bom tom aceitar, não continuar cavando."

"Desculpe."

Ela se sentou, então ficou de pé novamente, desfez os laços do avental, tirou-o, amassou-o e jogou-o de qualquer jeito. Sentou-se de novo. Pegou faca e garfo e partiu seu ovo, espalhando a gema. Respirou profundamente e colocou seus talheres no prato. Pôs as palmas das mãos nos olhos e os esfregou. "Desculpe. Você está certo. Eles me assustam."

"Não vou contar a ninguém e não vou fazer perguntas."

"Obrigada."

"Meu café está ótimo." Ele deu outro gole e começou com o *bacon*.

"Midas?"

Ele mastigou. "Sim?"

"O vidro está se espalhando. Estou com medo. Há um mês apenas as pontas dos meus dedos estavam afetadas."

Ele engoliu. A cozinha parecia tão silenciosa agora que ele parou de mastigar. "Você... Quero dizer, se importa se eu perguntar...?"

"Se eu fui a um médico?" Ela balançou a cabeça. "Acha que um médico poderia me ajudar? *Aqui, tome esses antibióticos, em quinze dias estará melhor.*"

"Talvez pudesse fazer algum tipo de... tratamento alternativo?"

"De que tipo? Medicina holística? Acupuntura? Estou com um problema maior do que..." Ela parou de falar porque seus olhos estavam turvos.

Ele olhou para seu café da manhã. Cortou um tomate frito e viu as sementes flutuando no suco.

Ida esfregou os olhos e experimentou seu chá, mas fez uma cara de que já estava esfriando. "Estou com medo, Midas. Apesar de isso não me paralisar."

Ele assentiu lentamente. "E o que eu posso fazer?"

"Te disse. Não diga a ninguém."

"Quero ajudar."

Ele a observou ficar de pé e se arrastar delicadamente em direção à chaleira. Pensou que ela iria dizer para ele parar de interferir. Lá fora, os cervos estavam sumindo de volta entre as árvores.

"O mais simples que você poderia fazer para ajudar... Como eu disse antes... Estou com medo, sim. Não consigo sentir meus dedos, pelo amor de Deus. Não sei onde eu termino e minhas meias e botas começam. Você poderia, se não for muito trabalho, apenas ficar por perto."

Ele se levantou. Acreditava que, num filme, esse seria o momento em que colocaria os braços ao redor da cintura dela e diria algo masculino. Pelo menos ele colocou uma mão firmemente no ombro dela. Mas seus braços estavam mortos.

"O.k.", ele disse, "isso não vai ser um problema."

"Obrigada", ela disse. "Preciso ir ao banheiro."

Ele ficou lá e cutucou seu *bacon* enquanto ela desaparecia. Isso era algo grande. Muito grande. Olhou para a sua câmera e se perguntou se esta o havia colocado num tipo de punição ciumenta por passar muito tempo pensando em Ida. Mesmo assim, estava aliviado por ainda poder ter a chance de fotografá-la com consentimento.

Fechou os olhos e sentiu certa felicidade por isso, junto da desconfortável ideia de que ela estava se transformando em vidro.

11

Carl Maulsen agarrou o parapeito da balsa e observou as ondas recuando e cuspindo como najas. Uma neblina cerrada reduzia o mundo ao metal pintado do barco balançando no mar. O vento o acariciava com laços de neblina que permaneciam enrolados em seus membros ou como um nó no pescoço.

Respirou profundamente o ar frio e salgado. Dizer que foi assombrado por Freya MacLaird nesses poucos dias não seria metafórico. Não acreditava em fantasmas, mas ele a havia visto, como uma projeção numa parede, uma noite em que estava meio adormecido no seu quarto. Achava que a vislumbrara numa rua lotada e correu atrás dela antes de cair em si e olhar de volta para os estranhos que ele havia acotovelado. Mesmo assim, estava certo de que havia reconhecido as roupas dela e o bronzeado em seu rosto de quando ele tinha vinte e um anos e os dois voltavam para a universidade, vindos da praia.

E na outra noite ele esteve doente. Acordara sentindo-se mergulhado em agulhas e alfinetes. Contorceu-se na cama, amarrando a si mesmo nos lençóis. Os cobertores eram o único abrigo contra o frio que fazia seus dentes baterem, e eram feitos de um tecido quente e pegajoso como lava. Ele havia se jogado sob a ducha do hotel e se sentou tossindo e suando sob um filete de água morna. Mas, depois disso, sentiu-se melhor. Alongado, ainda que concentrado. Não havia imaginado ter visto Freya desde então. Ele havia se recomposto.

Agora, na balsa, ele olhava para os pelos brancos agitando-se em seus braços e nas costas das mãos. Uma buzina soou em algum lugar da neblina.

Algo que Midas Crook pai certa vez escreveu num ensaio, algo que ele havia discutido com Carl em seu desordenado escritório, eram os sinais do tempo em uma pessoa, como roupas. Ele havia escrito a imagem da vida de uma pessoa como a roupa de um dia. Começando com as camadas de vestimenta numa manhã fria, então arrumando-se e saindo de casa para trabalhar. A troca de volta para roupas informais de noite. O despir-se final na hora de dormir. Crook dizia que cada vestimenta era um dos vários personagens que uma pessoa veste durante a vida.

Carl havia discutido que a parábola funcionava melhor se as roupas fossem usadas durante o ano, porque as personalidades não eram acumuladas e cobertas ao longo da a vida, mas derramadas e trocadas, compradas e vendidas, por muitas e muitas vezes.

Ele saiu da balsa com sua sacola chacoalhando atrás de si e se sentou numa minúscula casa de chá que dava para o porto, entre xícaras usadas e pratos cobertos de migalhas que os funcionários estavam com preguiça de recolher.

Agora ele se perguntava se Crook não estava certo. Carl sempre pensava em si como um ser em mudança constante na vida, trocado e superado por personalidades mais ajustadas. Assim como seu corpo substituía cada célula, ele havia substituído e reconstruído toda a sua personalidade para transformá-la em algo robustamente próprio, nada devendo a Freya.

Ainda assim, ele se sentia como um homem no molde da parábola de Crook: um homem cujas roupas de trabalho estavam gastas, expondo o tecido escondido do passado que estava embaixo.

Pedir um táxi na ilha poderia significar uma longa espera. Tendo terminado de ler *A Odisseia* pela décima vez, enquanto ainda estava na balsa, a única coisa possível para matar o tempo era uma tépida xícara de chá (doce demais antes mesmo de adicionar açúcar) e um jornal local de dois dias atrás manchado com círculos de café. Sondou os matizes de sua cabeça por trinta minutos, até que um táxi buzinou e ele deixou sua xícara com as outras louças sujas e se encaminhou para fora.

Lembrava-se vagamente do motorista como o homem que o levou para o porto quando ele deixou a ilha. O motorista o reconheceu também, perguntando enquanto dirigia como fora a viagem. Carl driblou a conversa do motorista com respostas monossilábicas. Campos nus passavam como tabuleiros de xadrez montados com árvores brancas e corvos negros. Se você olhasse para as nuvens baixas não poderia dizer se o véu que via era poeira em seus olhos ou a neve caindo de mansinho.

Pararam do lado de fora da cabana. Ele descarregou a mala, pagou, então ficou parado por um minuto diante da porta azul e sua ridícula ferradura da sorte (Freya lhe dera). Colocou a mão na pintura orvalhada, virou o pescoço para um lado e para outro até estalar de maneira satisfatória. Alongou os ombros, baforou nas mãos para checar o hálito de menta, então levantou a aldrava e bateu duro três vezes na própria porta.

Ida o recebeu, apoiando uma mão na parede e a outra numa muleta de madeira. Carl reconheceu aquela muleta num instante: ele mesmo a fizera. Sem dúvida, ela a havia encontrado encostada na parede da sala e não se intimidou em usá-la.

Ela se adiantou para abraçá-lo. Ele entrou timidamente no abraço dela e sentiu-a agarrando seu quadril. Na sua pressa para deixar a cabana antes de viajar, ele havia mencionado a bengala que Ida usava, ela deu uma explicação qualquer, um osso quebrado recém-curado, de que ele não tivera tempo de duvidar. Agora notava a sua maior imobilidade e duvidava que ela estivesse sendo honesta.

Entrando na cabana, viu a pia cheia de bolhas de detergente. O serviço mal havia começado e o vapor emanava da pia. Havia dois pratos, dois jogos de talheres, duas canecas.

"Você teve um convidado", ele disse de forma seca. Sentiu-se surpreso por estar irritado com isso.

Ela deu de ombros. "Acabou de sair."

Ele ergueu as sobrancelhas. Ela o acertou com um pano de prato.

"Desculpe, Ida. Estou metendo meu nariz onde não fui chamado."

"Deixe disso, Carl. Não fizemos nada."

Ele estendeu as mãos e forçou um sorriso amigável. "Não é da minha conta. É um rapaz local?"

"Sim, claro. Eu o conheci em Ettinsford. É um fotógrafo."

Então não era um homem bem-sucedido. Não havia espaço para um fotógrafo bem-sucedido em St. Hauda's Land. "Ele tem nome?"

"Claro."

Carl continuava sorrindo. "Não vai me dizer?"

Ela torceu o pano de prato.

"Não importa", ele disse.

"Não. É engraçado. Acho que você o conhece. O nome dele é Midas."

Ele devia ter sabido imediatamente que era o menino, mas foi no pai que pensou primeiro.

"Você conheceu o pai dele, não conheceu? Há uma foto dele na sua prateleira."

"Sim."

"Então, é ele."

Eles tinham recebido o doutorado em meio a uma ventania. O fotógrafo precisou tirar várias fotos, pois, toda vez que disparava, o vento acertava Midas Crook e ele saía de quadro.

Ele os viu todos misturados em sua mente. Freya e Midas Crook. Ida e ele mesmo. Ida e sua versão mais jovem. Ida e Crook. Bufou e balançou a cabeça.

"O que foi, Carl?"

Ele havia bancado o carpinteiro. Partido a madeira e sentido a serragem no ar quando fez a muleta em que Ida agora se apoiava. Batera os pregos. Testou com seu próprio peso. Então dirigiu a toda velocidade até o hospital em que Freya estava com costelas e uma perna quebradas devido a um acidente de montanhismo. Havia se recuperado com seu peso apoiado naquela muleta. Então, numa manhã de verão com um rico odor de flores desabrochando, ele atendeu à porta um carteiro que espirrava e trazia um pacote.

Sem explicação, com a devolução do presente e um cartão de Freya MacLaird no qual ela apenas havia assinado Freya. Ele desembrulhou a muleta e inalou longamente o cheiro da madeira, buscando um toque dela. Tudo o que sentiu foram as flores no ar.

"Nada", ele disse. "Eu... o admiro muito. Ele foi um tipo de mentor para mim. Como é o filho dele?"

Ela riu. "É meio esquisitão. Mas é um doce. Ele não gostava do pai."

"Não me surpreendo. Poucos gostavam."

12

Quando garotinho, sentado no degrau de baixo nas sombras da casa de seus pais, Midas admirava aquilo. Havia pensado que iria vazar ou derramar, mas queimava e sumia num piscar de olhos. Realmente migrava. A seis milhões de milhas por hora. E se você o tapasse...

Ele fechou as cortinas pesadas e as venezianas. As fotos nas paredes se tornaram folhas de papel novamente, com seus tons reduzidos pela escuridão a um cinza mediano. Ele poderia estar sentado numa rocha de uma caverna úmida. Mas acionou o *flash* de sua máquina.

E lá estava, lançando-se nas cortinas. Capturando o cruzado do tecido de marinheiro, então desaparecendo dramaticamente como havia surgido. Tudo ficava mais escuro depois do *flash*. Esperou atentamente por leves traços de luz rastejando de volta no corredor. Quando a escuridão reverteu para semiescuridão, acionou novamente o *flash*, que rugiu.

As fotos nas paredes mudaram de nulidades cinza para ruas e figuras rígidas em roupas formais, depois de volta ao nada. A impressão azulada da luz em seus olhos desapareceu e ele estava pronto para apertar o botão mais uma vez quando a porta da frente se abriu e a sala se encheu de cor e ruídos.

Ele virou os olhos para ver sua mãe cambaleando para dentro, com uma caixa de papelão nos braços sardentos encostada ao peito. O ar úmido e quente a seguiu, junto com o ronco do trânsito e o gorjear de um pássaro. Ela limpou os pés rapidamente no capacho, depois saltou assustada.

"Oh", ela suspirou relaxando, "é você. Não te vi, está um breu."

A porta da frente bateu atrás dela, restaurando a penumbra suave. Ela sorriu para Midas e abriu a porta da sala de jantar com as costas. Estava escuro lá também. Ele acionou o *flash* e sua mãe gritou e quase derrubou a caixa. Ela a segurou mais perto dos seios, acariciando-a de forma protetora com uma mão.

"Filho, você não deveria me assustar assim."

A mãe entrou mancando na sala de jantar. Ele ficou de pé e entrou atrás dela. Ela colocou a caixa na mesa e bateu palmas.

"Seu pai não está? Seu pai não está, está?"

Ele negou com a cabeça.

Ela sorriu e bateu palmas novamente, virou-se e abriu as cortinas da sala de jantar para que a luz do sol penetrasse pelas janelas. Tirou um grampo do cabelo e balançou seus cachos; a luz brilhava através deles e suavizava o tecido bege de seu vestido. Murmurando uma música, ela arrancou um pedaço de papel do pacote. Partículas de poeira se desprenderam e pulularam na luz.

O pacote estava cheio de um enchimento de isopor que ela foi tirando avidamente, transformando a pequena sala de jantar num tipo de montanha de neve. Então parou e retirou uma caixa menor de dentro da primeira. Pegou uma faca e fez uma pequena incisão na fita. Lá dentro havia mais isopor e algo enrolado em papel de seda que ela amassava conforme o ia arrancando com as mãos.

Uma moldura funda com um painel de vidro. Quando ela se virou para mostrar ao filho, Midas viu cinco insetos presos dentro. Eram libélulas, cada uma do tamanho do punho dele. Seus olhos fantasmagóricos, sem pigmentos, eram do tamanho de pérolas. Havia uma inscrição acompanhando-as, mas Midas não conseguia lê-la.

A mãe de Midas fechou os olhos e começou a tremer. Engoliu ar para se controlar.

"Agora, filho", ela disse quando seus olhos se reabriram, "leve a caixa e todos esses restos do pacote lá pra baixo do morro. Vou lhe dar dinheiro. Você pode comprar doces na volta."

Ele olhou preocupado para o sol na grama enjoativamente verde. “Você não pode levar? Você dirige.”

“Seja um bom menino.”

“Não quero sair.”

“Escute... Eu tenho de... esconder isso. Antes que seu pai volte. Ele não vai entender. Seja um bom menino, filho.”

Recolheram o isopor e o enfiaram de volta no pacote. Então sua mãe lhe deu algumas moedas e ele carregou emburrado a caixa para fora da casa. Mas não foi longe, rastejando de volta para dentro a fim de espiá-la.

Ele a observou andando pomposa no corredor com um parceiro dançarino imaginário, sua perna ruim fazendo movimentos erráticos. Sem hesitar, ele se escondeu atrás da cristaleira onde seus pais guardavam a polaroid e voltou na ponta dos pés para usar sua mãe como tema, tirando fotos uma a uma, adorando o zumbido conforme elas deslizavam para fora da máquina. Ele as colocou no chão da cozinha enquanto ela cantarolava uma música de baile na entrada. As fotos emergiam do branco como exploradores retornando de uma nevasca. Ele estava tão tomado por esse encantamento que não escutou sua mãe parando de cantar. Ela o pegou absorvido pelas fotos.

“Filho!”, ela sussurrou, alvoroçada com as fotos que ele tirara. Pôs uma mão na testa quando as viu e gemeu.

“Mãe?”

Houve um ruído na porta da frente. Ela se virou para Midas, repentinamente alarmada. Ele observou seus olhos se abrindo. “Rápido!”, ela sussurrou, mas o ruído era apenas o jornal da tarde caindo pela caixa de correio. Ela pôs a mão no coração. Então ficou agitada novamente. “Preciso esconder as libélulas”, disse para si mesma tanto quanto para ele. Pegou uma pilha de fotos. “E agora eu devo esconder estas fotos. Mas, Midas, por favor, leve essa caixa para o lixo, como você disse que faria. Eu imploro: faça isso por mim.”

Ele deu de ombros e voltou para fora, pegando a caixa e descendo alguns passos pela rua antes de virar num beco cheio de folhas. O sol quente fazia-o suar por dentro de sua malha. Pássaros guinchavam e fugiam conforme ele passava. Uma lagarta preta e amarela pendurava-se de um ramo, construindo um casulo para se transformar em outra coisa. A luz abrasadora estava por todo canto, cegando, e ele caminhava para fazer a viagem ao lixo. Logo iria estar com um cheiro azedo. O beco virou à direita e deu num círculo de máquinas rugindo. Trabalhadores musculosos em jaquetas fluorescentes lhe franziam a testa conforme ele descia os degraus saltitando e jogava a caixa num monte de lixo. Quando ele subiu de volta, um dos trabalhadores disse algo sobre seu corte de cabelo. Ele correu de volta do beco sombrio até sua casa.

Quando estava abrindo o portão da frente do jardim, alguém chamou: "Midas!"

Era seu pai, que descia a rua vestindo uma malha violeta sobre uma camisa creme e uma gravata preta. Não havia uma gota de suor nele. A luz refletia em seus óculos e na cabeça careca e se enterrava em seu denso bigode. Ele acenou para Midas no portão.

"Estava brincando na rua?"

"Não. Eu... fui comprar um filme para minha câmera."

Seu pai balançou a cabeça e entrou pelo portão. "Você devia gastar seu dinheiro em livros. Sabe disso? *Livros*, Midas." Ele parou, agitou os dedos e se abaixou no canto da grama. "Ah... O que temos aqui."

Segurou um pedaço de isopor como se fosse uma gema rara. Virou-o de um lado para outro, esfregando o bigode.

"Hummm. Muito bem."

★

A tristeza havia retornado à casa. A mãe de Midas, tendo fechado novamente as cortinas e persianas, estava no corredor quando seu pai limpou os pés e se abaixou para desamarrar os cadarços.

"Boa tarde, querido", ela disse docemente.

"Boa tarde, querida."

Ela se aproximou, incansável. Ele tirou os sapatos e os passou para Midas, que os colocou na prateleira e entregou os chinelos ao pai. O pai os calçou sobre as meias cor de argila. Então virou e apertou o pedaço de isopor em forma de oito na palma da mão.

"Lixo. Trazido por algum encrenqueiro, sem dúvida, no nosso jardim da frente."

A cor – o que havia naquela penumbra – esvaiu-se do rosto dela. Ela mandou um olhar desesperado para Midas. Mas o que ele poderia fazer?

"Lixo", repetiu o pai, "a não ser que, claro, um de seus pacotes tenha sido entregue hoje."

Ela mordeu seu lábio trêmulo para paralisá-lo. Os olhos oscilavam da esquerda para a direita.

"Escute", ele disse, esfregando o bigode, "não quero passar por essa conversa de novo. Mas você me prometeu que não haveria mais pacotes."

Ela tentou gaguejar algo, mas desistiu.

"Eu sei, querida, que não há nada que você possa fazer para evitar que esses pacotes lhe sejam *enviados*. E, apesar de você ter suas objeções, o correio ainda guarda esses pacotes para você. Naturalmente, os funcionários têm uma rotina tão corrida que esquecem que você quer que esses itens sejam devolvidos para o remetente."

"N-não havia item, querido. Era só um pacote normal."

"Contendo o quê?"

"Um... um..."

Ele suspirou. "Onde o escondeu? Não quero ter de revirar a casa. Espero terminar meu estudo sobre Plínio antes do jantar."

"Eu... eu não... escondi..."

Ele deu de ombros e se virou para subir a escada. A mãe de Midas o seguiu até o quarto. Midas observou, da porta, seu pai abrindo gaveta por gaveta e ligando o abajur para ver melhor. A gaveta de baixo guardava as calcinhas e roupas para a noite. Ele cutucou cada item individualmente. Calcinhas cinza simples e, bem embaixo, calcinhas de renda e um sutiã com flores amarrotadas.

"Ahh", ele disse, com seus longos dedos fechando-se sobre as libélulas emolduradas. Os ombros dela abaixaram. Ele sorriu para ela e puxou a moldura, retirando os alfinetes para que os insetos mortos caíssem na cama.

"Fascinante", ele disse, "apesar de um pouco macabro."

"Você... Eles são lindos. Por favor, não os destrua."

"Minha querida Evaline, a questão da beleza deles é irrelevante. Minha pergunta continua: de quem são eles?"

Ela ficou em silêncio.

Ele assentiu e cuidadosamente pegou a primeira libélula. "Midas, por favor, o saco de lixo."

Midas entrou no quarto e levou o saco a seu pai, que não o pegou. A libélula foi amassada como papel em seu punho, que se fechou, e a mãe de Midas se contorceu com o barulho. Ele abriu a mão e balançou os dedos. Pedaços de asa branca e perninhas torcidas espiraladas caíram no saco em seu último voo.

Ele moeu as libélulas uma a uma, com a mãe de Midas jogada pesadamente na cama. Então se retirou para o escritório. Midas ficou parado por um momento, depois seguiu de volta pela escada, onde tudo estava prazerosamente escuro, para brincar com seu *flash*.

13

Uma tarde de neve se depositava profundamente no jardim de Gustav. Denver (abotoada, com o zíper fechado e vedada) escavava um monte de neve para formar a base do boneco de neve. Era uma garotinha de sete anos de cabelo acinzentado e um sorriso cheio de dentes desorganizados, com uma margarida de inverno no cabelo. Gustav ajudava, fazendo o trabalho pesado a serviço de sua filha, enquanto Midas trazia os detalhes: uma cenoura, um velho chapéu de feltro e um saco de amêndoas para fazer botões.

Ele fechou os olhos e sentiu amargas partículas de neve caindo em seu rosto. Às vezes ele se sentia um impostor nesses pequenos momentos familiares. Gustav havia brincado num outro dia dizendo que Midas agora era a mãe substituta de Denver. Então, vendo Midas preocupado com isso, explicou que não era uma coisa ruim: ele não poderia cuidar da floricultura e de Den se não tivesse um velho amigo com quem contar.

Isso tornava a coisa pior, porque era verdade. Claro que Midas adorava a companhia. Era só que... se Catherine estivesse ali, seria ela quem faria os olhos do boneco de neve, não ele; então, a cada amêndoa que era apertada na neve fofa, ele pensava no que acontecera com ela em Lomdendol Tor, e desejava feito louco poder virar as costas e vê-la balançando uma cenoura ou trazendo luvas para as mãos de graveto do homem de neve.

Uma tarde agridoce com seus amigos ainda era melhor do que se sentar sozinho em sua cozinha. Nos últimos dias, ele suprimira a culpa que sentia por esconder de Ida o que sabia sobre Henry Fuwa.

Agora que o sentimento de culpa havia retornado, ele pensava se sua única libertação não seria confessar-lhe tudo francamente. Então se perguntou que bem faria agindo assim, porque, apesar de o nome de Fuwa ser familiar, ele não tinha pista melhor do que Ida sobre qual buraco de St. Hauda's Land Fuwa chamava de seu. Ele varria as paredes com as fotos para se distrair, mas as fotos reviraram todo tipo de lembranças, às vezes criando novas. Deixou a cozinha, trancou a porta da frente e correu pela calçada escorregadia até a casa de Gustav. Sabia que estava suprimindo mais uma coisa agora. Apesar de ele mesmo não saber o paradeiro de Fuwa, suspeitava que conhecia alguém que poderia saber.

"Vamos fazer empada de carne amanhã", disse Denver, quando voltaram para casa e Gustav a estava forçando a vestir roupas secas. Ela era uma criança sincera com um tufo de cabelo ruivo, olhos grandes demais para seu rosto sardento e dentes adultos recém-crescidos sobrepostos como um maço de cartas. "O papai prometeu encontrar algumas formas pra fazer biscoitos. Vai ajudar?"

Midas estava olhando para o mundo branco.

"Midas!"

"Desculpe, o que foi, Den?"

Gustav fez uma observação sobre o cabelo molhado dela e a expulsou da cozinha. Ela saiu sem reclamar, olhando de volta preocupadamente sobre o ombro para Midas. Gustav fechou a porta atrás dela. "O que há de errado?"

"É Ida."

"Ah. Você quer uma cerveja?"

"Não estou bem no clima."

"Midas... Sei que há centenas de coisas que você nunca vai me contar e tudo bem, mas, se quiser desabafar um pouco da sua melancolia, então o panaca aqui ficaria feliz em ajudar. Que tal um conhaque? Alguma coisa pra alegrar?"

"Hum. Gus, não estou falando de problemas sentimentais. Só que... Já ouviu falar desse homem chamado Henry Fuwa? Ele vive na ilha."

"Bem... pfff. Não. Podemos checar na lista telefônica e no registro de clientes na floricultura."

"Já fiz isso."

"Ela te *contratou*? Como detetive particular ou algo assim?"

"Eu, eu... o apaguei do registro de clientes."

"Repita isso."

O telefone tocou. Midas gesticulou para Gustav ir em frente e atender. Gustav olhou o número de quem chamava no visor. "De novo a mãe de Catherine. Ela está passando por uma fase e tanto."

"É melhor atender."

Gustav atendeu e começou outra cansativa conversa com sua sogra sobre onde passariam o Natal. Gustav não queria viajar para o continente para ver os pais de Catherine, que se tinham mudado para lá depois do acidente. Os pais de Catherine também não queriam fazer a viagem para St. Hauda's Land, para onde não haviam voltado desde então. Isso terminaria, vários telefonemas depois, num empate, quando uma das partes sugeriria que se encontrassem no ano seguinte.

A porta se abriu e Denver voltou. Ela agarrou a mão de Midas e o puxou para a sala de estar.

"Este jogo", ela disse, ajoelhando-se atrás de uma pilha de caixas de sapato no carpete, "fui eu que inventei. Acho que ficou bem bom."

Atrás deles estava a recém-cortada árvore de Natal de Gustav, ainda não decorada. Enchia a sala com o perfume de pinhas.

"Certo..." Ela levantou a tampa da primeira caixa. Dentro, enroladas num papel bege de pão, estavam bolas e delicados enfeites de madeira. Midas pensou no último Natal, quando observara Gustav esmagar um globo de neve com um martelo ao supor que ninguém estava olhando. Ele havia dito que aquilo o fazia lembrar do ar em Lomdendol Tor.

"As regras são fáceis. O que você tem de fazer é decidir o que é cada enfeite antes de pendurar na árvore. Assim..." Ela enfiou a mão na caixa e tirou um globo azul metálico. "Este", ela disse, "é o mundo quando Deus o inundou. E se você olhar super, super de perto", aproximou o enfeite dos olhos, "você meio que pode ver a arca. E Noé. Que é careca. E baleias nadando." Prendeu a alça da bola num galho e segurou a caixa de sapatos na frente de Midas. "Sua vez."

Ele buscou na caixa de sapato e tirou uma bola laranja brilhando com purpurina multicolor. "Esta é uma carruagem de abóbora", disse depois de um tempo, "mas ainda precisa encontrar as rodas."

Denver assentiu. "Quer que eu coloque na árvore para você?"

"Não. Vou fazer isso." Ele encontrou um ponto bacana abaixo de onde a estrela entraria.

Denver pegou outra bola da caixa de sapato. Era vermelho-sangue, salpicada com purpurina rubi. "Esta", ela proclamou, "é o Papai Noel depois de comer demais."

Midas coçou a cabeça. "Não entendi o sentido do jogo..."

"Sh!" Ela olhou de volta para a cozinha, onde Gustav se inclinou em resignação junto à parede, esfregando a testa com a mão livre, batendo o pé no chão. "Eu estava espiando... O sentido do jogo é se iludir por um momento. Para que as coisas não sejam o que elas são."

"Hum?"

"É sua vez."

Ele tirou uma órbita de vidro completamente transparente.

"Vai em frente", disse Denver, "precisa dizer o que é."

Sua palma aparecia distorcida através da esfera. Ele deu de ombros. "É uma bola de cristal", disse, vendo seu reflexo torcido na superfície, tornado mais esguio e mais esbugalhado: mais como sua mãe. Então, quando a rodou, mirrado e com bochechas cavadas: mais como seu pai. Continuou rodando e observando-se oscilar entre códigos genéticos. Podia lembrar o cheiro da turfa; sua mãe cantarolando mais feliz do que nunca; libélulas do pântano; um buquê de flores amassado no lixo; inscrições em japonês; água pingando de caules cortados; tinta se tornando ilegível.

"Sim!", sussurrou Denver, sorrindo excitada. "Eu sabia que ia funcionar!"

Ele olhou de boca aberta para ela. "O quê?"

"Porque você ignora o que está no fundo de sua mente. E assim é como eu passo o tempo no fundo da minha mente. Fazendo coisas assim."

Ele olhou para ela admirado. “Como você ficou tão corajosa, Den?”

Ela deu de ombros. “Merdas acontecem, o pai diz.” Ela ficou de pé e ajustou uma bola na árvore. “Mas, enfim, não acho que é ser corajosa. Eu me acostumei a não andar perto de lagos para não cair neles e morrer como a mamãe. Então, no outono, quando teve a inundação, eu fiquei presa e tive de pisar numa poça. Não pareceu seguro ou ruim. Eu só tinha de passar ou esperar o sol vir e secar tudo.”

Ele ficou de pé. “Den”, disse, “você está certa. Sim, pelo menos algumas vezes, você tem de não pensar em ser corajosa e só em seguir em frente. Eu tenho de ir. Diz pro seu pai que mandei tchau?”

14

As pontes de Gurm para Lomdendol Island sempre lembravam a Midas postes caídos. Velhas vigas de aço cobertas com o tártaro branco do mar serpenteavam entre ilhotas de pedra no meio do oceano demolidor. No lado da passagem de Lomdendol, elas mergulhavam num túnel na face de uma rocha. Esse era, na verdade, o ponto inferior do rochedo. Do outro lado do túnel, a estrada emergia morro acima, abrindo caminho em cordilheiras cobertas de neve. No verão, a sombra do morro caindo pela ilha ficava claramente definida. As descidas seriam cinza, o mar entre as pontes escuro e profundo, mesmo que, ao longe, a água estivesse azul-clara onde o sol brilhava desobstruído. No outono, era como se a sombra do rochedo fosse ilimitada. Tornava-se como o gás no ar. Nada na ilha Lomdendol estava livre da escuridão. A terra respondia com criações de fungos e cogumelos cinza ásperos. Lesmas, caracóis e anfíbios aproveitavam a sombra úmida e podiam frequentemente ser encontrados cruzando as calçadas de Martyr's Pitfall, a principal vila de Lomdendol. No inverno, a sombra aprisionava a ilha em camadas de gelo invisíveis; transformava as calçadas em fatias e as poças em espelhos.

Na visão de Midas, Martyr's Pitfall era o corredor da morte da velha era. As casas tinham sido construídas levemente fora da vista umas das outras, para dar a ilusão de ser residências isoladas do interior. Midas estacionou o carro e sentiu a sombra do rochedo na língua como uma moeda de cobre. Estremeceu. Em algum lugar no pico enevoado se escondia o poço que engoliu Catherine.

A neve cobria o gramado da frente e emudecia os sininhos que se penduravam no jardim de sua mãe. Midas parou na porta, esfregando as mãos enluvadas. Um anjo de ferro mordia o anel da aldrava, que ele segurou e bateu na porta. A casa tinha poucos anos. O tijolo ainda não guardava características e o jardim era uma imposição quadrada no cenário. Midas odiava aquela casa: odiava o anjo cafona, odiava a medonha fonte do jardim com uma ninfa grega, odiava o relógio de sol brega inscrito em latim falso. Verdade que ele não era o homem mais aventureiro do mundo, mas sua mãe não tinha nem sessenta anos e ele sentia que ela ainda devia estar se ocupando com trabalho, não se trancando numa vila que era pouco mais que um asilo disperso. Sempre se questionou sobre o motivo, quando seu pai morreu, de ela parecer incapaz de se livrar do fantasma dele e viver a vida que ele lhe havia negado. Em vez disso, ela se colocara lá, feliz em pular dos dias grisalhos direto para os desdentados.

Ele se lembrava do funeral de seu pai, beliscando a comida terrível que sua tia havia comprado e feito. Pastéis sem gosto, sanduíches ruins como algo que tivesse sido tirado do pântano e bolinhos com cerejas cristalizadas na cobertura. Comida de morto. Ele colocou fatias de pepino e bolo de aveia num prato de papel e buscou um cantinho em que pudesse evitar os convidados. Sua mãe havia encontrado o melhor canto. Ele ainda podia vê-la no peitoril da janela em seu vestido de renda preta, a cortina de tela balançando atrás dela com a brisa, trazendo o cheiro da rua e do asfalto. Os dedos dela bateram num copo d'água intocado. Ela não havia se movido durante toda a tarde. Nem bebera água ou comera coisa alguma. Nenhum dos escassos convidados do funeral falava com ela. Ele não falou com ela. Mas se lembrou de gritar com ela, dentro de sua cabeça, para começar de novo.

Bateu mais uma vez. Um aspirador de pó trabalhava lá dentro. Ninguém respondeu. O vento jorrou através das plantas delgadas no jardim de sua mãe. Eram roseiras, mas ele podia dizer pelo trabalho na casa de Catherine que elas estavam doentes demais para florescer. Sua mãe desistira de cuidar das rosas brancas alguns anos atrás. Ele pressionou o ouvido na porta e ouviu o som do aspirador.

★

Lembrou-se, depois da primeira tentativa de suicídio de seu pai, de sua mãe se esforçando para manter os três juntos como uma família. Sentados no sofá, numa tarde em que garoava, ele num canto e o pai no outro, Midas havia brincado com a câmera enquanto o velho se debruçava sobre um enorme livro de páginas amarelas. Então sua mãe foi na ponta dos pés até seu pai, abaixou-se furtivamente sobre os ombros dele e beijou sua bochecha.

Seu pai guinchou e saltou do sofá, segurando o peito acima do coração. "Evaline!"

Ela riu. Segurava um buquê de rosas brancas, embaladas de forma amadora. Ela as estava cultivando no jardim desde o verão anterior e pegou as melhores como um presente. Enquanto o pai de Midas olhava horrorizado, ela soltou um poema cafona e ensaiado, tropeçando nas rimas.

"Feliz aniversário."

Ela empurrou as rosas para os braços dele, mas ele se afastou, ferindo a palma da mão num espinho. Ela recuou e ofereceu as rosas novamente. Ele as agarrou, abriu uma gaveta e pegou uma tesoura para cortá-las e picá-las até que pedaços de pétalas brancas estivessem espalhados por todo o carpete e a sala tivesse seu perfume. Em seguida saiu da sala emburrado, chupando na palma da mão o local em que o espinho havia arranhado, e se trancou no escritório.

A puberdade era o que incapacitava Midas naqueles dias, deixando sua coragem devastada como a de seu pai. Não podia confortar sua mãe. Sentou-se no sofá e choramingou.

Então as mãos dela buscaram por ele, agarraram seu cabelo, perfuraram suas costas, puxando-o para si. Midas sentiu no rosto o cabelo seco de sua mãe, ouviu seu terrível soluço e sentiu o cheiro de seu hálito. Ele resmungou, mas o aperto dela era forte demais. Teve de empurrá-la para escapar. Saltou para longe e ficou lá, ofegante, enquanto ela se balançava violentamente como num surto. Ela fechou os punhos e bateu nos joelhos. Midas se sentiu culpado por não confortá-la, mas o terror do toque dela era intransponível.

A pele dela estava ressecada como papel e suas lágrimas eram quentes. Ele apenas ficou lá, imóvel, apertando as mãos no coração, como seu pai.

★

De repente a porta da casa de sua mãe em Martyr's Pitfall abriu numa fenda e uma jovem espiou. Midas estava frio, parado na porta, adulto novamente.

"Olá", ela disse, estudando lentamente os traços dele.

"Olá. Vim ver minha mãe."

O reconhecimento se espalhou pelo rosto dela. "Olá, senhor Crook! Sabia que era você! É um prazer vê-lo. Temo que sua mãe tenha saído, para caminhar na neve. Eu aviso que o senhor apareceu."

Ela agarrou a porta, empurrando-a para fechá-la.

Midas colocou o pé da forma mais educada que pôde. "Hum...", ele disse, "vou entrar."

"Mas..."

"Nós dois sabemos que ela está em casa." Deslizou para dentro sem cerimônia, tirou os sapatos e os colocou no capacho.

A jovem parecia preocupada. "Muito bem... Deixe-me dizer a ela que você veio. Vou ver se pode atendê-lo."

Ele balançou a cabeça e andou pelo corredor, passando sobre o aspirador e abrindo a porta para o quarto dos fundos. A garota bateu as mãos na cara em frustração. Era a acompanhante que sua mãe contratara para cuidar dela, fazer as comprar e cozinhar, às vezes dar-lhe banho, limpá-la.

Sua mãe sentava-se numa cadeira encostada à janela. O quarto estava desprovido de qualquer outra mobília, a não ser um jogo de chá numa mesa ao lado dela. Lá fora, o gramado branco e as árvores nuas eram tão em branco e preto como uma foto. Estalactites de gelo se penduravam de um comedouro de pássaros.

O cabelo de sua mãe ainda preservava um toque amarelado de sua antiga cor. Ela usava brincos de pérola caídos e um xale salmão que não escondia suas omoplatas esqueléticas.

"Boa tarde, Christiana", ela disse num coaxar de voz, buscando a mesinha com seus dedos finos. Pegou um cubo marrom de açúcar de um açucareiro. Suas unhas eram do rosa mais bege. O cubo em sua mão mergulhou na xícara.

Por um momento, ele cogitou se virar e partir. Estar ali fazia sua pele apertada demais para seu corpo. Mas, então, pensou que devia isso a Ida.

"Não sou Christiana", ele disse.

Algo no pescoço dela estalou quando se virou.

"Olá, mãe."

Ela colocou o chá na mesa tremendo, derramando um pouco no colo. Ela não percebia: manchas secas de chá já estampavam seu vestido.

"Você... você devia ter telefonado, dado tempo para eu me preparar."

"Você teria tratado de não estar por aqui."

"Jamais. Teríamos ido para a praia. Teríamos um bom dia ao ar livre. Meu Deus, você é como seu pai."

Ela se virou para olhar pela janela. Ele sentiu que sua mãe não olhava para o mundo nevado lá fora, nem para o seu próprio reflexo, mas para o vidro em si.

"Então", ela disse, "por que veio?"

"Te trouxe presentes de Natal." Abriu a bolsa e tirou um saco de presentes que havia embalado em papel preto e branco.

"Oh. Claro. Já é essa época do ano. Temo que eu não tenha feito compras de Natal neste ano."

"Não importa. Vou deixar estes aqui, está bem?"

"Sim. Christiana vai cuidar deles quando você for embora."

Ele os colocou cuidadosamente no carpete. "Vou passar o Natal com o Gustav este ano. A Denver está ficando grande. Você está convidada."

"Você não foi lá no ano passado?"

"Vou todo ano. É divertido."

"Sim, bem." Ela olhou para seu colo. "Vou pensar nisso."

"O.k., faça isso."

"Então... Mais alguma coisa?"

"Por sinal, sim."

"Hum?"

Ele se endireitou. Havia planejado uma fila de perguntas para que viessem suavemente com seu inquérito principal, na esperança de que ela suportasse bem. Nunca haviam falado de Henry Fuwa ou dos presentes ocasionais que ele havia mandado para ela quando Midas era criança. Midas estivera feliz de deixar o assunto com os outros. Até agora.

"Quando eu era criança, chegavam pacotes para você. Presentes. Uma vez havia uma moldura com libélulas brancas, outra umas fotos. O pai os destruía. Mas você tentava esconder dele."

Ela se sentou, alerta como um coelho.

"Por que tentou escondê-los, mãe?"

Ela jogou outro cubo de açúcar no chá e misturou, determinada. Mas o açúcar não derretia, porque o chá estava morno.

"Por favor, me diga."

"O que você tem com isso? Essas coisas aconteceram há muito tempo. Por que mexer nelas?"

"Alguém está em apuros."

"O que isso quer dizer? O que você quer dizer com isso?"

"Por favor, só me diga de quem eram."

Ela tirou a colher e bebeu o chá. "Eram bonitos. Não eram?"

"Por favor, mãe."

"Eram do seu pai."

"Não. Ele os odiava. Ele os rasgava."

"Ele era um homem contraditório. Fazia coisas piores, coisas que você não sabe. Ele roubou meu vestido de casamento, já lhe contei isso?"

"Não."

"Um dia, o vestido desapareceu. Ele negou, é claro, mas sei que teve o mesmo destino das libélulas."

Midas ouviu a umidade de sua língua estalando na boca. "Então... por que está fingindo que os presentes eram dele?"

Ela brincou com a bainha manchada de seu vestido. O prazer que demonstrava com sua visita era o mesmo que se ele estivesse lhe puxando o cabelo.

Sua respiração soava como vento através da madeira morta. "Você já esperou alguma coisa? E manteve essa esperança contra todas as probabilidades? Até que tudo o que fizesse fosse ridículo?"

Ele não respondeu.

"Eles foram escolhidos para mim. Eram o que *eu* queria. Foram escolhidos a dedo para mim." Ela balançou a cabeça e puxou fios de seu xale. "Esqueça. Vamos esquecer tudo isso. Se não fossem de seu pai, não podiam ser dirigidos a mim. Não seria apropriado."

Na janela polida, seus reflexos eram clones translúcidos. Ela o olhou de cima para baixo. "Seu pai", ela balbuciou. "Dou minha palavra, você é como seu pai."

Ele lambeu os lábios secos. "Mãe... Você... Sei que você estava tendo um caso."

Ela assentiu quase imperceptivelmente.

Caiu em prantos e fechou as mãos, martelando-as nos joelhos. Midas afastou o olhar dela, tão infeliz. Sem uma segunda cadeira, ele se dobrou com as pernas cruzadas no carpete. Lembrava-se de sua mãe chorando assim quando ele era menino: quando seu pai picotou as rosas que ela havia cultivado para ele. E ali se sentava o jovem Midas Crook, ainda incapaz de confortá-la, como havia sido em todos esses anos.

Sua mãe soluçava. Lágrimas corriam pela pele rachada de suas mãos.

Ele sabia que o teste de seu pai o teria mandado fazer o oposto do que estava fazendo, mas não conseguia se forçar, isso apenas o condenava.

E então, para sua surpresa, ele pensou em Ida e se perguntou o que ela poderia fazer.

Forçou-se a ficar de pé e moveu-se rapidamente para o lado de sua mãe. Colocou a mão em seu ombro ossudo e em sua cabeça, como uma velha estátua, se esmigalhando, reclinada para o lado. O cabelo fino jogado sobre a sua pele.

"Ele estava apaixonado por mim", ela soluçou.

Midas lutou contra uma exaltação surpresa: raiva. Nunca havia conhecido Fuwa, mas de repente se sentiu ultrajado pelo homem. De pé em seu quartinho abafado, estava claro por que sua mãe havia se confinado em Martyr's Pitfall. Quando seu pai morreu, havia aberto o caminho para ela ficar livremente apaixonada por Fuwa, mas, após dezoito anos de um casamento castrador, não tinha nada mais para ela. Tudo o que ela podia fazer era esperar que Fuwa viesse resgatá-la. Nada aconteceu.

"Tudo bem, mãe, eu só..."

"Claro que você está espantado com meu caso. Você tem o direito de estar, todo o direito. Mas você não sabe a metade do que eu sei. O casamento é longo."

"Não estou espantado. Entendo inteiramente. Na verdade, eu fiquei... feliz, por você."

"Escute, você já... teve uma namorada?"

Ele assentiu.

"Qual era o nome dela?"

"Natasha."

"Você nunca me apresentou."

"Não saímos muito tempo."

"E você... sentia alguma coisa por ela?"

"Sim."

Ela se encolheu novamente na cadeira. "Bom. Seu pai... nunca foi muito amoroso. Ou talvez o amor não fosse feito para ele. Mas Henry foi feito para amar. Tenho certeza de que sim."

"Sabe onde ele está agora?"

"Pssiu!" Ela levantou as mãos. "Não durou, filho."

"Onde, ele morava então?"

"No lago."

"Onde, especificamente?"

"Por que diabos quer saber tudo isso? Por que vem aqui do nada e insiste em saber tudo isso?"

Ele sentiu uma urgência invencível de partir, de fugir dessa casa sufocante e de sua moradora, mas havia o pé de Ida no fundo de seus pensamentos, dando-lhe uma necessidade de ficar.

"Eu...", ele grasnou, "estou tentando ajudar."

A cabeça dela balançou como se fosse girar para fora do pescoço. Ela o olhou de forma questionadora. Havia tanto branco em seus olhos! "Ajudar? É tarde para isso."

"Não você", ele disse, sentindo-se insensível. "Estou tentando ajudar outra pessoa."

Com isso, ela pareceu relaxar. "Há um lugar em que uma vez eu o vi pescando. Debaixo de uma velha ponte onde a estrada não chega mais. Heras do pântano penduradas da pedra como cortinas num teatro. E ele em sua capa de chuva pescando na água rasa com as mãos nuas. Homem impressionante. Ele tirava os peixes pela cauda. Eles paravam de se debater porque confiavam que ele os devolveria."

"Por que não bate na porta dele?"

"Não falo com ele há muito tempo."

Ele meteu as mãos nos bolsos e ficou em silêncio perto dela.

No jardim, um gato branco correu pelo gramado, deixando covinhas na neve. O coração de Midas estava batendo forte. "É uma pena", ele disse. "Só isso."

Ela assentiu. "É tudo uma pena, Midas. Nada de bom veio do casamento com seu pai."

15

Seu pai deixou apenas uma pilha de caixas quando morreu. Após o funeral, Midas e sua mãe as guardaram sem abrir, e, quando sua mãe se mudou de casa, elas migraram de um lugar escuro no sótão antigo para um lugar escuro no sótão novo. As caixas foram perfeitamente embaladas (seu pai era um perfeccionista, afinal) e levou meses até que Midas ou sua mãe tomassem conhecimento delas. Sob o carpete, encontraram um dado de pôquer de osso de baleia entalhado e pintado com naipes de cartas em vez dos pontos dos números. Embaixo do fogão, a mãe de Midas descobriu um palito de dente manchado inscrito com as iniciais de seu marido em letras minúsculas. Quando Midas jogou os antigos livros no lixo, um mapa caiu de entre as páginas.

O mapa da ilha anotado por seu pai: rabiscado com tantas observações escritas à mão sobre a estética do cenário que o próprio terreno estava confuso com as palavras. Contornos faziam trilhas entre sentenças separadas. Midas podia traçá-las com seu dedinho, seguindo seções dos pensamentos de seu pai:

a árvore ramificada parecia uma hidra
o vale era memorável
lago congelado era caixão de gelo

Agora crescido, Midas tentou manter a compostura com o mapa no colo. O papel preso no mapa com um clipe, no qual estavam as orientações que sua mãe havia escrito para ele. Era estranho ver juntas as duas letras.

Na saída de Martyr's Pitfall, a sombra do rochedo estava solta, pendurada em cachos ao redor de pedras, descascando os precipícios ao lado da estrada. Uma sombra inteira parecia preencher o interior de seu carro como líquido preto. Ele esperava que escorresse se abrisse a porta.

Dirigiu descida abaixo e para dentro do túnel que deixou a ilha de Lomdendol e cruzava as pontes para Gurm.

Cruzando as pontes, Gurmton podia ser vista preguiçosa na costa ao sul, antes de a estrada entrar num tipo diferente de túnel: um poço escuro correndo morro acima entre pinheiros. Do outro lado, os bosques adormecidos ficavam mais densos. Faias permaneciam perplexas em lagos de folhas caídas. Álamos prateados pareciam raios do luar. Essas árvores podiam ser qualquer coisa: ele passou por uma velha, um alce e um gato caçando abaixado na vegetação.

E então terminou no estreito da ilha Ferry, onde as árvores rareavam no lago que se expandia. Ele estava no pântano, e o pântano... Bem, o pântano estava sempre igual. Midas foi levado lá duas ou três vezes quando criança para olhar a água glutinosa. Sempre odiara ver seu reflexo tornado sujo pelas poças marrons. Por dias depois de uma visita, ele acordava com o hálito do pântano em seus lábios e coceira de picada de mosquitos por toda a pele.

Havia muitos caminhos através do pântano, mas as margens de lama e neve escondiam as rotas. Em certo ponto, ele passou por um carro enferrujado preso verticalmente numa poça de lama preta. Sem dúvida a estrada havia criado uma armadilha, onde o pântano havia se congelado para parecer-se com asfalto. Uma hora a mastigação do lago iria engoli-lo de vez. Midas se perguntava o que acontecera com o motorista.

Uma neblina pendurava-se pesada e logo, quando sua ação se dissipou totalmente, Midas saiu do carro e teve ânsias com o ar fétido. Um tecido de névoa na estrada dentada se agarrava a seus sapatos em cada passo. Ele observou um pássaro do tamanho e cor de um centavo voando pela estrada e desaparecendo entre ramos altos.

Olhou para os mapas antigos de seu pai. Esperava que fossem velhos o suficiente para marcar as estradas agora escondidas pelo lamaçal. Voltou e começou a dirigir.

Um cenário de juncos e grutas cheias de turfa continuou por algum tempo. Então a estrada chegou a um fim. Um riacho passava por lá. Midas checou o mapa o melhor que podia e estava certo de que a estrada havia estado aqui, quando o mapa era novo.

Sua mãe havia descrito uma ponte que nenhuma estrada agora cruzava, e logo em frente havia um monte peculiar de musgo e lodo. Midas saiu do carro e seguiu pela margem do riacho para ficar mais perto dele. Juncos e lama escondiam suas laterais, então ele usou um pedaço de pau para afastá-los. Embaixo do musgo e do líquen, o monte era feito de velhos tijolos partidos. Ele continuou limpando os tijolos até que viu o topo da marcação da maré. Isso era o resto da ponte. Saltou para seu carro e acelerou através do riacho, com camadas de água espirrando no ar.

Teve de dirigir cuidadosamente de lá, porque a trilha descia o tempo todo em preguiçosos córregos. Chegou a um vau, dirigiu através dele e estava seguindo por apenas alguns minutos quando viu a silhueta de uma casa solitária ao longe. Coberta de hera, com vinhas tão velhas e densas que eram grossas como punhos, a chaminé torta da casa era um pescoço partido por trepadeiras. As vinhas foram podadas nas janelas e uma porta baixa tinha sido pintada de verde.

As plantas no jardim eram coisas estranguladoras com caules como fios. No final do caminho, que poderia ser descrito vagamente como um gramado, uma cerca cortava através do brejo cercado de pedras e formava um tipo de lago. Em um dos pedregulhos ficava um pássaro curioso com um longo bico curvo, como um canudo. Midas observou-o quebrando a superfície da água e sugando o fluido verde. Sapos o observavam em seus olhos sem piscar. No final do jardim havia uma velha e desmazelada construção com uma porta coberta de musgo fechada com cadeado.

Não foi tão difícil encontrar o caminho até lá, e ele imaginava que seria ainda mais fácil fazer o caminho de volta. A jornada inteira levou pouco mais de uma hora, o que o deixou novamente bravo com Fuwa por nunca encontrar uma hora para ir a Martyr's Pitfall e a casa de sua mãe. Agora, entretanto, havia algo mais urgente.

Ele decidiu bater à porta e saudar Fuwa exclusivamente em sua missão de ajudar Ida.

Ele bateu.

★

Henry Fuwa sentava-se à mesa de seu quarto, trocando o forro de feno numa velha lanterna de ferro. Quando terminou de colocar água fresca no pires, gentilmente apoiou a lanterna, então se virou e assobiou para a vaquinha que estava voando em círculos lentos sobre a cama, com a barriga polpuda como uma uva. Com seu assobio, ela fez um desvio e desceu até a mesa de Henry, pousando suavemente e dobrando suas asas de lápis-lazúli. Ela passou pela portinhola da lanterna, o peso de sua barriga oscilando de um lado para o outro com cada passo. Henry sorriu orgulhosamente e acariciou levemente as curvas de pele nos ombros dela.

Fazer o gado procriar era uma luta constante. Era uma espécie criada contra a sobrevivência, ele sentia com frequência. Eles escolhiam pares para a vida toda, mas os touros às vezes se tornavam volúveis e cortejavam as vacas mais novas, perturbando as que tinham crias. Quando começou a cuidar disso, Henry frequentemente encontrou mães mugindo sobre restos de matéria abortada e asas malformadas.

Agora ele trazia as vacas prenhes para dentro. Reapresentá-las a suas crias do rebanho seria um trabalho duro, mas era melhor que os bezerros nascessem lá do que em lugar nenhum.

Olhou para ver um estranho de cabelos pretos que saltava os degraus de pedra até sua cabana. Henry arfou e se jogou para trás em sua cadeira, quase derrubando a lanterna da mesa ao fazer isso. A vaca prenhe mugiu em alarde.

Tomou posto na janela, escondendo-se com uma cortina. Estava chocado de alguém aparecer em seu esconderijo.

Ficou ainda mais chocado por ver um homem morto.

Isso poderia estar acontecendo? Ele tinha estado no túmulo de Crook no cemitério da igreja em Tinterl.

Espere... Claro, era o menino.

Henry mordeu a ponta dos dedos. Se deixasse o garoto entrar, ele apertaria sua mão, e como seria? Havia passado um longo tempo desde que tocara outro ser humano. Só isso já era quase o bastante para dissuadi-lo a ir até a porta. No passado, ele havia se deixado imaginar esse primeiro encontro. Seria uma ocasião de boas-vindas, num ambiente caloroso. A mãe do garoto faria a apresentação e serviria para os três uma taça de gim. Henry penteou a barba com os dedos. Ele nunca havia imaginado *isso*. Fizera grandes esforços, mudando-se para o meio do nada, deixando o pântano inundar as estradas e o lago desgovernado pintar-se sobre as placas.

Era tão impensável e ridículo ele ser descoberto ali, que caiu na risada. Só que (com seu coração acelerado) o garoto estava realmente ali. Olhar para ele era como olhar para um desenho cujo rascunho não havia sido apagado. Havia as linhas escuras finalizadas, sem dúvida as de um jovem, mas havia linhas mais tênues de lápis, insinuações de sua mãe, que se penduravam sobre ele em movimentos, e o olhar assustado em seus olhos. Para manter sua vida simples, o garoto Crook deveria permanecer ignorado.

O garoto já estava batendo à porta. Toc-toc-toc. Ecoava pela cabana. Ele deveria fingir ter saído?

Havia carregado corpinhos peludos contra o vento de inverno, cochilado com uma novilha aninhada em sua testa num travesseiro, as asas tremendo em seu hálito, mas ele considerou tal proximidade com um ser humano tão assustadora como uma viagem ao espaço. Era verdade que se sentia um forasteiro perto de cada um que já encontrara, exceto ao lado de Evaline Crook. Quando a viu pela primeira vez, não pôde acreditar na atração que se cravou nele. Sentiu-se chocado não apenas por querer ficar com uma mulher casada, mas por querer ficar com outro ser humano.

Após vê-la, lembrou-se de quando cuidara de um touro cinza com asas de borboleta, o dígito que sobra no final de uma contagem, que ficou velho, reumático e deprimido sem um par.

Ficou tão absorto nesses pensamentos enquanto descia na ponta dos pés, que deixou a lanterna da vaca prenhe aberta. Galopou pelo corredor e se inclinou junto à parede, deixando Midas que batia lá atrás como um adendo às batidas de seu coração.

Catorze anos antes, Evaline lhe havia sorrido. Ele havia se sentado com ela, falado, e houve um entendimento. Como insetos, haviam se encontrado com frequência sem a necessidade de palavras ou de linguagem corporal.

Correu em direção à porta aberta.

Não tinha ideia do que dizer. Ele era alto para a moldura da porta. Estendeu a mão.

"Hum", disse Midas, sem aceitar a mão. "Hum."

Henry o olhou de cima a baixo, sacudindo a cabeça.

"Eu", disse Midas, "hum, sou Midas Crook. Eu... creio que você... hum, conheceu meus pais."

"Hum", disse Henry.

"Hum."

"*Ahh*."

"Eu... posso entrar?"

Henry soltou o ar de suas bochechas, e deu um passo para o lado deixando Midas entrar. O corredor tinha o teto baixo e chão de madeira que rangia, no qual seus antigos arquivos e pilhas de papel presos com fita ficavam amontoados desorganizadamente. Percebeu Midas vendo os desenhos emoldurados de insetos, dissecados ou voando, pendurados nas paredes do corredor, e a ideia de um estranho notando essas coisas que ele via todo dia havia anos fez sua pele coçar de forma desconfortável.

Conduziu Midas para uma sala decorada com mais corpos, asas e olhos multifacetados. Borboletas preservadas estavam presas a um quadro num gabinete. Num tanque de vidro, folhas cheias de formigas. Duas velas grossas formavam chamas oscilantes em lanternas de papel, movendo as sombras do quarto em câmera lenta. Havia uma mesa antiga baixa, com quatro banquinhos acolchoados.

Henry puxou a barba com ansiedade. "Então... Eu sou... Henry." As palavras que falava pareciam estranhas. Ele não usava sua voz com frequência. Suas amídalas eram naftalina e sua língua, uma porta rangente.

"Eu sei."

"Oh."

Ele estendeu a mão novamente, mas recebeu apenas um olhar intrigado. Isso era um insulto, a recusa de apertar sua mão estendida? Ou ele mesmo estava sendo ofensivo? Henry não tinha certeza.

"Então", disse, vasculhando sua memória por bons modos, "chá?"

"Você, hum, tem café?"

"Desculpe, apenas chá. Chá verde."

"Então, sim. Por favor."

Henry hesitou, e correu para a cozinha.

★

Midas se levantou, surpreso de como tinha sido simples levar adiante seu encontro. A casa tinha um cheiro de pergaminho seco, mas embaixo desse havia o odor do lago. Ele examinou algumas fotos em molduras de madeira. Elas mostravam o mar do alto. Havia um tipo de brilho solar, mas, quando olhou mais de perto, viu que isso não era um efeito obtido por meio de uma lente, mas algo tangível na água, abaixo da superfície. Junto dessa foto havia o desenho emoldurado de uma água-viva, com os tentáculos descritos em latim. Rindo para si mesmo, Midas pensou em seu pai que lia livros na língua morta.

Henry voltou com o chá verde em delicadas xícaras de porcelana, pétalas vermelhas pintadas nas bordas. Pegou Midas olhando o desenho da água-viva conforme servia o chá.

"Eles as fatiam em pedacinhos, mas ainda não conseguem encontrar suas luzes."

"... É mesmo?"

"É uma espécie local. Desenhada durante a dissecação. Essa água-viva brilha... mas você sabe disso, é claro."

Midas assentiu. Ele sabia tudo sobre os invertebrados invernais que infestavam as angras em dezembro, pegando o sol em seus corpos inchados e emitindo um brilho elétrico. Mesmo assim, mesmo com elas podendo colher cada lingote de luz e transformá-lo num brilho rosa ou numa fagulha de amarelo, ele tinha um problema com elas que o impedia de ver o espetáculo.

"Quando cheguei em St. Hauda's Land, parte do meu trabalho era estudá-las. Eu havia visto águas-vivas menores na cozinha do meu pai em Osaka, criaturinhas como cogumelos que ele cortava em tiras para amaciar. Mas as espécies que vêm para St. Hauda's Land são totalmente diferentes. Totalmente."

"Qual é exatamente seu trabalho?"

Henry corou.

"Você é biólogo?"

"Eu tenho um certo nível de... visão que garante minha renda. As águas-vivas, por exemplo, pensava-se que elas gravitavam em direção às ilhas para procriar, até que minha pesquisa mostrou que elas excretam luz quando morrem."

Essa ideia levou um momento para se sedimentar, mas então Midas estava empolgado, voltando-se para as fotos que pegara anteriormente.

"Então... St. Hauda's Land é um tipo de cemitério de elefantes para águas-vivas?"

"Elas se dissolvem e deixam apenas um brilho."

"Então essas luzes na água..."

"Os mortos e os moribundos na costa, de noite. A matéria de seus corpos se quebra, se dissolve e libera luz. Cada partícula se torna algo como pó de estrelas, até que tudo o que resta são esses vapores lentamente desaparecendo no mar."

Midas apontou para um círculo brilhante como um dente de leão amarelo em um dos retratos. "Essa deve ter sido enorme."

"Do tamanho de um bote. E já vi maiores. Na minha ingenuidade, eu originalmente pretendia nadar com elas para tirar fotos. Mas claro que o veneno delas pode ser letal. Não tão letal quanto o de algumas espécies, mas bem potente numa área concentrada. Pode fazer uma pessoa mancar por... Ah, mas você já sabe disso."

"Minha mãe foi queimada por uma água-viva."

Henry oscilou de um pé para o outro. "Aqui", disse, depois de uma pausa desconfortável. Abriu a gaveta e tirou um álbum de fotos. Folheou mais algumas imagens da água-viva iluminada, então chegou às fotos da pedra de seixos. Entre as pedras mosqueadas havia cardumes de peixes caídos e brilhantes.

"Não estão mortos", disse Henry, "ou pelo menos não até sufocarem no ar. Estão paralisados pelas águas-vivas, então são carregados como madeira à deriva."

Eles ficaram ao lado um do outro, bebendo o chá verde que Henry fizera e olhando as fotos por alguns minutos, até que Midas, que se perdera tão facilmente na imagem, novamente se lembrou de sua mãe mancando. Percebeu quão desconfortavelmente próximo Henry estava dele.

O assunto de sua mãe estava flutuando entre eles tão incomensurável quanto essas águas-vivas. Ele viu um inseto de asas azuis de algum tipo vagar sobre o teto e descer fora da vista atrás de uma pilha de diários com capas enroladas.

Seu chá estava esfriando rapidamente em sua xícara diminuta. "O nome Ida Maclaird significa alguma coisa para você? Loirinha? Bem... monocromática? Bem, hum, sabe... bonita? Ela te pagou um drinque em Gurmton."

Henry de repente pareceu alarmado. "Ela não está aqui, está?"

"Sim. Ela veio para St. Hauda's Land em busca da sua ajuda."

Os olhos de Henry esbugalharam, as riscas da íris se fechando como adagas de cobre. "Ela te contou?"

"Contou o quê?"

"O que ela disse?"

"Ela está... não está muito bem."

Henry franziu a testa. Mastigou os pelos de seu bigode. "Não está bem? É isso?"

"Sim."

"Ela veio me ver por causa disso? Ela não te contou algo sobre... coisas secretas?"

"Bem... sim. Algo bem secreto, sim."

Midas observou os dedos de Henry. Havia turfa sob suas unhas. Henry limpou a testa, arrotou. "Com licença, por favor, sr. Crook", então correu fora de vista. Midas o ouviu pisando nos degraus.

Sapos cantavam lá fora. Ele virou a xícara nas mãos, folhas de chá giravam no fundo da porcelana.

★

Henry teve de subir a escada para pensar por uns instantes. Sentou-se em sua cama e colocou um cobertor sobre os ombros, se enrolando nele como uma criança. A herança do garoto Crook já era dura o suficiente de enfrentar, mas essa menção de Ida Maclaird... o que ela queria? Ela teve de voltar por causa do gado de asas de borboleta. O pântano deveria mantê-lo a salvo desse tipo de invasão. Ele havia trocado a sociedade pela vida simples que construíra dolorosamente ali. A vida de um entomologista: que colhia um grilo em suas mãos num campo, sentia seu tatear em busca de escapatória, então o libertava, para saltar confuso no longo gramado. Isso para dizer que ele não queria que o grilo batesse em sua porta buscando uma explicação para sua experiência. Ainda...

Ainda... Uma vez em sua vida ele quis mais do que esse desprendimento das coisas que tinha em mãos. Tinha uma aguda lembrança de deitar-se de costas no pântano uma noite no verão passado, apenas dias depois de seu encontro com Ida. Os gases do brejo haviam subido todo o dia no calor até que se misturavam com a atmosfera, nublando o céu azul com verdes-garrafa e marrons. Ele teria admirado o efeito se não tivesse chegado ao lado, sem pensar, da mão de Evaline. Pegara um sapo, que bateu as patas em seu braço até se soltar. Ele era o único ser humano em quilômetros. O pântano engolia cada distância, tossindo moscas recém-nascidas. Levou horas para superar essa solidão.

Henry relutantemente recolocou o cobertor em sua cama e respirou profunda e pausadamente. Ida... Ela sabia sobre o gado de asas de borboleta, e tudo em que ele podia pensar era que ela viera aqui para ameaçá-lo. Olhou para a lanterna de ferro na mesa e sufocou um grito quando viu a porta aberta e seu interior vazio.

★

Midas havia decidido olhar novamente as fotos das águas-vivas queimando o oceano safira, mas, antes de ter uma chance, foi distraído pelo inseto de asas azuis que viu pousando numa pilha de livros. O inseto subiu rodopiando pelo ar e passou por seu rosto. O rapaz piscou forte, virou a cabeça para segui-lo, com as mãos instintivamente buscando a câmera.

Era uma vaquinha, com o pelo agitando-se levemente na brisa que se formava com suas asas. Suas patas com cascos penduravam-se relaxadas sob uma barriga inchada e uma cabeça com olhos sonolentos.

Midas abriu a bolsa e tirou a câmera. O movimento fez a criatura se afastar e voar mais alto, então ele congelou-se com a câmera em seu rosto. A vaquinha desceu a uma das lanternas de papel, na qual a chama da vela tremulava. Midas tirou sua foto, silhuetada no papel. A vaca pousou ao lado da lanterna e balançou as asas, mostrando marcas peroladas no interior.

Ele ouviu um grito consternado da porta.

Henry entrou cambaleando na sala, olhando boquiaberto para a câmera de Midas.

"V-você", ele balbuciou, "precisa me dar o filme. Deve ser destruído."

"Não há filme", disse Midas, agarrando sua câmera receoso. "É digital."

"Então apague."

Midas balançou a cabeça.

Henry endireitou seus ombros estreitos, desacostumado com a intimidação. Midas, lentamente, como se lidasse com uma bomba, afastou a câmera e a fechou bem na bolsa. A vaca se ajoelhou no balcão e lambeu o focinho.

"Por favor."

"Você tem de ajudar Ida."

Henry assentiu. "O que ela quer de mim?"

"Não tenho certeza. Você precisa vê-la. Ela acha que você sabe algo sobre o que está acontecendo com ela."

"O que está acontecendo com ela?"

Midas deu uma batidinha em sua bolsa. "Mantenho isso em segredo, se você mantiver o que eu vou contar em segredo também. Nem diga a Ida que eu contei."

"V-você não sabia sobre o gado de asas de borboleta? Ela não veio por causa deles?"

A vaca fechou os olhos, seu flanco inchado subindo e descendo a cada respiração.

"Ela veio porque seus pés estão se transformando em vidro."

Henry se apoiou na moldura da porta.

"Mantenha isso em segredo", disse Midas. "Você prometeu."

Henry assentiu sem interesse. "Claro que manterei. Podemos apagar a foto agora?"

"Tudo bem." Ele a olhou por um segundo, brilhando na tela. Não era uma grande foto mesmo. Apagou-a.

"O.k., Midas... é difícil saber por onde começar."

"Comece de onde quiser."

"Já esteve no continente?"

"Sim."

"Quantas vezes?"

"Cinco ou seis."

Henry assentiu cuidadosamente. "Talvez você tenha notado algo diferente. Quando você voltou a St. Hauda's Land. Um gosto no ar. Um maneirismo que os pássaros têm. Uma nevasca peculiar criando desenhos quase matemáticos. Um animal branco que não é albino."

Midas balançou a cabeça. "Acho que é normal para mim."

"Sim, sim, provavelmente é." Henry suspirou. "Na maior parte, as pessoas ou nasceram aqui e se acostumaram com essas coisas ou se mudaram. Não há muita gente que *vem* para cá."

"Você veio para cá."

"S-sim. Mas eu tinha a orelha no solo. Escutei uma história sobre um certo animal que podia transformar uma coisa em branco só de olhar para ela. Depois que vi... eu já tinha encontrado outras razões para ficar. Mas estou divagando, porque você quer saber sobre Ida." Ele olhou pela janela o cenário sépia de lagos e poças lamacentas. Parecia desgastado, como se um dia tivesse transcorrido desde que Midas passara pela porta. "É melhor que você venha comigo. Tenho algo para lhe mostrar no pântano."

★

Logo, as botas e as calças à prova de água que ele emprestou para Midas estavam sujas de lama. Tropeçaram por um lamaçal infinito onde o solo era manchado de neve. A lama congelada soltava ruídos partindo-se sob o pé. Lesmas observavam da sombra com olhos à espreita e expressões misteriosas. Num ponto eles viram uma garça com uma barba desgrenhada pegando um peixe, mas ela decolou assim que chegaram perto e voou com suas asas pesadas no céu nublado. Midas esperava nervosamente sempre que Henry parava para checar sua bússola ou consultar um ponto de referência do pântano: aquela rocha com uma coroa de espinhos, aquele tronco na forma de um estegossauro.

Então ele encontrou o ponto. Explicou como o havia marcado anteriormente amarrando uma fita amarela num galho próximo. Agora o reconhecia pela fita suja. "Este é o local", disse, apontando um dedo trêmulo para a poça tingida diante dele.

"O.k. O que... o que estamos procurando?"

Henry se arrastou para a borda do poço. A única coisa visível era uma concha flutuante de caracol. Ele encontrou um galho longo, curvado como uma foice. A água arrotava conforme ele pisava gentilmente sob a superfície e penteava a poça até que bateu em algo. Estabilizando-se, ele usou a vara para puxar sua descoberta, com os pés deslizando de leve na margem enlameada.

As águas se abriram e algo liso e brilhante emergiu por um momento antes que Henry grunhisse e o objeto submergisse novamente.

"Você vai ter de ajudar", disse Henry. "Pegue o galho."

Midas pegou o galho de Henry e sentiu um peso na ponta de algo que estava preso sob a água.

Henry andou no poço com dificuldade até que a água chegou às suas coxas. "Agora, puxe", disse.

Midas lutou com o galho, forçando para tirar o objeto da água, enquanto Henry forçava com seu peso no poço. Lentamente eles o levantaram.

Midas perdeu o ar.

Era um homem. A água escorria dele e voltava ao lago. Ainda assim, a luz passava através de seu torso, de seu rosto elegante e do sombreamento intrincado dos pelos de seu peito. A luz emergia partida de seu corpo e formava uma centena de arco-íris pelo lago. Cada centímetro dele era feito de vidro. Lesmas prendiam-se a seu corpo como verrugas e ele usava um capacete de algas verdes. Henry fez uma careta com o peso e abaixou o corpo de volta para a água. Ele submergiu como num batismo.

Midas sentou-se pesadamente, deixando-se cair, sem se importar se a água molhava sua bunda. Colocou a cabeça entre as mãos, marcando as bochechas com lama.

Henry saiu do lago e viu a água se acalmar. "Não há palavras para isso, há?"

"Está dizendo que isso vai acontecer com Ida?"

Henry ficou sério. "Quer dizer que ainda não pensou nisso?"

Midas assentiu debilmente. Ele sentia o corpo todo doendo pela dura caminhada. "Por que está no pântano?"

Henry deu de ombros. "É um túmulo tão bom quanto qualquer outro."

"Você o pôs aqui?"

"Não. Eu encontrei esse homem quando pegava girinos. Não sei quem era ou há quanto tempo está aqui. Podem ser anos, podem ser séculos. Encontrei mãos de vidro no pântano, e uma forma de vidro parecida com um modelo de geleira que por acaso era a perna traseira de uma raposa ou de um cachorro. Esse pântano é um cemitério de vidro. Peneire o sedimento do fundo dessas lagoas e você vai encontrar caquinhos brilhando na peneira.

"Quando posso trazer Ida para te ver?"

Ele achou que Henry concordaria com isso sem hesitar. Mas Henry brincou com os cordões de sua capa de chuva. "A coisa é que, Midas... O motivo pelo qual eu trouxe *você* aqui..."

Midas fechou os olhos e tentou expelir o cheiro sulfúrico de seu interior. "Você não pode curá-la, pode?"

Henry pegou um junco e começou a cortá-lo em fatias. "Não. Ninguém pode curá-la porque ela não está doente. Isso não é uma doença. O vidro agora é parte dela, pode-se dizer. Como unha ou cabelo."

"Então ela não pode apenas... cortar fora."

"Não adianta. Cresceria de novo."

Henry reuniu os pedaços de junco partido no lago. Midas pensou ver um peixe subir à superfície para engoli-los.

Henry suspirou. "Sinto muito, Midas."

Midas se revolveu por dentro: sentimentos tectônicos que ele nunca conhecera. Ficou sem palavras repentinamente com a ideia de perder Ida antes mesmo de os dois terem...

Olhou para o preto impenetrável da água. Pela segunda vez, viu uma boca se abrindo na superfície.

"Você *pode* encontrar uma maneira de ajudar. Você mesmo disse que tinha uma visão única."

Henry deu de ombros. "Eu só estaria desperdiçando seu tempo e dando a ela esperanças, quando não há nenhuma."

Midas apertou as mãos enlameadas uma na outra. "Minha mãe", ele disse, "e quanto à minha mãe? Sei tudo sobre isso! Sei que ela quer estar com você e vou ajudar você a ficar com ela. Mas você tem de ajudar Ida."

Henry colocou as mãos na cabeça. "Não posso, Midas, não vê? Simplesmente não é possível. Na verdade, é a analogia perfeita. Não posso lidar melhor com isso do que com o outro assunto."

"Por que você não foi até ela, depois que meu pai morreu?"

Henry ficou pálido. "Onde ela estava, Midas?"

"Na nossa casa! E agora em Martyr's Pitfall."

Henry balançou a cabeça. "Ela já havia partido antes de seu pai morrer."

Num rompante de raiva, Midas agarrou um pedaço de terra e arremessou-o na água, o que fez surgir centenas de círculos encadeados. Ver Ida como o corpo no pântano fazia seu coração definhar e explodir. Seu rosto vacilava entre expressões. Ele se virou para Henry e por um momento, com olhos turvos, o viu como outro acadêmico solitário. Como ele podia se recusar a ajudar Ida? Havia considerado isso por um milésimo de segundo?

"Então, e agora?", interrogou.

"Não há nada que possamos fazer, exceto nos consolar de que nunca houve."

"Nunca houve? Você só vai desistir? Mesmo agora, quando vimos aqui o que será feito dela?"

Pássaros gargalharam em algum ponto do pântano. A raiva de Midas o deixou abruptamente como um raio elétrico na clareira ao redor do lago. Ele partiu sentindo-se frio e inanimado. Insetos zumbiam e bambus assobiavam.

Caminharam de volta para a cabana de Henry e para o carro de Midas sem falar, e a poucos passos de distância um do outro Henry ficou parado na entrada de sua cabana. Midas deixou as galochas emprestadas chorando lama na entrada, pegou seu carro e saiu dirigindo.

16

O pai de Midas sentava-se em seu escritório, debruçado sobre um livro pesado. Lambia os dedos antes de virar cada página. Midas bateu na porta aberta, esperou, bateu novamente. Ele era pequeno e a maçaneta da porta estava à altura de sua cabeça.

Lentamente, os olhos de seu pai fecharam-se. Ele respirou fundo. Seus ombros caíram. Uma expressão cansada passou por seu rosto.

Quando se deparou com Midas, soltou um prolongado "Hum?" que se pareceu com o ranger de um galho na floresta.

"A mãe está chorando."

Ele suspirou. "O que quer dizer?"

"A mãe está chorando. No seu quarto."

"Oh, Deus, Midas..."

"Desculpe... Fiz alguma coisa errada?"

"Perguntou a ela qual é o problema?"

"Você disse para eu não entrar no quarto. Você disse que eu..."

"Tá, tá. Oh, Midas, eu estava lendo."

Ele esfregou o bigode com um longo dedo limpo, então olhou demoradamente para as páginas em seu colo. "Ela não o viu?"

"A porta está fechada."

"Hum, por que você estava ouvindo?"

"Ela... estava chorando bem alto."

Havia uma foto no livro de seu pai. Midas se mexeu para tentar ver, mas o pai fechou o livro, com o polegar enfiado marcando a página.

"Você bateu?"

"Bati. Não tive resposta."

Seu pai olhou para o livro fechado. Era um tipo diferente dos livros que ele lia normalmente. Um livro grande de anatomia com o diagrama de uma caixa torácica seccionada na capa.

"Midas?"

"Sim."

"Diga a ela... Diga que ainda tenho seis páginas. Daí eu vou lá confortá-la."

Assentindo, Midas o deixou sozinho e foi ao andar de cima. A porta do quarto de seus pais era mais alta do que as outras portas na casa. Parecia uma porta de pedra. Com uma tinta azul acinzentada, dentada e lascada.

"Mãe?"

Ele ouviu um soluço e empurrou a porta aberta. A luz caiu pela abertura nas cortinas pesadas de rede, desenhando em sua mãe uma barra branca ofuscante. Ela se sentava de frente para um espelho de corpo inteiro diante da cama. Estava com o cabelo solto, com belos cachos claros caindo nos ombros de um cardigã.

No espelho, seu reflexo apertava uma foto na barriga e olhava para ela. Ela. Quando jovem, não tão magra ou fraca. Posando à margem de um rio, com uma mão no cabelo, galhos emaranhados acima e atrás dela. Um reflexo (não o seu) partido na água. No primeiro plano havia borrões brancos, apesar de não poder ser neve, porque era uma cena de inverno. Flores talvez. Midas imaginou que tinham a forma de fadas.

"Filho", ela fungou quando o viu, "essas fotos são da sua mãe. Quando ela era mais jovem. Gostaria de olhar?"

Ela pegou mais fotos da cama. Havia cinco no total, cada uma com uma pose levemente diferente atrás de diferentes configurações de borrões brancos. Midas pegou uma com ela.

"Tome cuidado", ela disse, "essas são tudo o que me mandaram. Não tenho os negativos."

Mesmo tão jovem, Midas havia começado a pensar nos negativos como armadilhas de luz: a luz queima um negativo como uma reminiscência física do passado. Lembranças feitas de luz. Uma ampliação era uma cópia maravilhosa, mas o negativo é que poderia ser guardado como um tesouro. Sem eles, tinha-se apenas um simulacro; com eles, podia-se ter um fragmento do passado de sua mãe, como uma peça verdadeira de cabelo recuperado ou de unha.

"Midas!", ela chiou.

Estava com os olhos esbugalhados. Ele rapidamente percebeu o que havia de errado: passos vindo da escada. Antes que ela pudesse fazer qualquer coisa, seu pai estava no quarto e por um momento os três ficaram congelados com o rosto branco. Então o pai saltou para a frente e arrancou as fotos do colo de sua mãe.

Seus olhos as varreram, como se fossem palavras. Então fez um som como se tivesse engasgado. Ele não havia reparado na foto que Midas segurava, porque o garoto a havia deslizado para dentro da camisa.

"Para fora, por favor, Midas." Ele empurrou a porta, fechando-a atrás de si. Mas Midas ficou ouvindo.

"Querida...", disse seu pai. "O que é isso? O que pode ser isso? Você me disse que as destruiu. Você me garantiu."

"Mas... querido, não foi *ele* quem tirou. Não foi mesmo. Sou eu. São fotos *minhas*."

Midas ouviu que o papel era rasgado. De novo. E de novo. Quando a porta se abriu, ele se encostou na parede. Seu pai passou apressado, com uma pilha de papeizinhos brancos na mão. Quando ele desceu, Midas espiou pela porta aberta.

A mãe segurava um pedacinho do tamanho de uma unha. Midas viu seus ombros balançando, então bateu levemente na porta até ela levantar o olhar. Ele estendeu a foto que havia escondido na camisa.

Ela contorcia a boca nos cantos enquanto abafava um ruído. Ele observou as pupilas de sua mãe se dilatarem conforme ela se via na imagem, com suas lentes se ajustando como as lentes da câmera.

"Guarde-as, Midas", ela disse. "Para que seu pai nunca encontre."

E ele as guardou.

17

Um vento vinha do norte, soprando nuvens de chuva como poeira até que elas cobriram o céu cinza. Henry sentava-se à porta de sua cabana, com o vento preenchendo sua boca e narinas, soprando os cheiros decompostos do pântano em sua barriga.

Ele não podia ajudar Ida. Sentia o estômago apertado com a frustração que isso lhe causava. Não podia ajudá-la, e a exigência do menino Crook era injusta. E, de todos os sacrifícios que fizera para conquistar sua privacidade, o maior tinha sido virar as costas para a mulher que amava. Então também era injusto que o filho dela tivesse aparecido crescido no meio da neblina do pântano, exigindo ajuda e respostas que Fuwa não tinha.

Ao longe, a chuva era uma ligação cinzenta entre a terra e o céu. Ele não podia ajudar Ida, mas... Cobriu o rosto com as mãos. Não fora totalmente correto com Midas.

Quando menino, Henry havia trocado sua bicicleta por um *kit* de química. Isso pareceu uma ideia sensata na época, por deixar para trás coisas infantis em nome de um estudo maduro. Então ele viu o garoto que comprou sua bicicleta pedalando alegremente de noite, enquanto ele cutucava cristais entre placas de Petri com uma espátula. Parecia que havia dois Henry Fuwa dentro dele. Henry Fuwa, o cientista, que vivia em sua cabeça e aspirava a ler biologia e anatomia, e outro Henry Fuwa que habitava algum lugar sob a sua caixa torácica e que se enrolava cheio de remorso com a visão daquela bicicleta levada por outro garoto, esperando apenas um empurrão dos pedais para girar com seus pés.

Anos depois, ele deixou Osaka com apenas uma pequena mala e a vontade de levantar a pedra certa e encontrar um inseto desconhecido. O Henry Fuwa que havia desejado a bicicleta havia temido partir, mas o outro Henry Fuwa sempre soubera que não havia futuro em viver em cima do restaurante de seus pais perto de Dotonbori, onde ele acordava todos os dias com o cheiro de arroz cozido e sentia seus pulmões engomados. Sabia que não estava errando ao partir, que uma vida isolada entre juncos e lírios do pântano, onde podia estudar com paz e dedicação, era a vida certa para ele. Só que, quando as notícias filtraram através da morte de sua mãe, ele ficou impressionado com sua própria tranquilidade. Procurou por aquele menino Henry Fuwa dentro de seu peito, esperando que pudesse derramar alguma tristeza com a morte dela, mas não pôde encontrá-lo. Na verdade, não foi capaz de encontrá-lo em tempo nenhum. Talvez no curso da grande jornada sobre os oceanos ele tivesse se perdido ou sido esquecido, num terminal de aeroporto, entre malas não solicitadas ou bagagem perdida. E então Henry não sentiu nada sobre a morte da mulher que o havia criado em Osaka. Não conseguia nem se lembrar de como era ser seu filho. A vida no pântano continuava em seus ciclos: flores amarelas formavam um cosmo amarelo no solo pantanoso no inverno, o calor do verão formava peles viscosas nos charcos, o outono dava luz a um milhão de insetos e besouros pegajosos.

Mas uma tarde, após muitos ciclos assim, o outro Henry Fuwa voltou, e agora estava bem crescido e se tornara insaciável. Ele o havia emboscado. Obtido a vingança, se vingado. Conquistado força.

Havia posto os olhos em Evaline Crook.

Naquele verão, estava pegando enguias rio acima, aproveitando a forma como elas deslizavam e se debatiam em seu balde. Ao pegá-las, ele as fotografava, fazia anotações sobre cor e tamanho e as colocava de volta na água, onde elas cintilavam e desapareciam como líquido vivo.

O dia estava prazeroso e ele andou sem rumo pela margem do rio. Insetos com novas asas e moscas varejeiras surgiam aos milhares na grama e rodopiavam em volta de seus tornozelos.

No rio, movimentos escuros tremeluziam: peixes recém-nascidos prontos para ser engolidos por peixes grandes e sapos famintos. Ele vagou ao lado da água e foi levado, por meandros e viradas, aos bosques profundos.

Então a viu à frente, sentada de pernas cruzadas à margem, com um vestido de verão bege e um chapéu panamá com uma rosa de tecido costurada na aba. Ela tinha um belo esqueleto, membros esguios e cabelos flutuando na cabeça como se estivesse embaixo d'água. Seus dedos brincaram nervosamente com a bainha do vestido, amassando-a; então a soltou, amassou novamente e soltou. Ele a observou repetindo a ação, até que se lembrou de que não era aceitável admirar mulheres como se faz com um inseto ou uma enguia. Acenou com a cabeça e se desculpou por sua falta de compostura.

Ela riu e se apresentou. Ele sabia que nunca mais iria esquecer o nome dela. Ele lhe perguntou o que a trazia ao bosque. Estava apenas vagando, ela disse. Sua família estava em algum lugar próximo, cochilando numa clareira. "Pais?", ele perguntou esperançoso. Não. Filho e marido, ambos vestidos com calças longas e mangas compridas como uma precaução contra vespas e urtigas.

Ela riu triste, então devolveu a pergunta: "O que o traz aqui?"

Ele balançou o balde de enguias como explicação.

Quando ela lhe perguntou se se importaria com sua companhia, ele quase explodiu. Ele permanecia admirando a forma como borrões de luz do sol atravessavam as folhas e pegavam o chapéu e os braços finos dela, e seus dedos não conseguiam permanecer parados, fosse ilustrando uma ideia, fosse brincando em silêncio. Andaram pela margem do rio. Ela andava mancando.

De repente, ele se virou abruptamente cento e oitenta graus. Avançou com o braço e abaixou o chapéu dela com força, cobrindo-lhe o rosto. Ela gritou e saltou com medo para longe dele.

Ele ousou olhar sobre o seu ombro.

O animal desapareceu.

Estava ajoelhado para saltar na água do riacho. Uma pele branca áspera e a cabeça redonda com um rosto plano pressionado na superfície da água. Seus olhos grandes, graças a Deus, estavam fechados. O que o surpreendeu apenas um pouco mais do que a visão disso era o seu tamanho. Não era sequer do tamanho de uma ovelha.

Ele perguntou a Evaline se ela também tinha visto. Ela admitiu (arrumando o chapéu novamente na cabeça) ter visto algo. Mas ela tinha olhado olhos nos olhos? Como poderia, com a cabeça do animal abaixada? Ele correu ao ponto do riacho onde a criatura havia ajoelhado. Ramos verdes saindo da água eram marcados com ninfas de libélulas, totalmente desenvolvidas e agarradas à vegetação. Estavam todas brancas como flocos de neve. Ele se sentou na margem e mordeu os lábios. Explicou-lhe que as ninfas deveriam ser de uma cor escura, a camuflagem ideal nas águas das quais haviam saído. Agora que eram brancas seriam uma presa fácil para pássaros, com suas patinhas prendendo os corpos sem movimento nos ramos enquanto a pele secava em preparação para se transformarem em adultas.

"Então vamos cuidar delas", disse Evaline, sentando-se na margem oposta, chutando para fora os sapatos e mergulhando os dedos na água fria. Ele fez o mesmo. O coração dela batia como louco, porque queria fazer isso com ele. Ela lhe disse que ele era engraçado, mas gostava disso nele. Sentaram-se confortavelmente em silêncio e observaram os exoesqueletos brancos das ninfas se partirem lentamente, começando atrás dos olhos. Cabeças cor de giz e corpos forçaram-se para fora das rachaduras da pele e penduraram-se emergindo de seus velhos corpos.

"Se você se concentrar", disse Henry, "pode vê-las respirando. O ar as incha enquanto o sol as seca. Então estão prontas para sair."

Como que para fazer uma demonstração, uma das libélulas de repente se dobrou de volta para seu casulo e puxou a cauda e as patas. Suas asas grudavam-se nas costas como papel amassado. Ficava lá presa a seu velho corpo enrugado enquanto outras ninfas em outros caules faziam o mesmo.

Henry e Evaline olharam num silêncio espantado enquanto pares de asas secavam e lentamente se expandiam entre os ramos como pétalas desabrochando.

O sol estava quente na nuca de Henry. Com o canto do olho, ele observava Evaline extasiando-se. A luz coloria a água. Uma salamandra branca emergiu para respirar entre vitórias-régias. Evaline era linda, ele pensou, mais linda do que tudo isso.

As asas expandidas da libélula mais próxima de repente bateram e se estenderam até seu limite. A luz mostrou suas facetas desenhadas. Outras libélulas fizeram o mesmo. Os caules estavam repletos de flocos brilhantes.

Alguns minutos depois, a primeira decolou. Arremeteu verticalmente, depois ziguezagueou entre as cabeças deles. Evaline respirou fundo e cobriu a boca. Henry a observou. Mais libélulas se jogavam livres de suas encarnações petrificadas, zumbindo no ar como faíscas brancas.

Bolas de chuva pesada caíram ao redor dele, trazendo-o de volta ao pântano e ao presente. Ele fechou os olhos enquanto os pingos silenciavam na grama enlameada. Adorava e temia a ocorrência daquela memória, porque, apesar de ter sido um momento de promessa, e a primeira vez na sua vida em que esteve apaixonado, se transformou com os anos na metáfora pertinente à lembrança da qual ele não sabia para onde a Evaline daquele dia havia ido. Tudo o que permanecia dela em Martyr's Pitfall era a pele de uma ninfa de libélula.

E lá estava ele, parado, ensopado na chuva, sentindo-se culpado por não ter sido inteiramente correto com o menino dela, como se toda a verdade pudesse fazer bem para alguém.

Ficou raivoso repentinamente. Uma rocha do jardim estava funcionando como palco para um encontro de lesmas, e ele retirou a lama e jogou numa poça. À espreita, abaixo, entre os tatus-bolas rastejantes e o limo, havia um besouro como uma conta de jade. Henry encheu de ar os pulmões e pisou nele.

Caiu imediatamente de joelhos ao lado dos restos gosmentos, engasgando e coçando a barba tão forte que, quando recuperou o controle, viu sangue nas unhas. Ficando de pé, sentiu-se monstruosamente alto. Seus sapatos pareciam os de um gigante, suas mãos estavam retorcidas e desajeitadas.

Nada era como deveria ser, por causa da aparição do menino Crook.

"Tudo bem!", ele gritou no pântano. "Vou te contar!" Imediatamente, seus pulmões sentiram-se feridos por gritar. Muito tempo tinha passado desde a última vez em que ele levantara a voz. Foi para a cabana e cruzou os braços enquanto fervia água numa panela. Então levou a panela para fora, onde o ar frio revelava o vapor. Minhocas congeladas de água da chuva estalavam sob suas galochas conforme ele andava no pântano, com água quente espirrando e caindo no chão, chiando na lama. Quando chegou a uma poça do tamanho e da forma de um sarcófago, usou a parte inferior aquecida da panela para derreter um círculo no gelo da superfície, depois virou a água nas plantas e afundou o recipiente na poça como um tipo de rede de pesca, esfregando-o no fundo escorregadio. A água anestesiou seus dedos. Ele podia sentir o gelo fechando ao redor do pulso. Tirou a panela da poça. Estava cheia de água suja e com um objeto duro envolto numa gosma.

Carregou o objeto e a panela de volta para a cabana e, lá dentro, drenou a água. Então ligou a água quente na pia adicionando um longo fio de detergente. Colocou luvas de borracha, respirou fundo e buscou na pia a massa agora escondida sob bolhas. Esfregou-a com uma escova até que as bolhas cessaram e pôde tirar o objeto sem manchas da água.

Quando o havia retirado do túmulo de Midas Crook, o cheiro fez sua bile chegar à garganta. Agora o coração de vidro de Midas Crook brilhava como um diamante multifacetado. Nos últimos anos, caracóis viveram em seus átrios transparentes e girinos preencheram seus ventrículos. Limpo e esterilizado novamente, enchia Henry de vergonha e terror pelo que fizera. Ele o havia arrancado como uma fruta madura do peito de Midas Crook, depois correra até sua casa e o esfregara tirando sua camada de sangue coagulado. Examinando-o nas noites seguintes, ele havia aprendido alguns de seus segredos. O vidro agiu como as unhas ou o cabelo numa pessoa. Continuou crescendo por um tempo depois da morte, mesmo no túmulo, mas depois parou, como o resto do corpo humano. Ele havia pensado nessas coisas, na enormidade do que fizera, todos os dias, desde que o levara de volta ao pântano.

Ouvira dizer que Crook tinha morrido de um tumor no peito que desafiava o conhecimento dos médicos. Nessa época, ele também descobriu, enquanto revirava o pântano, o homem que virou vidro. Enquanto se abaixava ao lado do poço olhando o peito do homem de vidro, ele se perguntara: *e se...*

Havia comprado e bebido uma garrafa inteira de gim na noite em que desenterrou o caixão de Crook e forçou a madeira podre. As flores no cemitério de Tinterl Church pegaram a luz da lua e estavam brancas até nas pequenas horas. Os músculos esguios que ele tinha na época estavam rígidos em seus braços enquanto ele manejava a pá. A igreja de Tinterl ficava num penhasco isolado onde o vento varria o solo ralo, deixando a terra granulada como uma praia. Só uma vez ele avistou uma companhia viva, quando viu um par de faróis se aproximando ao longe e se jogou na terra, em pânico pelas luzes fortes conforme elas iluminavam o muro da igreja e se estendiam nas sombras das lápides como cortinas negras. Um suor frio o cobria quando as luzes desapareceram pela rua Gurmton. Sabia que havia um homem morto estendido paralelo a ele e, apesar de não ter tempo de checar atrás de qual lápide ele havia se escondido, sentia de quem era o túmulo através do solo duro. Levantou-se e tirou a tampa do gim para beber o álcool da garrafa, umedecendo os lábios antes de pegar a pá e arrancar a grama rala do túmulo.

Ele se lembrava da placa nua de madeira que desenterrara à luz das estrelas do outono. Abrira a tampa do caixão e perdeu o fôlego com o que restava podre lá dentro. No pântano, a decomposição era complicada. Gases e fluidos na água podiam preservar um homem por séculos, ou descascar sua pele como pintura em dias. Ele esperava que esse túmulo de areia tivesse feito o suficiente em sete anos para abrir seu torso sem resistência. Era tudo de que ele precisava: uma visão abaixo da caixa torácica da matéria que sobrara. O centro do amor.

Havia feito mais que o suficiente.

Agora, na cozinha de sua cabana, ele colocou o coração de vidro numa sacola e o deixou numa mesinha de centro.

Se alguém perguntasse a um psiquiatra por que um homem pode se matar, poderia receber uma centena de razões, mas nenhuma dessas seria o objeto dentro da sacola. Henry pensou longa e duramente sobre o particular suicídio do dr. Crook. Ele havia contrastado o coração de vidro com o corpo de vidro que mostrou a Midas no pântano. Se a transformação para vidro parava não muito depois da morte, então Crook a havia enganado com seu suicídio. Também demonstrava que o homem do pântano não havia morrido. Com a morte, o vidro logo pararia. Era impossível para o homem do pântano, em vida, ter se transformado em vidro a ponto de a metamorfose tomar conta de todo o corpo depois de sua morte. Se o homem tivesse se afogado naquele lago, o vidro teria parado cedo demais depois de a água preencher seus pulmões (pulmões pulsantes bons o suficiente para afogá-lo) para completar a transformação. Se ele tivesse sido envenenado por uma fruta do pântano e se deitado para morrer às margens do lago, precisaria ter um estômago vivo, não um estômago de vidro, para lançar enzimas necessárias para digerir as toxinas da fruta. Se tivesse sido assassinado (seu corpo não mostrava sinais de ataque, mas poderia ter recebido uma pancada na cabeça), ele teria precisado de crânio e cérebro para que o assassinato se consumasse. E mesmo se o vidro em si tivesse acabado com ele, o tivesse transformado, órgão por órgão, no estado cristalino em que agora repousava, certamente o teria destruído, porque, no momento em que um órgão vital endurecesse, seu corpo se teria desligado, ele estaria morto e o vidro não teria capacidade de continuar a se espalhar para tomá-lo inteiramente.

Por tudo isso, Henry só podia ter duas hipóteses.

Uma: de alguma forma, mesmo depois de se transformar em vidro, o sofredor ainda estava vivo. O dr. Crook não parecia acreditar nessa teoria, ou não teria desistido de sua vida tão facilmente.

Duas: que a velocidade da transformação não estava fixada naquele ritmo constante que Henry havia imaginado. Que de repente poderia avançar, tomar sua vítima numa explosão. Parecia mais provável que o dr. Crook temesse isso enquanto fazia planos de suicídio. Parecia provável que o homem do pântano temesse também, conforme contemplava sua própria condição, entretanto muitos anos ou séculos atrás, até que de repente estava se transformando numa velocidade rompante num mineral duro e vazio, sem tempo sequer de se espantar.

Henry tinha se interessado por isso até o momento, mas agora era diferente. Ele mal conhecia Ida Maclaird, mas a conhecia bem o suficiente para não lhe desejar a condição vítrea do dr. Midas Crook ou do homem do pântano.

A única coisa que tinha vontade de fazer no resto da tarde era tirar sua mente de Ida. Para isso, acabou com sua reserva de gim, concentrando-se em enxugar cada gota, clara como diamante. Pensou em Evaline, em libélulas brancas surgindo num rio e nas cascas de corpos larvais deixadas para trás nos juncos e caules, e na forma como, lá atrás, ele achou que o amor estava germinando.

18

A noite cintilava por trás de nuvens de neve. As copas das árvores serrilhavam o céu. A neve derretia conforme caía, fixando-se na rua cheia de flores esmagadas por pneus.

Carl Maulsen dirigia.

Tempo, era isso o que faltava para ele. Você não tem de ter anos de experiência: você tem de ter anos não vividos, para serem guardados. Porque, quando você fica mais velho, as coisas se partem. Desejava que seu primeiro encontro sério com a morte tivesse sido com qualquer outro, outra pessoa. Parecia perverso que sua mãe e seu pai se agarrassem à vida lá no Arizona. Todos menos ela, para fazê-lo perceber que ele não tinha todo o tempo do mundo, não tinha o luxo de ultrapassar Charles Maclaird, planejando e fazendo seu avanço num futuro perfeito.

Sentiu sua garganta se apertar e uma umidade queimar sob as suas pestanas. Surpreso, ele a sufocou de volta. Estava se sentindo velho e sentimental. Talvez fosse o encanto dos bosques trazendo isso à tona. Espinhos prateados tremiam no acostamento. Seus faróis transformaram os olhos de uma lebre num branco assustador.

Nessa noite, vividamente, ele a viu dançando em seu vestido de baile na última noite da universidade, seu vestido e cabelo até a cintura, brilhante como os olhos da lebre. Ele se lembrava do agradecimento dela na pista de dança, um sorriso malicioso no cantinho da boca. Mas ir até ela seria fazer da lembrança uma fantasia, já que ela não havia feito isso. Ele bancou o descolado, aproximando--se dela depois apenas para encontrá-la nos braços de outro homem.

Voltou àquela lembrança e a remoldou. Dessa vez pisou na pista de dança e seguiu em direção a ela, maravilhado pelo brilho de seu cabelo nas luzes piscantes da boate. Pegou suas mãos estendidas e sentiu os dedos suaves se enlaçarem nos seus dedões.

Pisou no freio tarde demais. Havia uma corça em seus faróis.

O veado partiu-se com o impacto, deixando um amassado no capô e quebrando uma lâmpada. Caiu longe, mostrando sua pálida barriga. Xingando, Carl saltou do carro e inspecionou a marca no metal. Uma das luzes havia sido arrancada e o capô estava partido. Ele protestou sobre o corpo da corça, então abriu o porta-malas, pegou o bicho e o colocou nos ombros. Se tinha de pagar para arrumar seu carro, ele e Ida comeriam carne de veado por uma semana.

O impacto havia quebrado o pescoço da corça, mas, quando a colocou no porta-malas, viu uma perna de trás quebrada em vários lugares, fazendo com que os ossos quebrados aparecessem salientes na pele como os brinquedos numa meia de Natal.

Ele ficou parado por um momento com as mãos no bolso. A surpresa da morte na estrada e o brilho do gelo em cada folha e cada espinho tornaram seus pensamentos fantasiosos.

Trinta anos antes, o verão havia secado a grama entre os prédios da universidade. Gramados amarelados pareciam pergaminhos picotados apodrecendo na terra. Carl ficou à sombra de um prédio de arenito da universidade, com as mãos no bolso, a testa franzida. Tirou o pente e o passou várias vezes em seu cabelo preto. Outros estudantes andavam longe dele subindo os degraus para os corredores abafados.

Como os odiava: a falta de visão deles! Nenhum tinha ímpeto ou ambição. Corriam em grupinhos ou vagavam por lá, aceitando de bom grado seus iminentes fracassos acadêmicos. Fossem fanáticos em seus estudos ou indiferentes, nenhum tinha o ímpeto, nenhum tinha a paixão que ele tinha. Ocupavam-se mais de se bronzear na insuportável luz do sol do que em aprender. Fungou como um porco, assustando um estudante rechonchudo que empurrou seus óculos nervosamente pelo nariz e se afastou. Enfiou o pente no bolso e cruzou os braços.

Uma garota andava de bicicleta no pátio. Parecia com pressa, pedalando rápido, mas, ao passar sobre um pedaço de pedra da calçada, sua bicicleta travou, a corrente se soltou e a menina veio ao chão, com a perna presa na bicicleta. Carl fez uma careta enquanto ela se desvencilhava e se levantava.

Ele parou com a careta. Ela era linda.

A garota havia cortado os joelhos. Um sangue negro descia por sua perna como um estigma fora de lugar. Tentando arrumar seu cabelo loiro-ártico, ela o sujou de sangue. Abandonou a bicicleta e correu pelos degraus para dentro de um prédio da universidade, deixando Carl com o perfume amargo do cheiro dela e de seu sangue.

De algum modo, ela o excitava. Ele se considerava acima daquelas vontades, estava lá inteiramente devoto à academia. Mas agora... estava chocado por se encontrar correndo no pátio para resgatar a bicicleta abandonada da menina. Ela precisava de uma nova, ele percebeu quando a levantou e observou a ferrugem. Apoiou-a gentilmente num muro e colocou a palma da mão no selim, buscando um calor residual. Não sentiu nada, apesar de permanecer lá por algum tempo.

Mais tarde, ele fantasiou que aplicava curativos nos joelhos feridos dela.

"Freya", ele disse, e a palavra pareceu conduzi-lo para fora de suas memórias e de volta às árvores mudas, à estrada gelada e à corça morta no porta-malas de seu carro. Virou-se e olhou para as margens espinhentas e os bosques prateados atrás dele.

"Freya", ele disse em abandono.

Seu nome estava morto no ar. Não era mais nada além do nome de um produto de nutrição para raízes de grama num cemitério no continente. Ele teve uma premonição disso quando seu nome de solteira ficou para trás, mas não fez nada para impedir que acontecesse. Nunca teria insistido em que ela adotasse o nome Maulsen. Agarrou seu cabelo e o puxou com tanta força que trouxe lágrimas a seus olhos. Como invejava as raízes no corpo dela, os filamentos crescendo onde sua pele fora quente e suave!

Voltou-se e fechou o porta-malas com a corça morta. Ida Maclaird: um nome que ainda significava algo. Sorriu, pela primeira vez em dias, ao pensar em como ela emergiu do corpo que agora estava sob a grama. A própria realidade de Ida era deliciosa. O que tornava ainda mais duro de suportar o fato de que ela não estivesse bem. Ele a havia notado pela casa e rapidamente desenvolveu as suspeitas de que sua doença era grave.

Ele não era ignorante de ferimentos. Quando mais jovem, havia quebrado um osso no pé direito e trincado a tíbia da perna esquerda. Não era esse o tipo de ferimento de Ida. Ela caminhava pelo chalé tão delicadamente que seu pé poderia ser de cerâmica. Essa comparação trouxe a sua mente Emiliana Stallows, esposa de Hector, que, com a ajuda da fortuna de seu marido, havia gerenciado por algum tempo um pequeno negócio alternativo de medicina em Enghem, na costa norte de Gurm. Até onde Carl sabia, esse negócio era só de remédios de ciganos e bugigangas de superstição, mas ele a havia divertido enquanto ficaram juntos. O caso significou mais para Emiliana do que poderia significar para ele, mas ela tinha sido bonita em sua época e ele havia especulado erroneamente que, se alguma mulher podia quebrar seu desejo vão por Freya, seria alguém tão glamouroso quanto ela.

Ele vasculhou seu cérebro para se lembrar do que ela lhe havia contado. Algo que ela havia contado quando ele estava meio disperso, algo que a colocava em sua mente agora. Estavam deitados na cama uma manhã e ele curtia o primeiro cigarro do dia quando ela comentou o tédio da sua vida. Emiliana sempre sentia pena de algum paciente, mas a história de uma menina – os detalhes que lhe faltavam agora – era incomum. Emiliana dissera que sentia aquilo profundamente.

Ele teria de revirar tudo para encontrar o telefone dela ou fazer uma viagem para Enghem, já que não tinha contato com ela havia vários anos.

Mas, primeiro, tinha outra visita a fazer. O garoto Crook havia cruzado sua mente em uma ou duas ocasiões desde a morte de Crook. Carl estava curioso por saber o que ele havia se tornado e se era uma companhia adequada para Ida. Se houvesse uma coisa ruim a se herdar de Freya, e Ida certamente tinha, seria o gosto para homens. Já num outro dia, Ida lhe falara dos ex-namorados, deixando-o estupefato com o que ela via neles.

Ela precisava de ajuda, e Carl estava feliz de poder fazer isso.

★

"Você vai gostar dele", ela disse de Carl Maulsen. "E ele está interessado em você."

Mas a questão era que ele não gostava de gente e as pessoas não se interessavam por ele. Midas, sentado sozinho à mesa da cozinha, pôs as mãos na cabeça. Era a forma como as coisas funcionavam. Melhor assim.

"Estou ficando envolvido demais com Ida", ele confessou para a câmera na mesa. "Eu devia cair fora agora mesmo."

Olhou com carinho pela cozinha, a vida aconchegante que fizera para si mesmo. Devia telefonar e cancelar qualquer novo encontro com ela. Que bem ele estava fazendo?

Ficou de pé. "Gosto das coisas imperturbadas."

Foi até o telefone, pegou o gancho e apertou os primeiros dígitos do número dela (percebendo que o havia decorado). Vacilou, então colocou o telefone de volta. Ela não havia perturbado as coisas tanto assim. Pensou nos pés dela. O brilho da luz passando através deles, fazendo seu sangue cristalizado reluzir. Sua promessa a ela de *ficar por perto*. Quão insensível seria abandoná-la agora?

"Se", ele cogitou, voltando à chaleira, "as coisas ficarem feias, eu salto do barco sem pestanejar. E não vou me sentir mal por isso."

Ele estremeceu. Nunca conseguia formar laços com as pessoas, especialmente com mulheres. O único relacionamento que já tivera o convenceu disso. Ele deu a Natasha uma sessão completa de estúdio, até alugou figurinos. Ela curtia posar, dizia que a fazia sentir-se bem consigo mesma. Como ele adorava trabalhar com câmera, parecia seu par perfeito. Ela era impressionante... mas apenas nas fotos. Ficou difícil sair com ela. Ele preferia fingir que estava doente para poder ficar em casa e olhar as pastas de fotos que tirara. O cabelo denso e brilhante de Natasha nas fotos ficava seco e tinha cheiro de *spray* fora delas. Os olhos sedutores dela se tornavam pedaços queimados de madeira quando ele fechava o álbum. Foi necessária uma coragem tremenda para terminar o namoro, sentar-se e *explicar* que ele só era atraído pela versão dela capturada em filme.

Ele se sentiu mal com isso por alguns anos e ela se mudou para encontrar alguém que a amasse pelo que era realmente, não pelo que o nitrato de prata e luz a faziam. Ela escreveu-lhe uma carta que ele leu tantas vezes a ponto de conhecer palavra por palavra.

> *Você sempre pareceu mais feliz com as coisas planas, com duas dimensões. Nunca consegui arrastar você para longe disso. Nunca fiz você enxergar em três dimensões. Até hoje, não sei se você descobriu a profundidade, ou a distância, mas eu desesperadamente queria ser aquela que lhe mostraria isso. Tome cuidado, Midas.*

Isso o fez se sentir terrível, em parte porque ele a havia ferido, em parte porque ela o compreendeu errado. Tão absurdo dizer que ele não sabia nada sobre profundidade e distância! Todo fotógrafo entende de profundidade e distância. Ele não era limitado como seu pai havia sido; ele se esforçou para desenvolver uma perspectiva saudável sobre o seu lugar no mundo. Foi por isso que ficou com a câmera.

Era hora de Denver chegar. Ele gostava da companhia da menina porque ela gostava de ficar quieta. Ela ficava perplexa com conversas desnecessárias de qualquer tipo. Os dois sentavam-se por horas a uma mesa enquanto Midas trabalhava em suas fotos e Denver desenhava.

E ainda assim, desde o outro dia, quando ela lhe mostrou as bolas de Natal e falou francamente do tempo gasto no fundo da cabeça, ele estava se preocupando com ela. Gustav sofria para conduzi-la para o mundo externo de objetos, violência e clima. Havia conseguido fazê-la caminhar nas rachaduras das calçadas, para ajudá-la a ver que nada de ruim iria acontecer (depois disso, ela fez um tipo de penitência, indo e vindo, pulando por horas de pedra em pedra). Havia fingido cortes de energia para ajudá-la a lidar com a escuridão (apesar de que, desde então, ela manteve uma caixa com velas embaixo da cama). Levou anos para ele curar-lhe o medo da água. Na escola, ela rasgara suas boias de braços com uma caneta-tinteiro. Os professores a puniram mandando escrever frases repetidamente, mas ela as escreveu com uma aceitação paciente e os professores relataram o fracasso da situação para Gustav. Midas também não gostava da água, por isso havia silenciosamente aprovado aquele desacato, mas, desde esse dia, se perguntava se não estaria sutilmente desfazendo todo o trabalho duro de Gustav, que encorajava a introversão da filha como uma parte da identidade dela. Sempre pensou nisso como algo bom. Quando parou de pensar assim?

Agora ela estava desenhando uma baleia com nariz de chifre e barbatanas douradas, enquanto ele grudava novas fotos nas paredes da cozinha. Um mangue sob o sol forte, com terra como um milhão de impressões digitais num lençol branco. Um caracol com uma concha como mármore preto e antenas estendendo-se ao céu. Um gato albino com um olho só, que foi fotografado na frente da floricultura. Teria ficado satisfeito com tudo isso uma semana antes. Teria passado uma hora fascinado pela profundidade de sombra e brilho de luz, mas agora as fotos pareciam um desperdício do espaço da parede em que ele as grudava. Em vez disso, as fotos selecionadas que ele espalhara sobre a mesa eram as únicas que levantavam seu interesse. Eram as fotos que tirara do pé de Ida quando ela dormia. Selecionou uma, prendeu-a e guardou as outras. Então ficou com as mãos nos bolsos, observando a parede.

Nos últimos anos, havia deixado de usar sua velha câmera analógica. Sentia saudades das longas noites no quarto escuro, do cheiro de umidade e dos fluidos de revelação, da luz vermelha que o fazia sentir-se como se estivesse olhando o quarto através das pestanas. Apesar desses surtos de nostalgia, agora ele era escravo das câmeras digitais. A fascinação da próxima foto, esperando sedutoramente, era forte demais para ele. Antes das câmeras digitais, o final de um filme sempre havia sido seu limite, levando-o de volta ao quarto escuro para fazer ampliações de nitrato de prata. Seus olhos haviam se ajustado para aprender a ver o mundo à meia-luz, a meia imagem se formando na pia.

Então havia os negativos. Como sentia falta dos negativos! Eles eram verdadeiros raios de luz, saídos direto de uma paisagem, um objeto, uma pessoa, e marcados no filme. Negativos fotográficos eram a evidência mais dura que você podia ter de suas lembranças. Eram o carvão deixado pelo fogo, o ferimento em sua pele. A mesma luz que ia a seus olhos no dia de sua fotografia, aquela imagem de sua mãe, de seu pai ou de um amigo próximo, se havia gravado em filme. E agora, olhando para a foto na parede dos dedos transparentes de Ida contra os lençóis da cama, ele pensava em quão similares seus pés eram dos negativos: ambos sujeitos àquele meio mundo entre a lembrança e o presente. Não eram dedos reais, flexíveis, exploradores, mas um jogo de luz que mostrava onde os dedos haviam estado.

A campainha tocou e ele olhou seu relógio. Gustav havia chegado meia hora antes.

Ficou surpreso de encontrar não Gustav, mas Carl Maulsen de pé à porta numa jaqueta de couro, mãos nos bolsos e neve em seus ombros.

“Olá”, ele disse. “Não nos conhecemos, mas é o Midas, certo? Meu nome é Carl Maulsen. Um amigo de Ida.”

Midas se lembrou bem da foto de seu pai e Carl com seus doutorados. Na vida real, o homem tinha algo que a câmera não havia capturado: presença. Algum tipo de campo magnético como o ar ao redor de um gerador.

“Sim, o-olá. Ela me mostrou sua foto.”

“Achei que podia dar uma passada por aqui. É engraçado, sabe? Eu conhecia seu pai.” Ele tentou passar por Midas para dentro da casa. “É uma hora ruim?”

O que Midas supunha significar: *posso entrar?*

Midas voltou para o corredor. Carl entrou e fechou a porta, pendurou o casaco num mancebo. Então seguiu Midas para a cozinha.

"Denver, este é, hum, o doutor Maulsen. Doutor Maulsen, esta é minha amiga Denver."

"Olá, doutor Maulsen."

"Não me chame de doutor", disse Carl suavemente. "É muito ostensivo."

Denver deu de ombros e voltou ao desenho.

"Sente-se", disse Midas, puxando uma cadeira da mesa. "Gostaria de uma bebida?"

"Divido um bule de café com você."

"Certo." Ele ligou o bule.

Carl estudou o desenho em que Denver estava trabalhando, sua baleia na profundidade do oceano, usando arreios de algas e puxando uma carruagem feita de concha que ela pintava de rosa. Uma mulher andava lá dentro. Ele apontou para ela, tomando cuidado para não tocar o trabalho do lápis. "É uma sereia?"

Denver balançou a cabeça e continuou desenhando.

Ele voltou a atenção para as paredes de fotos. "Então, Midas... você se tornou um artista e tanto. O que seu pai pensava de tudo isso?"

Midas pegou o bule de café e o menor par de xícaras que tinha. "Ele não entendia de fotografia. Só achava que uma coisa era bonita se lesse sobre ela num velho livro morto."

Carl assentiu, bebericou seu café e continuou olhando ao redor. "Tive o prazer de trabalhar com ele por um tempo, lá no Wretchall College."

Midas se jogou na cadeira. "Olhe", disse, "meu pai era um imbecil."

Carl pareceu surpreso. "Eu discordo. Eu gostava muito dele. Ele falou de mim?"

"Não. Desculpe. Ele não teria falado. Nunca falava das pessoas ou do que acontecia em sua vida. Só tagarelava sobre arquétipos e coisas assim."

Carl sorriu afetuosamente. "Parece com o homem que conheci, sim. Não esperava que ele tivesse falado de mim. Mas seu pai dizia algumas coisas admiráveis. Ele abriu muitos olhos."

"Talvez."

Denver bocejou alto. Seu lápis rabiscava entre o silêncio dos dois homens.

"Posso ver seu pai em você, sabia? Você tem a mesma... como posso colocar? Compostura. Senti muito quando ele morreu. Aquela coisa com o barco. Foi uma grande perda."

Midas deu de ombros.

"Você não sente *nada* por ele?"

Outro dar de ombros, menos pronunciado.

"Tem ao menos uma foto dele?"

"Tem uma na parede lá. Eu me livrei do resto."

"Entendo", disse Carl, olhando cuidadosamente a foto, "é um assunto desagradável."

Midas olhou os círculos de café na superfície da mesa, como se eles pudessem se tornar redemoinhos através dos quais ele escaparia dessa conversa. Sob a mesa, enfiava as unhas nos joelhos.

"Bem, só estou dizendo que é uma pena que você o odeie." Carl voltou para a sua cadeira. "E é interessante, não acha que vocês dois acabaram bem parecidos, mas tão diferentes? Enfim, não vim aqui falar dele."

"Você disse que estava só de passagem", disse Denver.

Ele olhou de soslaio para ela, tendo claramente esquecido de que ela estava lá. "Bem", ele disse, respirando profundamente. "É verdade que vim por algo mais. Vim por causa de Ida."

"A nova namorada do Midas."

"Den!"

Ela deu de ombros.

Carl levantou as sobrancelhas.

"Não!", protestou Midas. "Não, não, não, somos apenas amigos. Além disso, acabamos de nos conhecer."

Havia um sorriso contido nos lábios de Carl, como se o comportamento de Midas fosse familiar para ele. Ele parecia quase nostálgico. "Ida está doente, não está?", perguntou.

Midas assentiu fracamente.

"Mas você e eu vamos ajudá-la, não vamos? Estou feliz que ela tenha se aberto para você."

Midas imaginou que havia apenas soltado o mesmo tipo de negativa envergonhada que seu pai teria dado. Mas ele não tinha a prática de falar de sentimentos. Queria correr pela escada e ficar sob uma ducha fria.

"Ela te contou", disse Carl, "sobre o que há de errado nos seus pés?"

Denver tossiu. Estava olhando para Midas, tentando transmitir algo.

"Eu, hum", ele murmurou. "Não acho que Ida me disse especificamente o que há de errado com ela."

"Acha que não?"

Denver bateu com o lápis na mesa. "Não", ela disse, "ele acha que não."

"Ela te disse como ela e eu nos conhecemos?"

"Ahn..." Ele podia lembrar, mas Denver balançou seu lápis, então ele não disse nada.

"Eu era o melhor amigo da mãe dela. Isso me coloca numa posição interessante, como antigo colega de seu pai."

"Todo mundo se conhece em St. Hauda's Land", disse Denver.

"Não havia muita gente que conhecia seu pai, Midas, e sou o único que Ida conhece em St. Hauda's Land."

"Ela conhece o Midas", contradisse Denver, "e meu pai, e eu."

"Mas ela acabou de conhecer vocês. Ida e eu nos conhecemos há tempos. Por isso é que estou nesta posição peculiar, tendo conhecido a família dos dois."

"Midas não é como o resto da família dele. Ele é como... como se Deus tivesse começado de novo."

Carl sorriu com doçura. "Ela ficaria surpresa, não ficaria, Midas?"

Midas murmurou algo.

Denver bufou e fechou seu caderno. "Não consigo me concentrar."

Carl ficou de pé. "E eu terminei meu café."

Acompanharam-no até o corredor, onde ele vestiu seu casaco de couro e abriu a porta, parando um momento no degrau, como se admirasse a neve esparsa que caía.

"É uma foto interessante", ele disse, "em sua cozinha. Umas cinco fotos acima da foto de seu pai."

"Ahn", ele puxou pela memória. "É?"

"Sim." Carl jogou as chaves do carro no ar, pegando-as e descendo até onde havia estacionado. Entrou no carro e saiu sem olhar para trás.

"Isso foi terrível", disse Midas.

Denver tinha as mãos nos quadris e estava com o rosto vermelho. "Idiota!", ela falou sem ar. "Por que você é tão idiota?"

"O q-que quer dizer?"

"Ele viu alguma coisa. Quando estava te testando. Como um professor numa prova." Ela bufou e voltou à cozinha. "Deve ser a foto que você pregou esta manhã."

Ele correu atrás dela. Seus nervos estavam à flor da pele.

"Aquela", ela disse, apontando para a parede da cozinha. "Mas não consigo alcançar."

Era a foto dos pés de vidro da Ida. Cinco fotos acima da de seu pai.

Oh, *Deus*. Com certeza... fora de contexto assim... só um par de pés feitos de vidro... nada mais... não significaria nada...

"São só...", ele gaguejou, "efeitos especiais. Computadores podem, sabe...?" Tirou a foto da parede e a colocou na mesa virada para baixo, como se fizesse alguma diferença agora. Denver voltou para a porta da frente e a fechou com os dois braços, mantendo o frio fora da casa.

19

Caminhar na noite oferecia momentos em que ela esquecia o que estava acontecendo com seus pés, apenas para o momento ser destruído com uma neblina de agulhas e alfinetes em suas veias e as respostas mudas de nervos mortos quando ela tentava flexionar os dedos. O sono daquela noite estava duro de vir. Ela sabia que era perverso, mas Carl, tendo retornado para seu próprio chalé, parecia um impostor. Ela havia dormido na outra noite ao alcance de Midas em seu quarto, e aquilo se pareceu com um lar. Na manhã seguinte com ele, com o óleo na frigideira, ela sentiu algo prazeroso.

Levantou cedo, cansada de ficar deitada, parada. Preparou um pouco de cereal que viu se tornar pedaços molhados no leite. Não estava com fome. Observou flocos de neve maciços caírem na janela. Depois de um quarto de hora, ouviu pegadas fora e se sentiu tensa. A porta da cozinha rangeu e se abriu, e Carl entrou usando um casaco cinza e um cachecol grosso. Seu nariz e orelhas estavam roxos e ele tinha flocos de neve nos cabelos. Ida estremeceu com a lufada de frio na sala antes que ele fechasse a porta.

Carl sorriu soturnamente e se sentou. "Também não conseguiu dormir?"

"Não."

"Às vezes eu não consigo parar de pensar o suficiente para me desligar."

Ela tentou mostrar simpatia. "Para mim, são meus pés."

"Ah." Ele a fixou com os olhos e endireitou os ombros. "Escute, Ida, estou preocupado com você."

Ela deu de ombros, cutucou seu cereal com a colher. "Não há nada..."

"Ida. Acho que conheço uma mulher que pode ajudá-la."

"Me ajudar a encontrar Henry Fuwa?"

"Não. Ajudar a *curar* você."

Ela comprimiu os olhos, esforçou-se para que suas mãos não denunciassem nervosismo. Sem ter dormido, a força de vontade estava fraca. Pedaços de neve derretendo no para-brisa. "Carl... Por favor... Não há nada..."

Ele bateu na mesa e a fez saltar, a colher chacoalhando na tigela. "Baboseira, Ida. Fiquei acordado a noite inteira pensando em você. A forma como você anda. Seus passos tímidos. A forma como sua cabeça abaixa quando você acha que ninguém está olhando. Nunca a vi assim."

"O que... bem... o que quer dizer, Carl?"

Faltavam horas para o amanhecer, mas ela sentia que eles estavam prestes a sacar pistolas. Ela tentou compreender o que ele sabia, o que ele queria confirmar em sua expressão. Ele respirou profundamente e disse: "Seus dedos viraram vidro."

Ela engasgou de surpresa, sentiu a raiva correndo no corpo. Seus pés haviam sido mantidos em segredo por meses. "Esteve me espionando? Entrando no meu quarto de noite?"

Ele sacudiu a mão para ela parar. "Fico surpreso que você me ache tão desprezível, Ida. Falei com Midas Crook ontem."

Era impossível para ela apertar o punho com a força suficiente. "Ele contou?"

"Sim. E talvez algo de bom venha daí. Uma amiga minha vive em Enghem. Ela estava envolvida com um... caso incomum há alguns anos. Fui visitá-la ontem e ela prometeu que vai fazer tudo o que puder para ajudar. Posso levar você à casa dela."

Ela bateu com o punho na mesa. "Você já contou a outra pessoa?"

Ele virou os olhos. "Ida... essa oferta é para a se pensar seriamente."

"Vou pensar nela."

"Faça isso. E faça rápido. Você pode ter muito pouco tempo. Certamente não um tempo bastante para gastar correndo atrás de excêntricos ou conversando com garotos de língua frouxa. Quando visitei Midas, ele disse que não estava pronto para romance."

"Ele disse isso?"

"Sim! E francamente, Ida, não é preciso ser psicólogo para dizer isso sobre ele. Se você...", ele parou. Ela cobriu o rosto com as mãos e gritou. Depois de um minuto, ela mancou para fora da sala para tomar banho.

Carl se levantou e saiu, apertando mais firme seu cachecol. Os bosques estavam invisíveis no escuro, mas a neve acumulando no campo emitia um leve brilho azul. Olhou para o telhado da cabana, onde as telhas apareciam através da neve como marcas de mordida. A luz veio pela janela do banheiro e ele viu a figura de Ida em contorno conforme ela fechava a persiana.

Ele só tinha mais um cigarro no bolso, que acendeu e tragou de forma especialmente lenta. Sentiu um pouco de triunfo, mas, além disso, apenas apreensão. Charles Maclaird lhe havia negado o conhecimento do câncer de Freya. Carl não sabia o que teria feito se soubesse disso, mas com certeza alguma coisa seria. E faria algo com Ida.

★

Quando ela era menina, sua mãe lhe trouxe um cachorrinho contra o desejo de seu pai. Era um *spaniel* desengonçado e a mãe, diante de seu focinho franzido ao vê-la, caiu na gargalhada e se apaixonou por ele, batizando-o de Long John.

Long John cresceu uma parte de cada vez. Primeiro seu rabo aumentou tanto que, ao abaná-lo, ele perdia o equilíbrio. Depois suas pernas cresceram e ele corria tão rápido que se surpreendia e o encontravam uivando em um fosso ou trincheira. Suas orelhas ficaram tão grandes que se tornaram pestanas secundárias e ele se cansava de colocá-las para trás.

Era seu pai que caminhava com Long John quando Ida não estava lá. Sua objeção a ter um cachorro havia sido pelos gastos, mas agora ele estudava os rótulos das latas e comprava só a comida de cachorro mais nutritiva. Quando Long John se tornou uma coisa arfante que cheirava o cu dos outros cachorros, a mãe de Ida perdeu o interesse. Seu pai o levou ao veterinário quando teve febre, brincava com ele com ossos de plástico e transformou uma caçarola de lagosta num cestinho de cachorro.

Um dia, Ida, de treze anos, passeava com Long John, como já havia feito centenas de vezes pelo caminho da costa que levava ao topo desolado do penhasco. Longos cortes no solo expunham malhas de cruéis precipícios descendo para onde o mar se infiltrava na terra. Às vezes ela se deitava lá com a cabeça sobre um penhasco, seu cabelo pendurado numa fenda, ouvindo o mar que sussurrava seu nome.

Naquela tarde, passeando com Long John, ela descobriu que uma fenda novinha se abrira no caminho como uma corda se esgarçando. Poderia ter caminhado um pouco mais para dentro, pulado uma cerca e continuado do outro lado. Deveria ter voltado e ligado para a guarda costeira para fechar aquele caminho. Em vez disso, ela decidiu saltá-lo. Pegou impulso e foi correndo até o penhasco, deu um passo final e um salto que a lançou no ar. Por um segundo, sentiu a maldade do mar nas profundezas do abismo abaixo dela. Pousou em segurança do outro lado, sua risada ecoando levemente na fenda.

Ávido por fazer parte da diversão, Long John latiu e correu na direção dela. Seu salto foi curto. Sua pata raspou no solo do outro lado, ele deslizou para trás no penhasco. Ela voou para a beirada tarde demais. O cão estava fora da vista. Apenas seus ruídos confusos permaneciam. Seu latido pode ter vindo de alguma das passagens sombrias lá embaixo. Foi seguido por um som de patas raspando e um choro, o mar sibilante, um latido (uma minhoca foi arrancada da terra e caiu atrás dele no escuro), o bater de uma onda escondida, mais latidos, uma explosão de ar salgado frio como numa caverna.

Quando ela voltou para casa, com a maquiagem adolescente escorrendo pelas bochechas, encontrou sua mãe no jardim da frente, lendo poesia na rede. A mãe correu para abraçar sua filha desconsolada, mas Ida se desvencilhou e lutou para contar o que havia acontecido.

"Pare, pare, Ida", disse a mãe. "A força da vida dele voltou para a natureza. É como o que lhe contei sobre o nirvana. É o caminho de todas as coisas. Do pó ao pó. De certa forma, podemos ficar felizes por ele."

Ida soluçou e entrou na casa, batendo a porta. Seu pai a encontrou no corredor e a fez sentar-se no último degrau. Ela afastou as mãos dele e explicou sem respirar o que havia acontecido.

"Shh", ele disse. "Deus no céu tem um tempo e lugar para todas as coisas. Pode ser difícil compreender... mas, se Deus chama uma alma de volta para Ele... fique segura, Ele tem um lugar preparado em seu reino."

O sentimento de traição dela veio como uma pontada. Ela se soltou dele e subiu pesadamente a escada. No meio do corredor, Carl Maulsen saiu do banheiro, fechando o zíper, com a descarga a soar atrás dele.

Ele viera sem avisar na noite anterior para uma visita à família. Como havia dirigido por um longo trajeto, a mãe insistiu que ficasse no quarto de hóspedes. O pai não disse nada e foi para a cama mais cedo. Ida não foi capaz de dormir. Desceu a escada e ouviu atrás da porta fechada a conversa da mãe com Carl. Falavam sobre lugares em que haviam estado. Outros países, noites gastas na vastidão congelante de desertos e dias passados nas ruínas cobertas de cracas de cidades afundadas.

No corredor, ela se encontrou despejando a história novamente, acrescentando o epílogo de como seus pais tentaram confortá-la. Ele escutou cuidadosamente, apoioado na parede com os braços cruzados.

"E o que você acha que aconteceu?", ele perguntou.

"Não sei." Ela começou a chorar novamente.

"Vou dizer. Ele caiu por um longo caminho. Provavelmente quebrou alguns ossos. Deve ter ficado com muita dor. Então o mar o levou. Se tivesse sorte, o mar levaria logo e o jogaria contra as pedras. O mais provável é que tenha se afogado lentamente na escuridão. Agora seu corpo está preso lá embaixo ou flutuando nas correntezas do mar, para ser petiscado por peixes ou rasgado por tubarões.

Ela lutou para falar. "E depois?"

Ele deu de ombros. “Então, partes dele apodrecem, matéria se quebra e se dispersa na água. Seus ossos formam uma cobertura na areia.”

“Mas e seu... seu espírito?”

Ele deu de ombros novamente. “Desculpe, Ida. Não sabemos nada sobre isso. Tudo o que eu dissesse seria ficção. Talvez seu crânio sirva de abrigo a predadores.”

Ela saltou à frente e o abraçou forte, pressionando o rosto na sua camisa e na barriga dura embaixo dela.

★

Agora, crescida e saindo do banheiro de Carl, vendo a transição relutante da madrugada azul para o dia, ela comparava sua indiferença no passado com o que ele oferecia agora.

Abriu a janela para deixar o vapor sair. Seu movimento perturbou uma coruja que voou para as árvores e manobrou silenciosamente. Ela se sentou na privada para se secar e pensou em Midas, que quis ver as corujas com ela. Era o tipo de coisa para a qual ela não teria tempo, na visão de Carl. Mas estava irada porque Midas tinha contado a Carl sobre seus pés.

Midas poderia voltar para aquela máquina horrível pendurada em seu pescoço, aquela que o fazia curvar-se como um velho. Só que... Midas poderia parecer cinza como suas paisagens, mas ela não se lembrava de nenhum rapaz que aparecesse em seus pensamentos espontaneamente tantas vezes como ele nesses últimos dias. Não tinha certeza da sua força para aceitar o conselho de Carl, se isso significava perder a única coisa em St. Hauda’s Land que lhe parecia vívida.

A banheira era antiga, erguida do chão sobre pés em forma de patas de leão. Estudando seus próprios pés nus, ela viu uma espantosa similaridade na polidez ornamental com os pés ornamentais dela. Só que ela podia imaginar aquelas patas felinas cruzando um deserto distante, podia visualizar mais movimento naquelas patas de chumbo do que em seus próprios dedos. Olhou para cada dedo de vidro, para a condensação que se erguia levemente da superfície esmaltada. Tentou não os checar assim com muita frequência, porque eles sempre pareciam piores. Haviam se tornado muito perceptíveis desde a última vez em que ela verificara isso. Eram uma miragem no piso do banheiro. Seu dedinho esquerdo resplandecia na luz da manhã vinda da janela. Os metatarsianos presos à parte dianteira do pé eram tão lindos como as pontas de penas de escrita, mas pareciam meia polegada menores do que na última vez que os vira. A pele ao redor de seu calcanhar havia se tornado de um branco leitoso, preparando-se para a transformação. Esfregou o pé rapidamente com a toalha e colocou seu primeiro par de meias rapidamente. Não importava que seus dedos ainda estivessem molhados. Suas meias sugariam a umidade e ela nunca saberia que eles não estavam secos como um osso.

20

Chuva e neve caíam como flechas brancas sobre Ettinsford. Um vento sorrateiro roubava os guarda-chuvas dos pedestres e puxava para trás seus capuzes na High Street, onde Midas sentado em seu carro esperava o sinal abrir. O chuvisco podia virar de direção a qualquer momento, uma hora acertando o carro da esquerda, depois perfurando pela direita. Ele viu o olhar desesperado no rosto de uma jovem enquanto balançava o guarda-chuva dessa forma como um escudo.

O sinal abriu. Ele desceu o morro passando pela antiga igreja, pela floricultura, pelo parque ao lado do estreito gelado. Do outro lado da ponte se chegava onde Ettinsford terminava. Uma casa inacabada estava na margem mais distante do estreito, construída pela metade desde quando Midas podia se lembrar. Ele a observara transformar-se de uma promessa de tijolos vermelhos para um monte de entulho. Não sabia por que o trabalho havia sido abandonado, mas sabia que não gostaria de viver sob os primeiros galhos do bosque.

A cobertura do bosque de Gurm lembrou a Midas um besouro que encontrara enrolado morto em sua porta naquela manhã. As infinitas filas de galhos angulares eram como pernas multiplicadas. Os galhos famintos da luz no solo tinham finas folhas com veias como asas de insetos.

Acelerou, concentrando-se em lembrar-se da rota que ele e Ida tinham percorrido antes. Não queria virar no lugar errado e se perder em florestas de insetos.

Então ele a encontrou. A cabana com sua porta verde-salamandra, uma ferradura pendurada sobre a caixa do correio. As árvores rareavam lá para fazer sombra nos jardins da frente e de trás, que eram salpicados de neve.

Ida abriu a porta antes que ele chegasse nela e ficou parada ali, apoiada na parede com os braços cruzados.

"Podemos, hum, entrar?", ele perguntou.

Ela fez que não com a cabeça.

"Oh. Carl está em casa?"

"Não, Midas, ele foi para Glamsgallow a trabalho."

"Então...?"

"Não vamos entrar porque você não é cem por cento bem-vindo."

Ele deu um passo atrás e coçou a cabeça.

"Não se faça de bobo, Midas. Você contou a Carl sobre os meus pés."

Havia um ressentimento controlado na voz dela. Isso o assustava. Ela queria correr de volta para o carro e sair dirigindo rápido. Piscou para tirar um floco de neve dos cílios. "Ahn, Ida, eu... ele veio para minha casa e viu a foto. Eu não lhe *contei*."

"Você deixou aquela porra de foto à mostra? Jesus, Midas, que bela maneira de guardar um segredo! Eu esperava que você a apagasse."

"Eu... não recebo visitas. Normalmente. Hum..." Ele torceu as mãos.

"Que patético", ela murmurou, e bateu a porta.

Ele ficou parado com o vento bagunçando seu cabelo, jogando neve em suas bochechas (lá dentro, Ida se inclinou com as costas na porta). Midas pensou que ela estava certa, devia ter apagado aquela foto, como todas as outras. Ainda assim, sentiu-se em parte uma vítima, ludibriado por Carl (ela percebeu que a sua raiva se esvaía, duvidando que ele tivesse a intenção de trair-lhe a confiança). E ele não havia conseguido dizer a Ida que encontrara Henry Fuwa. Bateu à porta novamente, esperando que ela abrisse e que ao menos lhe desse o endereço no pântano (ela quase atendeu, duvidando que ele entendesse que a havia ferido), mas a porta não se abriu. Ele voltou para o carro. (Ela decidiu que a raiva era sem sentido, já que ele era a coisa mais próxima de um amigo que tinha em St. Hauda's Land. Abriu a porta.) Rastros na neve marcavam o jardim vazio. Midas e seu jardim haviam partido.

21

Midas estava lavando a louça com os olhos fechados. Frequentemente era melhor fazer assim, limpando as facas e xícaras pelo tato. Achava estranho que, entre as várias impressões desagradáveis que tinha de seu pai, a mais vívida fosse a do homem lavando a louça. Era por isso que ele lavava de olhos fechados; porque os braços do pai afundando na água, os traços de bolhas na sua pele, seus dedos ficando roxos pela água, o maneirismo involuntário que ele usava para puxar um prato e segurá-lo no fundo, tudo lhe trazia essa lembrança. A água da pia era uma bola de cristal com imagens da sua infância.

Na sua lembrança, Midas era pequeno o suficiente para espiar em buracos de fechadura sem precisar se abaixar. Certa vez ele observava seu pai lavar a louça, recitando algo moribundo sob os lábios, até que sua mãe se arrastou na cozinha e lhe tocou as costas com os dedos. Midas observou o toque dela fluir em seu pai, como cera sobre um molde. O prato que ele segurava caiu de volta na pia. O pai se aprumou, seus joelhos travados. Ela o virou para si, com espuma pingando das mãos dele para manchar o chão. Ela as secou com a saia, depois as colocou em sua cintura enquanto pressionava o corpo no dele. Seus lábios tremiam e ele olhava sobre o ombro dela.

"A, a...", ele gaguejou depois de um tempo..., "a água da pia vai esfriar, querida."

Ela tirou as mãos dele e deu um passo para trás. Midas saiu de vista conforme ela deixava a cozinha e subia as escadas. Então ele entrou e ficou ao lado do pai, que removia seu prato pela segunda vez, observava a água nele fazer semicírculos e o colocava no escorredor para que as bolhas quentes subissem à superfície.

"Midas", ele disse, pondo o prato seguinte na pia.

"Sim?"

"Já sentiu... Não, deixe-me dar um exemplo. Na escola, se você vai bem na aula, você se sente exultante, não sente?"

"O que é exultante?"

"Sente-se bem, muito bem. O que você *sente*, Midas? Por exemplo, quando você vai bem na escola."

"Ahn... satisfeito? Orgulhoso?"

Seu pai olhou-o melancólico. "E não se sente anticlimático?"

"O que é isso?"

"De alguma forma o oposto de exultante."

"O que é exultante mesmo?"

"Sentimentos bons. Quero dizer, muito bons. Você pode sentir, não pode? É onde eu quero chegar. Você nunca se pergunta... para onde foi o sentimento?"

★

Enquanto Midas lavava os pratos, Ida estava jogada numa cadeira no centro do gramado de Carl Maulsen, o chalé atrás dela e os bosques começando abruptamente no topo de uma subida onde o jardim terminava. Carl não tinha canteiros de flores, não tinha arbustos podados, apenas uma grama rala e uma sombra de turfa moída no verão. Isso era invisível agora, enterrado sobre dois dedos de neve que estalaram como vigas quando ela passou por uma com sua muleta e a cadeira. A neve estava dura como tudo o mais em St. Hauda's Land. A estranha inclinação dos galhos ao vento, as folhas frágeis que se quebravam como antigos pergaminhos. Ela avistara até um falcão voar sem graça, com uma batida mecânica das asas. Como se, nessas ilhas, fosse a maneira de subjugar as coisas, de levar embora sua vitalidade.

Era isso o que o lugar estava fazendo com ela.

Era bom ficar lá fora. Ela preferia sentir frio no corpo a senti-lo no coração. Levou aos lábios uma sopa quente de tomate numa garrafa térmica, curtindo seu vapor azedo nas narinas. Colocou luvas vermelhas de lã e um cachecol para lutar com o preto e branco da ilha. Mas essa era a história desse lugar e de sua gente, tão artificial e monocromática como os cenários da televisão antes de ser colorida. Veja o Midas: o que o tornava tão rígido em todos os sentidos? Os anos tornaram rígida a mãe dela. A religião fez isso com seu pai. Ela se lembrava da única vez em que o viu chorando, na noite anterior à transformação da relação de pai e filha para dois corteses colegas de casa. Ele a pegou na cama com Josiah, um estudante de intercâmbio sul-africano que ficaria na casa por um mês (período abreviado por aquele incidente), mas o choro na noite anterior veio quando o pai, que ficou nervoso por semanas até a chegada de Josiah, tentou falar com ele em africânder. O pai estava aprendendo havia três anos e não tinha motivo para acreditar que não estava pronto. Então, quando abriu a boca na mesa do jantar para falar com Josiah, encontrou um olhar em branco. Ele aceitou, corando graciosamente, apesar de ela espiá-lo em seguida (quando ele achou que estava sozinho, sem ser notado no jardim de dentes-de-leão empoeirados) e vê-lo chorando. Lágrimas lentas como se tivesse um dente-de-leão meio assoprado em seu coração. Era uma rigidez como a de Midas.

Num acesso repentino de raiva, ela jogou sua sopa de tomate no jardim. Viu o arco vermelho afundar na neve como uma queimadura. Novamente, um *flash* de seu pai. Seu rosto enrugado tornado infantil e aterrorizado quando ele fez a comunhão. E vendo-o rezar com a mancha do vinho barato do sacramento no lábio inferior, fazendo repetidamente o sinal da cruz. Quando ele abriu os olhos, a primeira coisa em que se fixou, com lágrimas, foi nela.

Midas dissera que esperava que seu pai estivesse no inferno. Havia descrito seu caráter e contado a ela lembranças da infância. Por tudo o que tinha ouvido, Ida teve a clara impressão de que Midas Crook pai era vingativo, instável, manipulador. Ela o via como um tipo de demônio e via a casa da infância de Midas como uma caverna castigada pelas tempestades nas montanhas, como a caverna em que ela havia se abrigado com sua mãe durante uma tempestade de poeira numa viagem ao Oriente Médio. Ao mesmo tempo, havia algo sobre os relatos dele que ecoava. Era estranho, mas Ida imaginava que o entenderia melhor do que ele mesmo se entendia. Ainda assim, ela duvidava de que algum dia entenderia seu próprio pai, cujo comportamento era menos severo do que o do sr. Crook.

Sem sua sopa para aquecê-la e sentindo as mordidas da neve no ar (lembrando-se da tempestade de poeira quente que soprava naquela caverna e agitava as pontas de seu lenço multicolorido), ela iniciou a trabalhosa retirada para os confins do chalé de Carl.

★

No final de uma rua de casas pintadas num azul rústico ficava a Biblioteca Pública de Ettinsford. Em contraste com as casas elegantes, as paredes emplastradas da pequena biblioteca afundavam em si mesmas. Janelas inclinadas pareciam madeira abandonada. Vidros estavam manchados com lama fuliginosa. Era uma noite nublada e as janelas lançavam projeções alaranjadas nas calçadas úmidas. Gaivotas brigavam, empoleiradas em linha ao longo das sarjetas e grasnavam para Ida conforme ela enfrentava os degraus da porta da frente agarrando um corrimão escorregadio e apoiando todo o seu peso na muleta.

O odor lá dentro a fazia lembrar-se de uma sala de aula: um cheiro de giz misturado com desinfetante e algo doce como chiclete. As prateleiras eram cromadas e as paredes bege sem decoração, com exceção de um canto para crianças cheio de pufes manchados. Ali, a parede estava coberta de desenhos infantis de personagens fictícios, com roupas bem coloridas e mãos grandes demais para os corpos.

Ela se aproximou do bibliotecário na mesa, um homem com camisa espalhafatosa e gravata engraçadinha, queixo duplo vermelho e cabelo loiro repartido ao meio. Quando ela perguntou onde ficava o arquivo de jornais, ele não respondeu, apenas levantou o braço para apontar a direção com uma expressão de doloroso tédio.

Não deveria levar muito tempo para folhear o arquivo. Carl deu-lhe o que assegurava ser uma boa estimativa da data em que o suicídio ocorrera. Infelizmente, os jornais estavam fora de ordem e o sistema havia sido mantido com a mesma letargia que o bibliotecário mostrou na recepção. Ida tinha pouca escolha a não ser organizar as edições, começando a colocar os meses na ordem correta. Enquanto ela pegava um jornal do final de setembro (uma data tardia demais para acompanhar a estimativa de Carl), viu uma foto na capa que reconheceu.

Era a mesma imagem que Carl emoldurara na cabana, só que dessa vez reproduzida com o que seria foto de arquivo já na época. O artigo que a acompanhava tratava apenas do pai de Midas. A manchete dizia: PROFESSOR SUICIDA É EXUMADO POR VÂNDALOS, e a fez abaixar o jornal e cobrir a boca. O túmulo, conforme o artigo explicava, fora profanado e o caixão aberto. Ela procurou impacientemente nas edições do resto de setembro e viu os artigos de outubro novamente. Várias matérias reportavam a falta de avanço nas investigações. Então a história desapareceu. Olhou os números de novembro e posteriores, mas percebeu que a história poderia ressurgir a qualquer hora nos anos seguintes ao evento. Pedir ajuda ao bibliotecário certamente não a levaria a lugar nenhum e por isso decidiu ligar para Carl. Mas daí ela percebeu que ele teria *sabido*.

Ele queria informá-la sobre os fracassos da família de Midas, mas havia decidido não mencionar um evento tão dramático quanto esse.

Ida colocou os jornais nas prateleiras corretas e deixou a biblioteca em silêncio. Havia apenas uma pessoa a quem ela poderia perguntar sobre a história em segurança.

★

O pai dessa pessoa, com seu mesmo nome, a pessoa cuja história retratava, sentava-se em sua mesa de carvalho muitos anos antes, descansando a cabeça em sua superfície riscada que cheirava a tinta e a aparas de lápis.

Depois de um longo tempo, ele se endireitou com grande esforço, soltou um suspiro e buscou um pedaço de papel em branco, alisando-o na mesa. Abriu a tampa de sua caneta-tinteiro, colocou--a perpendicularmente no papel e começou a escrever.

Frequentemente, ele comparava sua escrita a corredeiras. Só tinha de saltar nela para ser arrastado pela correnteza, jogado para lá e para cá com sua própria vontade tornada impotente. Enquanto escrevia, viu que as palavras vinham dos músculos em suas mãos, o sentimento da seta de sua caneta, a junta travada de seu cotovelo, o barulho raspante da ponta marcando o papel e, sob tudo isso, algum impulso coordenador em seu estômago. Certamente não vinha da sua mente. E, Deus, que alívio abençoado perder os pensamentos túrgidos e as ansiedades numa torrente de imagens e símbolos! Ele era, antes de tudo, um homem de palavras: ser de carne e osso vinha em segundo lugar. Na verdade (ele massageava as costelas no lado esquerdo do peito, aliviando a queimação profunda, com movimentos lentos e circulares), a carne era o que o havia deixado na mão. Nas proezas físicas, sempre foi um fracasso, desde a corrida no gramado nos dias da escola até a forma vergonhosa com que desmaiou no nascimento de seu filho retorcido; enfrentou o desmaio e perdeu, o teto desaparecendo acima de sua cabeça; a maneira como deu ouviu choro de uma criança e ficou convencido por um segundo de que era o seu próprio choro.

Ele esfregava o peito doído, a falha final de seu corpo, e escrevia.

Após uma hora, abaixou a caneta. Seus dedos folhearam as páginas, pegaram o envelope bege no qual os raios X eram mantidos.

Já existia há anos, o doutor concluiu, o tumor entre seu diafragma e seu coração. O doutor também fez questão de enfatizar que era difícil ter certeza, já que nunca antes tinha visto nada assim.

Midas Crook, cerimoniosamente, abriu o envelope e tirou o primeiro raios X. Com o bulbo em seu coração e a imagem de meia polegada de algo cristalino. Parecia uma marca na impressão e às vezes, possuído por uma esperança fanática, ele tentava raspá-la do papel e provar que a coisa toda era uma brincadeira idiota. Prova de que ele estaria melhor e teria sentimentos novamente: emoção há muito ridicularizada e agora perdida. Que levaria seu garoto sob seus braços e o levantaria, girando-o até que os dois caíssem tontos e rindo sob um céu claro.

22

Midas tinha dezesseis anos quando seu pai, virando um livro preto encadernado de couro nas mãos, perguntou: “Quer este?”.

Midas disse que queria, apesar de não querer.

Era uma noite úmida, que mais tarde se tornaria odiada, reencenada em seus pensamentos até que ele a visse como a uma peça, revisse sua dramática ironia fazendo-o gritar para a versão mais jovem de si mesmo enxergar o sentido, o que seu pai havia planejado. Nuvens cinza penduravam-se como pétalas mortas numa teia de aranha. Ao longe, um farol pulsava. Uma neblina de luz da lua cobria tudo.

Seu pai bateu com a palma da mão na capa e passou o livro de couro para Midas. “É meu primeiro ensaio. Escrito à mão. É patético ser sentimental com isso, mas... Cuide bem. Nunca dobre a lombada, sempre use um marcador. Aqui está. Agora, me ajude a colocar essas outras coisas no barco.”

Juntos, levaram cada caixa até os lados mais baixos da embarcação. As caixas continham principalmente livros, papéis e panfletos que haviam lotado as prateleiras e o chão do escritório do pai de Midas por anos. A limpeza que ele fez deixou um quarto nu e uma escrivaninha vazia, desinfetada e limpa com dedicação das marcas de lápis e manchas de tinta.

“Esta é a última”, disse o pai, conforme erguiam a caixa maior e a levavam para o barco. Era bem mais leve do que Midas esperava, e lacrada. Ele pensou ter captado um leve cheiro de parafina.

“O que tem naquela lá?”

Os olhos de seu pai desceram para o mar, que estava tão calmo quanto o céu. A maré já havia trazido a leve rebentação a centímetros do barco.

"O que tem naquela caixa grande?"

Ele deu de ombros. "Lixo. Nada."

"Mas..."

"Luzes de sinalização, filho."

Midas franziu a testa. Era alto verão. Ele imaginou que as luzes eram um estoque para seu pai guardar para o inverno.

Os dois passaram o dia na ilha, onde o pai havia comprado um chalé. Só era acessível por barco e os dois cruzaram aquela manhã com a primeira carga de mobília: algumas prateleiras, uma cadeira e uma pequena mesa de madeira de um antiquário em Gurmton. Midas estava lá para ajudar a transformar a simples cabana de madeira num escritório isolado. Enquanto tentava arrumar uma das pernas da mesa e colocava as prateleiras, seu pai se sentou à porta olhando para o canal e as fendas dos penhascos.

Ele havia permanecido distante assim enquanto remava de volta para pegar as caixas de papéis e livros que iriam completar o escritório. Não era incomum que ficasse emburrado, mas era estranho vê-lo indiferente a ponto de esquecer de ser perverso.

"Me ajude a empurrar o barco, Midas."

Midas não pôde evitar dar outra olhada nos pés brancos e magros de seu pai. Ele tinha visto pouco de seu corpo: o pai sempre usava camisas de manga comprida com punhos justos, abotoadas até o pescoço. Nunca tinha visto seus joelhos. A visão de seus dedos, compridos como os de macaco, seus pelos finos e unhas bem aparadas, tudo parecia espantosamente íntimo naquele dia.

Havia tantos livros e papéis no barco que era quase pesado demais para empurrar, mas, conforme eles o mandavam para águas mais fundas, ficou mais fácil. Logo estavam com água até o peito e o barco balançava ao lado deles. O mar ia ficando mais frio porque o sol estava descendo. Midas desejava que seu pai tivesse pegado uma ilhota perto de um cais. Nunca estivera tão fundo no mar como naquele dia. A vastidão crescente da água e a força de seu peso o aterrorizavam, mas o jeito anormalmente seguro do pai suavizou isso. O pai respirou fundo e agarrou a lateral do barco para nele subir, batendo com os pés. Quando estava quase lá, sua mão escorregou e ele caiu na água com um grito. Um jorro de gotas brancas se ergueu no ar enquanto ele afundava. Midas saltou atrás dele, debatendo--se na correnteza.

Seu pai ressurgiu, cuspindo, os óculos caindo do nariz, seu bigode molhado e grudado ao lábio. Agarrou a lateral do barco novamente e ficou parado por um minuto, com a cabeça encostada, pingando água salgada.

"Me ajude, Midas."

"Como?"

"Ponha as mãos embaixo d'água. Me faça uma escadinha."

"E se eu escorregar? Posso me afogar."

"Não vai afogar. Não é tão fundo aqui."

Midas assentiu, seguro, e fez um apoio com as mãos. O pai olhou feio para a água.

"Onde estão suas mãos? Está escuro."

"Aqui, na minha frente."

Seu pai levantou a perna e o pé veio da água como um peixe branco. Ele calculou mal a distância e seus pés bateram no peito de Midas. O coração de Midas ecoou, enquanto os dedos raspavam por seu tórax e encontravam suas mãos. O pé branco pisou com força, fazendo-o estremecer tão violentamente de frio e empolgação que ele achou que não poderia suportar. Então, pingando, o pai saiu da água e subiu pela lateral do barco. Depois de um momento, jogou um pedaço de alga de volta na água que aterrissou com um estrondo. Midas estendeu os braços para o pai. Podia sentir o mar esfriando a cada minuto.

"Me ajude a subir."

"Não, não. O barco já está pesado demais só comigo. Meu Deus, Midas, você está tremendo. Volte para a praia. Deixei uma toalha e uma muda de roupas para você. As chaves do carro estão no painel. Você sabe como ligar o aquecedor?"

Midas assentiu. "Mas quero ir ao chalé com você!"

Seu pai tirou os óculos e limpou a água das lentes com os dedos. "Uma outra hora, talvez. Vou ficar sozinho nesta noite, obrigado. Agora volte para a praia antes que fique frio demais para se mover."

Resmungando, Midas se virou e caminhou de volta à praia. Pareceu levar uma eternidade e, quando pisou novamente na areia, com camisa e calças grudando em sua pele fria, o pai havia remado com o barco a uma longa distância.

"Midas!", gritou sob o pôr do sol. "Está seguro?"

"Claro", gritou Midas de volta, enrolando os braços no corpo e tentando controlar seus dentes que batiam. Por um momento no mar, ele achou que havia realmente feito uma conexão com o velho. O barco afastava-se em direção à ilhota, onde uma luz destacava o chalé.

"Midas! Está seguro?"

Talvez ele não tivesse ouvido a primeira resposta. "Estou bem! Estou seguro!"

Midas estava na metade do caminho em direção ao carro quando viu o primeiro rastro de chama amarela na água. Virou-se e ficou sufocado. O barco estava em chamas. Seu estômago se apertou e ele correu pela areia aterrorizado, espalhando água no raso, já entendendo tudo. As chamas formavam uma dança. A fumaça rolava pelo ar.

"Pai!", gritou Midas, jogando-se na água. As chamas se espalharam. Ele viu seu pai saltando no mar, enrolado em chamas. O chiado de seu mergulho carregado pelo som das ondas.

23

Naquela tarde, Ida tomou um táxi para a casa de Midas e tocou a campainha. Ele ficou surpreso ao vê-la.

"Oi. Se você acha que me deve desculpas... então acho que lhe devo também."

"Hum, hum. Quero dizer, desculpe."

"Feito." Ela sorriu, desarmando-o. "Então, vai me convidar para entrar ou vai fazer o mesmo truque que fiz com você? Está frio aqui fora."

Ele bateu a mão na cabeça. "Sim, claro, que idiotice da minha parte."

Na cozinha, ela olhou ao redor, assombrada pelas paredes de fotografias. "Então", ela disse, "é aqui que você mora."

"Hum, sim. Quer, hum, uma xícara de café?"

"Por favor."

Ida sentou-se, olhando a parede de fotos. Ele era bom, percebeu. Bem talentoso. Ela sempre soube disso, mesmo que não tivesse visto suas fotos até então. Elas personificavam aquela sua visão peculiar que a atraíra desde o início. Era engraçado como ela se sentia tão melhor perto dele.

Ela riu quando ele colocou o café na sua frente.

"Que foi?"

"Está preto como o cão, é isso."

Ele correu à pia, derramou um pouco e deitou água quente, depois a serviu novamente. Ela riu ao aceno de mordomo que ele deu sem perceber.

Midas abriu um sorriso tímido. "Acabei de lembrar." Foi à cristaleira e voltou com um prato de empadão coberto de estrelinhas. "Denver fez pra mim. Podemos comer."

Os cremes temperados e a massa podre a lembravam de natais indulgentes de anos atrás, quando ela dava longas caminhadas em vales nevados. Invernos em que ela costumava esquiar.

"Já esquiou, Midas?"

"Eu? Não. Nunca nem nadei."

"Está brincando."

Ele balançou a cabeça. "Não sei nadar. Era absolutamente proibido quando criança."

"Por quê?"

"Meu pai achava que não era seguro."

"Você não pensou em aprender, agora que é adulto?"

Balançou a cabeça. "Não gosto de grandes massas de água."

Ela explodiu em risos. "Jesus! Você mora numa ilhazinha de nada!"

Ele corou. "Bom... acho que é idiota mesmo. Mas... é o peso dela. Não consigo parar de pensar no peso da água. Estar nela, afundar nessa falta de ar."

Ela podia dizer que havia mais nisso. "E quanto aos barcos? Pode lidar com eles?"

Seu rosto se fechou mais ainda. "Só aguento andar na balsa do continente. E se sentar bem no meio. Não aguento barcos menores."

"Vou levar você para andar de barco alguma hora. Vou lhe mostrar como é divertido." Ela estava pensando nisso já havia algum tempo, só que apenas agora, ao verbalizar sua ideia, viu quão difícil seria pô-la em prática. Um rapaz que não sabia nadar e uma menina com peso morto nos pés, soltos no oceano selvagem! Imaginou que também não era provável sentar-se algum dia num teleférico com ele, subindo uma montanha, espantada com uma visão infinita de montes cobertos de neve.

As fotos nas paredes da cozinha pareciam calorosamente reconfortantes: esse era o peculiar mas aconchegante esconderijo de Midas. Ela se imaginava passando manhãs nesse santuário a beber café preto em silêncio com ele.

Ele estava pegando os restos da empada. “Ida, preciso lhe fazer uma pergunta.”

“Vá em frente.”

“É sobre mim e você.”

Ela ficou tensa, em expectativa.

“Eu poderia... Hum... seria possível que eu e você, hum, quero dizer, se for tudo bem pra você... Seria possível eu fotografar você?”

“Ai, Midas, achei que você fosse perguntar outra coisa. Não sei. Não fico confortável com isso. Estou tão acabada nestes dias! Talvez quando eu estiver melhor.”

Ela desejou que ele não tivesse perguntado. Tinha reservas sobre fotografias. Não queria ser parte do fantasmagórico coro dos fotografados.

“Desculpe, desculpe, Ida.”

“Tudo bem. É sobre isso que vim conversar. Minha razão oficial, ao menos.”

“Ahn...?”

Ela suspirou. “Se ficar melhor. Carl acha que conhece alguém que pode ajudar. Ela vive na costa norte. Nós vamos falar com ela. Eu e Carl. Por alguns dias, para ver se ela pode fazer algo por mim. Me perguntava se você gostaria de vir comigo. Com a gente. Vou ter de falar com o Carl, claro, mas tenho certeza de que essa mulher vai ter espaço na casa – é Emiliana Stallows.”

A surpresa armou-se no rosto de Midas. “A sra. Stallows?” O marido era dono de grande parte da costa norte da ilha, mas ele sabia pouco sobre a esposa. “Como ela pode ajudar?”

“Carl me disse... que houve um caso uma vez, uma garota que passou por algo assim. Emiliana a ajudou.”

Era difícil para ela saber a história que Carl lhe contara, ali no abrigo da cozinha de Midas. Apenas o interior frio de suas botas a lembrava de que era tudo real. Ela deu de ombros e deixou para depois. “Espero que Emiliana possa me ajudar também, já que procurar o Henry foi tão improdutivo.”

“Hum... Isso é bom, não é? Eu adoraria ir com você. Quero dizer, não adoro a gente ter de ir, mas, já que precisamos – ou pelo menos achamos que sim –, eu adoraria. Mas...”

"Não diga que você não pode vir." De repente, ela desejava desesperadamente que ele a acompanhasse. Na verdade, ir até Emiliana Stallows a fazia sentir-se como quem se interna num asilo.

"Não, definitivamente eu posso ir. Vou. Só que tem outra coisa. Encontrei Henry Fuwa. Tenho o seu endereço. Eu... espero que você não esteja brava."

Ela bateu as mãos. "Midas! Que perfeito! Por que eu ficaria brava?"

"Porque eu... Apesar de eu não contar diretamente, acho que ele supôs... Supôs o que estava acontecendo com o seu pé." Ele se agarrou à câmera e se preparou para contrair o rosto.

"Mas, Midas, isso não poderia ser melhor! Não vê? Se Henry *supôs*, ele deve saber o que está acontecendo comigo!"

"Ele disse que não pode fazer nada."

Ela franziu a testa. "Uma pinoia. Onde ele está?"

24

As luzes estavam apagadas na cabana de Henry Fuwa. Ninguém respondeu quando Ida bateu à porta segurando a maçaneta. Ela voltou aborrecida para o carro e para Midas e os dois esperaram por uma hora; ela enfim lançou as mãos para o ar: "Já chega! Vamos sair deste pântano idiota!".

Passaram por estradas enlameadas, entrando e saindo de poças opacas. O asfalto, rachado por raízes, chacoalhava-os em seus assentos. Num ponto ela achou que tinha visto uma figura de pé no pântano, com um sobretudo abotoado até a garganta. Mas o sobretudo era da cor da grama alta e os braços eram apenas juncos balançando. Seguiram em frente. A neve pesada e a chuva que caíam pelo outono já próximo haviam inundado o solo onde o lago se tornou a margem do bosque. Aqui as árvores se erguiam da água como cachos de monstros marinhos, cobertos com as mesmas folhas como escamas que flutuavam na superfície e manchavam as camadas de lama congelada que mantinham reféns as ervas. O gelo laqueava tocos de árvores e cascas manchadas de árvore.

"Pare", gritou Ida, vendo um dos troncos que se movia. Não era uma árvore quebrada, mas um homem em calças impermeáveis e capa de chuva: capuz na cabeça, rede de pesca peneirando a água. "Fique no carro", ela disse e saiu cuidadosamente para chamar da estrada: "Oi! E aí?".

O homem saltou surpreso. Era óbvio, pelo brilho em seus óculos e a barba saindo do capuz, que aquele era Henry Fuwa.

"Ida Maclaird!", ele exclamou, com uma saudação desajeitada.

"Você se lembra de mim!"

Ele veio a ela espirrando água, com cuidado para não virar a rede, e ela viu que ele havia apanhado uns vinte caranguejos, com as garras mexendo, carapaças de um cinza cor de ostra.

Henry notou Midas dentro do carro. "Já fui lembrado de você por seu amigo aí."

"Acabamos de vir da sua cabana, Henry. Esperava que pudéssemos conversar."

Ele ainda olhava com receio para o carro. "Não tenho certeza de que é uma boa ideia. E minha cabana é apertada, não tem espaço para três."

Ela o olhou, decepcionada. Era a habitual desconfiança dos ilhéus, ou havia acontecido algo entre os dois?

"Bem, creio que Midas vai querer esperar lá fora."

"Ida", Henry disse baixinho, "ele não te contou?"

"Me contou o quê?"

Henry olhou frustrado para o carro. "Talvez *eu* pudesse te levar para minha cabana. Meu carro está próximo. Dessa forma, poderia te deixar onde quer que você esteja hospedada. O pobre Midas não precisa ficar esperando."

Henry levantou o olhar em admiração quando um cisne deu seu canto e decolou próximo, com a batida de suas asas balançando as algas. Numa voz baixa, carregada pela brisa, Ida perguntou: "O que Midas deveria ter me contado?"

"Eu... eu vou ter de explicar."

Ela deu de ombros e se encaminhou para o carro. "Estou segura com ele", cochichou para Midas. "Pode voltar e aproveitar sua tarde. Me procure daqui a umas duas horas."

"Quero ajudar..."

"Está ajudando. Só que Henry diz que prefere falar comigo a sós."

"Nós nos desentendemos."

"Imaginei."

"Ele disse que não podia te ajudar."

Ela assentiu. "Vá em frente. Vou te procurar quando terminar."

Ele pareceu preocupado, mas foi embora com o carro como ela pediu.

★

"Eu planejava levar esses e cozinhar", disse Henry, virando os caranguejos que pegara num pote no porta-malas de seu carro. "Tenho várias latas de atum, então não há problema. E anchovas, várias. Espere... você não é...?"

"Vegetariana? Não. Caranguejo está ótimo."

Ela entrou no carro e Henry dirigiu pelo pântano inundado, com os faróis iluminando as poças até sua cabana.

"Então?", perguntou Henry quando estava tirando os sapatos no corredor (ele não pediu a Ida para tirar os seus, mesmo estando cobertos de lama). "Vamos direto ao assunto ou... vamos bater um papinho antes?"

"Um papinho, creio eu."

"Ida, isso vai ser difícil."

"Quero me desculpar. Tentei te encontrar depois que te ofendi no *pub* em Gurmton. Mas não consegui, agora percebo... Essas coisas que você me contou... Você não estava bêbado, estava?"

Ele fechou os olhos. "O gim costuma me subir à cabeça. Mas, se eu estava bêbado, não estava mentindo. Te contei sobre o gado de asas de borboleta depois que você viu o pobre touro. Acho que te contei que eles comem e cagam e morrem como todo mundo. Você vê, só porque algo é... não familiar não significa que não esteja preso a essa coisa toda."

Ela estremeceu. "Há algo não familiar acontecendo comigo."

"Sim. Midas deixou escapar."

Ela olhou para o diagrama emoldurado de uma água-viva na parede. Suspirou. "Como está o gado com asas de borboleta?"

"Bem...", ele hesitou. "Sabe que é a primeira vez na minha vida que me fazem essa pergunta? Estão bem, saudáveis." Apoiou o queixo, coçando a cabeça pensativamente. "Você gostaria de, hum, vê-los?"

★

A porta coberta de musgo foi aberta. Ele a guiou para um tipo de câmara pressurizada úmida e respirou empolgado quando abriu a porta interna que levava ao curral.

Um aquecedor zumbia silenciosamente no centro do piso manchado por estrume. Gaiolas e lanternas vazias de todos os tamanhos penduravam-se das vigas do teto. O rebanho de gado com asas de borboleta voava pelo curral desenhando um oito, mergulhando e virando em ângulos agudos como uma revoada de andorinhas no outono. O borrão de tantas asas os envolveu num cintilar. Eles viravam a cabeça e chutavam conforme voavam. Alguns dos touros maiores tinham chifres curvos e voavam com a cabeça abaixada bancando os matadores. Seu rabo, como linhas, voava atrás deles numa brisa criada pelo voo. Ida sentiu um leve sopro nas bochechas e riu num deleite involuntário.

Em seguida, na casa, Henry se agitava enquanto ela se sentava numa poltrona confortável. “Posso te oferecer chá? Só tenho verde, temo eu.”

“Seria uma boa mudança. Estando com o Midas, eu só bebo café.”

“Então você está... com... o garoto Crook, é?”

“O garoto Crook? Quem seria esse? Não me diga que você vai tratá-lo assim.”

Henry sorriu com uma dor consciente. “Não quis ofender. Chamei assim só para diferenciá-lo. O que aconteceu foi trágico.”

“Com relação ao pai dele?”

“E a forma como a mãe dele processou a coisa.”

Ela fechou a cara. “Não sei como isso pode influenciar na maneira que as pessoas tratam Midas. Ele tem sido tão doce comigo...”

“Mas você é jovem, Ida. É disso que tem de se lembrar. As pessoas buscam padrões em sua existência e um dos padrões que se veem nestas ilhas é o das famílias cometendo os mesmos erros através de gerações.”

Ela bufou e cruzou os braços. “Isso só acontece aqui porque a comunidade é muito pequena. As pessoas não têm imaginação para ver Midas como um homem diferente. Elas o encaixam no espaço vago que seu pai deixou.”

"É bem isso. Eu não poderia concordar mais com você."

"E ainda assim você diz que não o quer na sua casa. Vocês dois se desentenderam, ele disse."

"Ele não contou por quê?"

"Não."

"Ele não te contou... nada?"

"Só contou que te encontrou. Disse que vocês dois conversaram sobre a mãe dele. Disse que você a conheceu."

"Eu... Isso é..." Ele coçou a barba. "Não te contou o que lhe mostrei no pântano?"

"Não. O que lhe mostrou?"

"Apenas... Bem, era um dia de sol. Mostrei-lhe a luz no lago."

Ficaram brevemente em silêncio. Ela sabia que havia algo mais, mas decidiu pressionar Midas depois. "Vou fazer o chá", disse Henry, forçando um sorriso e deixando-a à mesa enquanto passava para a cozinha ao lado.

Ele colocou a água fervente nas folhas de chá. Não ajudaria nada contar a Ida o que havia no fundo do pântano, e imaginou que também seria esse o raciocínio de Midas. A pobre menina estava aqui porque Henry era a sua última chance, e ele não sabia como convencê-la de que nada podia fazer. Certamente havia feito um mau trabalho com Midas. Observou as folhas de chá se mexerem e se expandirem na água.

Ida entrou mancando na cozinha atrás dele.

"Me perdoe...", ele disse. "Receio que você tenha entendido tudo errado. Não sinto nenhuma aversão a Midas por causa de seu pai. É sua mãe... É... isso... Preciso ser honesto com você."

"Você já a mencionou."

"Sim. Você precisa entender que lhe conto isso de forma confidencial."

Ele olhou para o vapor que saía da chaleira. A mãe de Midas tinha esse poder (ele se lembrava de sentir isso no primeiro encontro com ela no verão) de abrir a sua carapaça e cutucar o que havia lá dentro.

"Você é apaixonado por ela", disse Ida.

Ele abaixou a cabeça. "Sim. E não. Não mais, creio." Henry esperava que a sua honestidade a ajudasse a aceitar o que ele tinha a dizer sobre o vidro.

"Teve um caso com ela?"

"Nem todo mundo pode... falar tão livremente quanto você, Ida."

"Desculpe, achei que você quisesse discutir isso."

"Eu queria explicar que... Midas ofereceu uma rota para Evaline. Mas como um tipo de acordo para me fazer ajudar você. E, veja, eu não poderia aceitar a oferta dele, não apenas por causa de Evaline... Evaline é diferente agora... mas não tenho nada para oferecer em troca."

"Estou virando vidro", ela disse suavemente.

Ele limpou o suor da sobrancelha e apoiou o bule de chá com um estrondo. Sentia-se tão quente por dentro que a ideia de beber o chá o fazia quase desfalecer. "Quero um copo de vidro", declarou, e cobriu a boca envergonhado. "Quero dizer, uma bebida. Um... copo de algo."

"Tudo bem. Está em todo lugar, não é?"

Ele fez um aceno desajeitado e foi ao armário pegar uma garrafa de gim. Serviu os dois, deixando o chá na chaleira. "Eu não bebo realmente, me descobri fazendo... coisas de bêbado. Mas, sob pressão... sou fraco."

Ela assentiu.

"Seu marido era um obstáculo que pessoas nervosas como ela e eu nunca poderíamos superar."

"Ele está morto faz uma década."

"Isso não muda nada agora."

"Muda tudo. Mudem-se. Vocês dois."

"E deixar o gado para trás?"

"Desafie o que as pessoas pensam. As pessoas daqui nem conhecem você. Traga ela para cá."

Ele mordeu o lábio. "Que egoísmo! Me perdoe, Ida, por trazer esse assunto."

"Não seja idiota. Você deve ser tão solitário que nem percebe mais."

Ele negou com a cabeça. “Você é jovem demais para entender.”

“Não me subestime.”

“Ah... Não quis fazer isso. Só quero dizer... é tarde demais para mim e Evaline.”

Ela olhou para o gim. “Nunca é tarde demais.”

Henry a observou de perto quando disse isso. “Veja”, ele disse tristemente, “você foi surpreendida pela dúvida na sua própria voz.” Abaixou o copo e esfregou as mãos nas calças. “Obrigado pelo otimismo, mas já era tarde demais bem antes de Midas Crook morrer. Um dia, a Evaline que eu conheci simplesmente... se foi. Se eu tivesse feito mais quando ela ainda estava conosco, talvez ela tivesse ficado. Mas quem sabe onde está essa mulher agora?”

Houve um silêncio, quebrado por um ou outro gole de gim.

“Henry”, ela disse baixinho, “se eu lhe mostrar meus pés, o que você vai dizer?”

Ele estendeu as mãos. “Não quero ver. Obrigado, Ida. Posso visualizá-los perfeitamente.”

Ela concordou.

“E, até onde conversamos... lhe contei tudo o que há para contar.”

Ela abaixou o gim pesadamente. “Mas não me disse por quê. Ou como. Eu sempre fui uma pessoa normal, Henry. Como uma pessoa vai de uma vida normal para uma segunda vida assim, andando com uma bengala sem sentir os próprios dedos?” Ela fechou fortemente os punhos. Seus olhos estavam esbugalhados. “O que fiz para causar isso? Apenas me diga o que fiz, onde pisei, o caminho de quem cruzei... Alguma coisa.”

“Você veio aqui para me encontrar e perguntar isso?”

“Vim por causa do gado de asa de borboleta. E pela criatura que você disse que pode tornar as coisas brancas com um olhar. Você sabe como estas ilhas funcionam.”

Ele deu de ombros. “Não sei de nada.”

“O que... o que isso quer dizer?”

“Não há motivo. Não há explicação. As coisas acontecem, e só podemos tentar viver com isso.”

“Como vou viver com um corpo feito de vidro? Não posso aceitar.”

"Não importa", ele disse suavemente, "o que você aceita ou não aceita. O vidro vai continuar aí."

"Você acha que não há esperança para mim." Ela expirou longamente. "Muito bem. Você precisa saber que meu amigo Carl vai me levar para Enghem Stead, para a casa de Hector Stallows. Ele diz que a mulher de Hector pode me ajudar. Então, você vê, não está tão perdido assim. Ele diz que a mulher já viu alguém com algo como os meus pés."

Henry pareceu desconfiado. "Por que não cozinhamos estes caranguejos enquanto conversamos?"

Ele começou a ferver água numa enorme panela verde. Colocou o balde de caranguejos na bancada, suas garras batiam dentro.

"Olhe, Ida... Não consegui dormir depois da visita de Midas. Eu esperava muito poder ajudá-la."

Ela deu de ombros desanimada. "Não é minha culpa. Não posso senti-los, Henry, mas algumas vezes posso sentir os cantos mortos nos meus tornozelos. Se você... se no final não... não houver cura ou qualquer coisa, o que vou sentir ainda?"

"Não sei."

"Vai doer?"

Ele mexeu nos caranguejos. "Não sei."

"Então, o que você acha que devo fazer nesse meio tempo? Vim até aqui atrás de você."

"Vai soar idiota."

"Pode dizer."

"Siga em frente. Viva a sua vida. Não acredite em baboseiras."

Ela pareceu furiosa por um segundo, mas se segurou. "Eu *tive* noites selvagens. Festejei. Fiz todo esse troço de buscar emoções. Isso é idiotice. Achei que essas experiências mudariam minha vida. Ficavam apenas na cabeça. Aqui estou eu pulando de *bungee jump*. Aqui estou eu saltando sem paraquedas. Por trás de toda essa adrenalina há o mesmo sentimento de autoconsciência."

"Não estou falando para saltar de paraquedas. Não quis dizer nada disso." Ele suspirou. "Nunca fiz essas coisas, Ida, então só posso supor. Mas me empolguei do meu próprio jeito. Fui levado pelo gado de asas de borboleta. Quando os encontrei, eles se juntaram ao meu redor, com suas asas zumbindo tão forte que pensei por um momento que seria levantado do chão. Lembro-me do almíscar quente do rebanho com mais nitidez do que do sorriso de minha mãe, mas veja... A única vez em que realmente me senti vivo por dentro... isso quer dizer...", bateu no peito, "no coração... foi o tempo que passei com Evaline Crook."

"Recentemente...", ela começou a dizer, mas os caranguejos cozidos gritavam na panela. "Recentemente, com Midas..."

Henry não estava prestando atenção nos caranguejos. Uma garra havia se partido e flutuava em círculos.

"Recentemente, com Midas, eu senti... não sei o que senti, mas... é diferente...", ela continuou.

"Exatamente."

Ela endireitou os ombros. "Mas preciso ver Emiliana Stallows. É minha única chance."

Ele nunca tinha sido tão franco assim, mas devia isso a ela. "Você tem pouco tempo, Ida. Talvez menos que isso. Depende do ponto no qual seu corpo não poderá lidar com o que se tornou vidro. Pode acontecer num instante! Você pode simplesmente ser tomada."

"Quanto tempo é pouco tempo?"

"É impossível dizer."

"Quanto tempo, Henry? Me diga isso pelo menos."

Ele pensou no corpo de vidro no pântano e na sua hipótese de que a transformação poderia ter acelerado num instante para deixá-lo como uma estátua, mas não tinha evidências disso e não queria alarmá-la mais do que o necessário. Suavizou. "Meses", disse, "se tiver sorte. Mais provavelmente, semanas."

Havia uma cadeira de ferro atrás dela. Ela se jogou ali.

"Uau", ela disse, "isso foi uma surpresa."

"Não quero desacreditar o que seu amigo e Emiliana descobriram em Enghem, mas qualquer coisa que eles façam você experimentar será apenas... uma falsa promessa."

Sentaram-se à mesa para comer, na qual ele jogou uma toalha estampada com borboletas marrons. Serviu os caranguejos e Ida achou que tinham gosto de pântano.

★

Ela acabou chamando um táxi de volta para Ettinsford. Quando Henry protestou que deveria levá-la, como prometido, ela apontou educadamente para a garrafa de gim vazia.

As árvores na viagem de volta eram como cabeças abaixadas de velhinhas. A neve caía preguiçosamente e salpicava o pescoço de um gato que Ida viu arrastando um pássaro pela estrada.

O táxi a levou por Shale Lane, chegando à cidade por uma ponte que passava sobre água congelada. As pessoas caminhavam pelas ruas com galochas, capuzes e guarda-chuvas brancos de neve. Do lado de fora da igreja, alguém enrolara um cachecol vermelho no pescoço da estátua de São Hauda.

Desceu do táxi na porta da casa de Midas e moveu-se tão lentamente através do portão e do quintal que um garoto, rindo, gritou ao passar: "Ânimo, vovó!". Então, viu o rosto jovem dela e pareceu confuso.

Midas quis saber como tinham sido as coisas com Henry, mas ela não tinha vontade de falar.

"Ele não disse nada de novo, vamos colocar assim. Quero esquecer um pouco isso. Podemos fazer algo? Pode me levar para algum lugar?"

Ele a levou para Toalhem Head. Era o desfiladeiro onde o estreito de Ettinsford se abria para o mar. Havia ali um mirante sobre penhasco, perto de um velho farol abandonado cuja pintura o vento havia descascado apenas de um lado, substituindo-a por manchas brancas de sal. Eles ficaram parados na neve, enrolados em cachecóis e se segurando contra o vento. Nas rochas do penhasco e em todo o caminho descendo até o mar, papagaios ficavam como pinos de boliche nos seus poleiros, ocasionalmente uivando e batendo o bico.

Midas imaginara que ele e Ida poderiam ver águas-vivas se transformando em luz viva, mas havia diferentes tipos de detritos na água naquela tarde. *Icebergs* do tamanho de igrejas, cobertos pela queda da neve, estavam boiando na água mais quente que saía do desfiladeiro, para derreter em centenas de pedaços brancos.

"Te contei o que descobri sobre o seu pai?", ela perguntou.

"Descobriu o que sobre ele?"

"Sobre o que aconteceu com o seu túmulo."

Ele permaneceu em silêncio.

Ela viu um *iceberg* partir-se conforme entrava nas correntes que surgiam do desfiladeiro. Rachou e se dissolveu como bolhas numa pia.

"Você não gosta de falar do que aconteceu? Achei uma história terrível, mas o entendo melhor."

Midas abriu a boca e um grasnido seco saiu, enrolado numa palavra. "Entende?"

"Sim. Seu pai."

"O que quer entender dele?"

"Achei que fosse me ajudar a entender melhor vo..." Ela fechou a boca tarde demais.

"Você achou que saber sobre ele a faria me entender melhor? Você nunca o viu e já pensa que sou como ele!"

"Não é isso, Midas. Ele está nos seus pensamentos com tanta frequência! Eu imaginei que... Bem..."

Lâminas de *iceberg* partido forçadas para baixo da água por correntes ressurgiram no mar. As ondas se agitavam ao redor delas. A verdade era que ela sentia um tipo de empatia pelo pai de Midas. Sempre tinha sido assim com ela. Ela tivera sua cota de homens inibidos e por isso encontrava desculpas para eles. Deveria haver alguma desculpa pela forma como seu pai deixara uma herança de inibições para o filho.

"Sinto muito", ela disse.

Ele balançou a cabeça. "Não sinta. Você já me perdoou várias vezes desde que nos conhecemos."

Ela riu. "É assim que funciona? Estamos quites agora?"

"Não, não; não quis dizer isso... Oh, Deus."

"Midas, tudo bem. É bom que estejamos quites."

"Bom. Ufa!"

"Sim..." Ela respirou profundamente. Midas observou um papagaio saltar da água lá embaixo, lutando para nadar contra a correnteza.

"Então, agora vou lhe pedir um favor. Me diga o que Henry lhe mostrou no pântano. Aquilo que vocês dois não querem mencionar."

O papagaio saiu lutando da água e descansou com a cabeça abaixada na rocha de onde havia saído.

Ele levantou as sobrancelhas e bufou. "Não tenho certeza..."

Ela virou os olhos. "Diga de uma vez."

Ele lançou as mãos para o ar. "Um corpo de vidro. Um homem transformado inteiro em vidro."

"Oh", ela disse.

Ele olhou para ela, que estava quase tão branca quanto o *iceberg*.

"Desculpe", ele disse.

Ida mexeu-se em crispação. Midas ficou impressionado com ela por ter levado um momento para encontrar o medo, depois o cutucou e seguiu em frente, para logo dar um passo em sua direção. O espaço entre eles parecia diminuir, cada floco de neve caindo a seu redor grande como uma pena. O ar salgado deixou os lábios deles aquecidos. Ela veio ainda mais perto, com a boca levemente aberta.

Ele deu um passo para trás.

25

Com a maré distante, a areia macia ficou manchada de pedra e conchas.

"Aqui estamos", disse o pai de Midas, jogando sua sacola na areia branca. "É um belo dia para isso."

Tanto pai quanto filho fediam a protetor solar e estavam vestidos como membros de uma seita ortodoxa, enquanto a mãe de Midas usava seu antigo vestido bege. Ela se abaixou para abrir uma toalha desbotada. Midas enrolou as mangas e abriu alguns botões da camisa. Seu pai parecia perfeitamente confortável numa camisa engomada enfiada na calça. Reflexos brilhavam em seus sapatos, imitações de um milhão de reflexos brilhantes do mar turquesa.

Penhascos baixos esfarelavam cheios de rachaduras e traziam ecos das cavernas.

"Não entre numa dessas."

As cavernas eram como buracos de explosões numa parede de giz da fortaleza do penhasco. Midas adorava a forma como as sombras se projetavam para dentro. "Mas, pai..."

"É perigoso demais. Vê essas pedras na praia? São pedaços do penhasco que caíram de repente, sem aviso. Só é preciso um eco para fazê-las cair na sua cabeça."

Midas cruzou os braços e olhou de volta ao mar. "Posso nadar?"

Seu pai balançou a cabeça. "Não pode tirar a camisa e a calça porque vai queimar. Sua pele vai fritar e ficar vermelha. E não vá molhar as roupas, porque a água salgada estraga o tecido e sua pobre mãe não pode com isso. Sua pobre mãezinha. Pense nela."

Midas olhou para ela. Seu rosto encostado na toalha de praia, o cabelo ficando grisalho sobre o rosto. Não muito longe dela havia um siri morto, com as pinças cruzadas no peito desbotado pelo sol, num cômico ato de piedade.

"E quanto àquela rocha? Posso subir nela?"

O pai de Midas seguiu o dedo que apontava. Entre as suaves ondas que quebravam havia um rochedo alto, da altura de um poste. Ele esfregou o bigode.

"Vai ter de me dar sua palavra – sua palavra – de que não vai subir até o topo. E deve ser extracuidadoso."

"Prometo."

Ele bufou e desdobrou sua tolha de praia azul, estendendo-a suavemente a certa distância da esposa. Midas abriu sua bolsa e tirou a câmera, a pequena câmera compacta prateada que ganhara no Natal. Enrolou a alça no pulso e começou a desamarrar os sapatos.

"O que está fazendo?"

"Estou tirando sapatos e meias, para escalar a rocha."

O pai riu. "Ainda não. Primeiro você precisa ler um livro."

"Mas olhe", disse Midas, apontando decepcionado para o céu.

O pai pareceu confuso. "Olhar o quê?"

"O sol. Está lá em cima. Sobre o mar."

Ele queria explicar que a luz mudaria logo e não deveria ser desperdiçada. Tudo o que podia fazer era apontar para o sol.

O pai tirou livros de sua sacola e os alinhou na areia. Livro após livro após livro. No primeiro dia deles de férias na praia perto de Gurmton passaram o dia inteiro numa livraria, enquanto seu pai folheava cada volume das prateleiras buscando o que achava ser o *mais pertinente*.

Quando acabou de alinhar sua seleção na praia, ele perguntou: "Qual vai querer?".

Midas apontou desesperado para a rocha em que queria subir. Uma orgulhosa gaivota branca havia se fixado no topo, observando a água. De repente ela decolou, voou para o mar com duas batidas de asas e mergulhou. Ela emergiu num arco de gotas.

"*Sereias, sirenas e capricórnios*, parece apropriado." O pai virou o livro e examinou a contracapa. "*Uma instigante coleção de ensaios examinando as fantasias e pesadelos de marinheiros.* Hum. O que acha?"

O braço de Midas que apontava a rocha desmoronou. Ele se sentou e começou a amarrar novamente os cadarços.

"E quanto a este? Mais imediato, talvez. *Sob seu diafragma: cães!* Isso vai interessá-lo, Midas. *Este esplêndido livro completo, com doze páginas coloridas, traça a costa da Grécia em busca da fera mítica Scilla, cujas pernas foram notoriamente transformadas em cães pela feiticeira Circe.* Isso parece ser sua praia."

Midas se sentou e folheou o *Sob seu diafragma: cães!* O pai o observava orgulhoso. Ele passou pela dedicatória e as páginas do conteúdo.

"Não, não, não!", disse o pai, balançando as mãos: "Não vá direto para as páginas coloridas, vai estragar a diversão. Olhe para elas quando chegar a elas, saboreie-as quando tiver um contexto para entendê-las".

Midas virou a primeira página, um denso prólogo, e olhou para as palavras sem lê-las, até que o pai parou de observar e tirou seu próprio livro, que era um "tijolo" de capa dura. Depois de um tempo, Midas virou a página e olhou a seguinte, ocasionalmente levantando o olhar, até que o pai se fixou na leitura que fazia. Então Midas tirou os sapatos e as meias, ficou de pé e se afastou do pai, da mãe inerte e desceu a praia até o raso. No caminho encontrou um galho fabuloso, torto e maior do que ele. Carregou-o como o cajado de um aventureiro, fazendo atrás de si uma linha na areia. Nadou através da rebentação em direção à rocha. A água fria, cristalina batia, indo e vindo sob os seus pés. Teve de conter um grito de dor ao pisar numa concha afiada e algo como um tufo de cabelos se enrolou em seus tornozelos. Abaixou o olhar para ver círculos de algas verdes envolvendo-lhe os pés. Ficaram mais pesadas e gosmentas quando as levantou da água. A calma das ondas trazia o cheiro de sal seco.

A superfície retorcida da rocha a tornava fácil de escalar. Ele subiu para o ponto cheio de cracas e sentou-se com os pés balançando na direção de seu reflexo numa poça na pedra. Balançou os dedos dos pés na água quente da poça para tirar a areia e pedaços de algas, mas puxou os pés quando viu os tentáculos vermelhos de uma anêmona balançando entre anéis violetas de algas.

Olhou de volta para a praia. Seu pai não havia se movido, exceto para virar as páginas do livro. Nem sua mãe, ainda deitada com o rosto para baixo, imóvel. Experimentou a câmera nela e se perguntou se ela estava feliz. Parecia ao menos satisfeita, assando ao sol.

Ficou no topo da rocha, tão imóvel quanto seus pais, esperando imagens. Com apenas um filme para gastar nas férias, tinha de aguardar o momento certo. O mar perdeu um pouco do seu brilho. O sol se moveu no céu. Ele continuou esperando e, por três horas quentes, tirou apenas três fotos. Então, quando a luz não mais brilhava, um movimento numa rocha próxima no mar o fez trazer a câmera aos olhos.

Achou que era algum tipo de pássaro marinho, mas seu voo era caótico demais. Surgia de trás da rocha, depois se escondia de volta. Suspeitou que havia um poleiro escondido e esperou com a câmera nos joelhos, pronto para quando aquilo voasse e aparecesse. Ao fazer isso, o "pássaro" foi tão rápido que ele suspeitou ter capturado apenas um borrão. Rezou para Deus melhorar sua velocidade de enquadramento.

Quando aquilo entrou em quadro novamente ele percebeu que era uma libélula, grande como seu punho e branca como leite.

Era final de tarde quando seu pai o chamou da praia. Ele ficou no canto da água, usando o livro para proteger os olhos do sol. A maré tinha vindo e estava com vários metros de altura ao redor da pedra. Midas começou a tirar a camiseta e a calça, para amarrá-las numa trouxa seca ao redor da câmera e pendurá-las na ponta da vara, assim podendo carregá-las acima da cabeça e seguir com o braço livre. Estava prestes a dar o nó em suas mangas na vara quando viu algo vagando abaixo da superfície da água, levado em cada onda. Translúcido, com um círculo violeta e tentáculos. Nunca tinha visto algo assim. Chegou mais perto da água...

"O que está fazendo, Midas?"

Seu pai estava andando de um lado e para outro. Midas enfiou a vara no mar e tirou a coisa flutuante. Ela murchou ao sair da água, um calombo gelatinoso com gotas escorrendo.

"Olhe o que eu peguei!"

Seu pai congelou e perdeu o ar. "Não toque nisso, Midas!" Uma onda bateu em seu tornozelo e ele pulou de volta à praia com um grito.

A coisa escorregou da vara de Midas e caiu, espirrando água e abrindo-se graciosamente.

"Oh, Deus... Elas vão paralisar você!"

Havia outras flutuando na água agora, com aros violeta presos pela luz.

"O que é isso?"

"Medusas! Águas-vivas!"

Midas subiu um pouco mais na rocha, segurando-se firme. Não ousava olhar para elas.

"O que acontece se elas me virem, pai? Eu me transformo em pedra?"

"Oh, Deus, Midas! Meu bom Deus!"

Por um tempo, pareceu haver apenas o som das ondas e um par de gaivotas que voava acima. Então a mãe de Midas caminhou para o mar com seu vestido flutuando na brisa. Ela arrastou uma tábua de madeira escurecida por uma corda que apodrecia. Seguiu até o raso, com as pequenas ondas batendo em suas pernas nuas. Quando estava bem perto, quebrou um pedaço de madeira do canto da tábua e o jogou na água. Eles viram a madeira seguir até a rocha de Midas na correnteza. Tendo feito o teste, ela puxou a tábua. Midas desceu pela lateral da pedra e enfiou sua vara com o laço da corda quando a tábua passava. Era pesada e ele se segurou forte à rocha enquanto puxava a tábua mais para perto.

"Fique deitado!", mandou sua mãe, "como um surfista!"

Midas hesitou. Não podia tirar as roupas, ou a câmera, estavam enroladas numa trouxa. Com dor no coração, deixou-as no topo da rocha.

Ele subiu na prancha de madeira, que deu uma guinada e quase virou. A água subia pela superfície e uma água-viva surgiu perigosamente perto. Ele se sentou firmemente quando a maré o empurrou para a praia. Mas, no momento em que achou que estava tudo bem, ouviu o ruído do mar abaixo e viu que estava sendo puxado da praia na direção do mar aberto. Gritou ao sentir que a prancha o traía, apertou os olhos, esperou pela submersão e por uma morte envenenada.

Mas Midas não afundou. Quando ousou abrir os olhos, estava sendo puxado para a praia e sua mãe se abaixava a seu lado, com o vestido de tal maneira encharcado que ele podia ver o corpo mirrado dela e sua calcinha antiga. Ela mordeu os lábios e cobriu os olhos com a mão, enquanto a outra mão coçava uma mancha vermelha inchada na panturrilha. Seu pai andava de um lado para outro como galinha assustada.

No hospital, disseram que a paralisia da perna esquerda de sua mãe ia sarar em uma semana. Mas nunca sarou realmente e daquele dia em diante ela passou a mancar.

26

Um pássaro marinho negro mergulhou no oceano como uma caneta mergulhando num tinteiro. Um barco cruzava o horizonte com o motor tossindo, fazendo sulcos de espuma na água. A estrada da costa tinha a queda do penhasco como seu meio-fio, e Midas tinha tanto medo de sair do rumo que não tirava os olhos do asfalto. Quando Ida olhou para fora e algo com chifres pôs a cabeça acima da superfície do mar, ela não conseguiu convencê-lo a olhar. O chifre se manteve ali, como se fosse um dedo testando a posição do vento.

A estrada descia. Duas gaivotas passaram à toda, uma provocando a outra no ar, e ela captou um brilho de seus olhos amarelos. Logo eles se haviam dirigido ao nível do mar, onde as ondas estavam bem próximas e o sal borrifado nublava o caminho. Lá longe, o oceano ondulava sobre blocos de granito e descia pelos canais em pedras pretas lisas.

No retrovisor, as silhuetas soturnas dos morros se ergueram como omoplatas de gigantes. Visto através do para-brisa, o cenário, quando não nublado pelo sal do mar, era uma planície de rochas marrons e canais. Havia uma ou duas árvores espalhando seus galhos no chão. Tocos retorcidos pareciam tão negros que podiam ter sido tirados de um vazamento de óleo.

Havia todo tipo de mitos sobre Enghem, o território de Hector Stallows ao norte de Gurm Island. E esses circulavam desde que o homem dos perfumes comprou a terra, nascidos do ressentimento por uma faixa de paisagem repentinamente privatizada.

Ele fora um capitão da indústria, apagando formas de sustento em nome da competição. Não à toa, as pessoas diziam que ele sempre conseguia o que queria. Agora, ele aposentado e vivendo para o lazer, diziam que era volúvel com sua riqueza. Suas razões para uma vez ter pendurado bolas de âmbar nos bosques do interior de Enghem não foram compreendidas, mas os moradores locais sabiam que essas tumbas de insetos antigos não estavam penduradas nas árvores por mero capricho. Houve um incidente quando um garoto de Tinterl furtou uma bola – uma única entre centenas – dos galhos de uma árvore. Na noite seguinte, ele acordou coçando-se furiosamente e pensando que algo entrara em seu ouvido, porque havia um zumbido seco no quarto. Ligou a lâmpada e gritou para sua mãe (ele tinha dezessete anos) porque as paredes, o teto e seus braços estavam repletos de mosquitos. A gaveta em que havia colocado o bibelô estava aberta: o bibelô tinha sumido. Pelo menos era o que a história dizia.

Depois de um tempo, Hector Stallows ficou cansado da visão de órbitas douradas brilhando quentes nos bosques no crepúsculo e as tirou, embalou e vendeu para um mercado em Xangai. Para o lugar delas comprou quartzo (os moradores locais observavam os caminhões carregados de blocos do tamanho de *icebergs* passando pelos portões, enquanto helicópteros zuniam acima). Disseram que ele tinha enfeites de quartzo tirados dos jardins de Enghem Stead, seu lar. As paredes de quartzo estavam afixadas em sua casa, prateleiras de livros entalhadas com o nome dos autores. Seus hóspedes do continente comiam em pratos de quartzo sobre mesas de quartzo.

E, então, o quartzo foi visto deixando a propriedade: tinha sido vendido para um colecionador na Rússia. Conforme se movia em caminhões por St. Hauda's Land em direção às docas de Glamsgallow, veículos menores foram vistos viajando na direção contrária e entrando em Enghem. Logo se espalharam os boatos de que Hector havia comprado pássaros de centenas de espécies, canários, cacatuas e rouxinóis, mas que cada um deles ficava em silêncio. Um aviário de pássaros mudos. Aqueles que entravam nos jardins falavam de uma noite assustadora, a abertura e fechamento de uma centena de bicos sem um único gorjeio ou assobio no ar.

A estrada chegava lá atravessando de um arco de pedra esmigalhado e coberto de hera. Não havia muro, o arco ficava sozinho numa massa de árvores. Essa terra estava cheia de armadilhas: Ida viu, no caminho para a única cabana pela qual passaram, uma árvore com luzes de Natal penduradas e toupeiras mortas. Depois da cabana, a estrada virava no mar e subia por uma série de ziguezagues a um terreno elevado onde, no alto pico, a última ponta da Gurm Island estava estendida para o norte que ficava abaixo, como ossos jogados ao chão por um oráculo. Não havia uma praia definida separando terra e mar em Enghem. Em vez disso, camadas de argila, ilhotas, poças nas rochas e riachos de água salgada dividiam o cenário entre esse ponto e a costa. A maré entrou lá e se retirou como um gigantesco pente cinza. Em algum ponto dessa paisagem foram construídas as quatro belas casas de Enghem-sobre-as-Águas, destino deles.

Ida era grata a Midas por ele se dispor a percorrer esse caminho. Mas ele queria estar com ela ou estava apenas brincando de ser fotojornalista e seguindo a onda até ficar entediado? A conversa dela com Henry e o veredicto de que deveria suportar sua condição por semanas ou meses, não anos, acelerou sua ideia. Então, enquanto seguiam num silêncio confortável, o cérebro de Ida processava o que fazer em seu relacionamento com Midas Crook.

Midas dirigiu cuidadosamente pelas ameaçadoras estradas invernais. Uma derrapada repentina no gelo branco poderia jogá-los num poço negro ou fazê-los bater numa rocha. Os faróis passaram pelo corpo verde-acinzentado de um peixe caído na estrada, derrubado por um corvo que grasnava e voava em círculos lá em cima.

Midas havia comprado para ela a segunda muleta. Seu equilíbrio tinha piorado e ela precisava de outra antes de ter um acidente, mas ela brincou que ele poderia dar-lhe isso de presente de Natal, para adiar algumas semanas. Então, naquela manhã, ele a presenteou com um longo pacote enrolado em papel crepom prateado. Foi amarrado com fitas da floricultura e tinha um arranjo feito de um ramo de narcisos brancos. Ela desembrulhou e encontrou uma peça de bambu polido, elegante, enquanto sua primeira muleta era rústica; estampada com calombos marrons, enquanto a de Carl era lisa e texturizada uniformemente.

Ela observou Midas com afeto pelo canto dos olhos. Havia algo nascendo entre eles ou ela simplesmente o entendera mal?

Ele segurava firmemente a direção, com os nós dos dedos e cotovelos em ângulos agudos. Ela adorava a forma como as mangas de sua blusa eram curtas demais para ele, os punhos bem abotoados ao redor dos pulsos esqueléticos, mostrando o relógio plástico de adolescente que ele usava. Ele mordia o interior da bochecha. Seu pomo de adão mexia-se na garganta. Ele havia lavado o cabelo naquela manhã pela primeira vez em dias e estava arrepiado.

Ida se perguntava o que ele faria se ela se esticasse para tocá-lo. Provavelmente bateria o carro. Ainda assim, ela tinha de apressar as coisas. Não agora, mas na primeira chance que tivesse.

De repente, a estrada contornou um banco de solo arenoso, até uma trilha cheia de neve no final da qual estava Enghem-sobre-as-Águas. Apenas a maior das quatro casas tinha luz nas janelas: essa era Enghem Stead. Além dela, o mar balançava, entrando e saindo, e, quando chegaram mais perto, Ida viu que todas as casas tinham sido construídas em robustas palafitas para que a maré alta pudesse passar por baixo. As casas também eram feitas de madeira, suas ripas pintadas num azul pastel ou branco, apesar de a tinta ter descascado mostrando madeira esverdeada embaixo. Ela sabia pelos boatos locais que apenas Enghem Stead era habitada. Hector havia comprado todo o vilarejo para garantir privacidade.

"É... um lugar bem bonitinho", ela disse.

Carl estava fumando um cigarro à espera deles no deque de madeira na porta de Enghem Stead. Assim que estacionaram, ele desceu os degraus até o carro e ajudou Ida a sair. Ela esperava que Midas lutasse contra seus instintos e fizesse isso, mas ele ficou cuidando da bagagem atrás deles. Por trás dos ombros dela, a vastidão da angra podia ser apreciada melhor. Era um dente colossal na linha branca do morro, como se numa noite o mar tivesse se erguido e atacado a ilha até que a costa se retraísse por milhas.

Uma nevasca irregular caía enquanto eles caminhavam pelo deque. Ida ia de braço dado a Carl para permanecer firme, o outro braço se apoiava na muleta que Midas lhe dera no bosque úmido. Barro caiu nos blocos da sarjeta da casa e uma ponta do cachecol se soltou e balançou ao vento; então, ela teve de puxá-lo de volta e o enrolou no pescoço. Um pintarroxo saltou a cerca no deque. Ela pensou quão marrom o peito vermelho dele parecia.

Uma porta abriu depois de uma curta espera. Uma lufada de ar quente veio recebê-los. Uma mulher glamourosa apareceu.

Emiliana Stallows tinha cabelo preto e um bronzeado que parecia real, mesmo no inverno. Uma base pesada no rosto, saia apertada nas coxas e blusa graciosamente decotada, criando uma impressão de exotismo na fria vastidão de Enghem Cove. Era difícil julgá-la, mas parecia desbotada de sua beleza e glamour fazia pouco tempo. Ida estimou que ela estivesse com quarenta e poucos anos. A brancura de seu couro cabeludo enfatizava como o cabelo preto retinto havia rareado.

Ela juntou os dedos, com as unhas pretas como varejeiras, e lançou um sorriso de menina.

"Você deve ser a Ida", disse. "E você deve ser o fotógrafo, correto?" Ela piscou as pestanas negras. "Tive de me arrumar bem para recebê-los."

Carl ajudou Ida a subir a um amplo corredor branco com teto alto de madeira e lâmpadas nuas. De lá seguiram para uma sala de jantar com mesa rústica no centro. As paredes eram de cor creme e tapetes cinza cobriam os tacos do chão. Midas saltou, assustado, ao pisar numa viga e um rangido ecoou na casa.

Emiliana riu. "Não foi você, tolinho. É a casa rangendo ao vento. Você se acostuma."

Ida fechou os olhos e escutou outro longo rangido vindo da parede, como a nota mais baixa de um violoncelo, e sorriu. Era um barulho que trazia paz, de acordo com uma casa construída à mercê do oceano.

"Sei que Enghem Stead parece nua e espartana", desculpou-se Emiliana. "Mas Hector gosta assim. Por essa porta se vai ao quarto de hóspedes. Vocês ficarão mais confortáveis aqui."

Tirou uma chave de ferro do bolso da blusa, destrancou e abriu a porta para um quarto fresco com cheiro de doces turcos. Almofadas gigantes, douradas e azul-celeste se empilhavam nos tapetes. Complexas estampas de topázio e diamantes do norte da África azulejavam as paredes. Uma lareira transformava a lenha em flocos de cinza.

Mas Ida pensou que não isso funcionava. A distância entre uma parede e outra e a altura do pé-direito sobrepujavam o espaço de descanso que Emiliana tentou criar. Esse tipo de quarto só podia ser preenchido com um hino ou uma reza.

★

Logo estavam comendo tigelas de cuscuz floral com ervas; pratos de presunto de Parma e chouriço; potes de azeitonas; tigelas de pimentões e berinjela cheia de queijos borbulhantes; tábuas de pães umedecidos com azeite de oliva. Os outros três ficaram surpresos ao saber que Midas nunca tinha provado nada disso antes.

"O que você come normalmente?", perguntou Emiliana, enquanto ele caçava uma azeitona com o garfo em seu prato.

"Nuggets de peixe", ele admitiu. "E sopa de lata."

Ele espetou a azeitona e a colocou na boca.

"Gostou?", perguntou Carl, com uma careta calculada.

A boca de Midas parecia cheia de ácido, como se ele tivesse beijado uma cobra. "Hum", foi tudo o que conseguiu dizer.

Os outros enchiam seus pratos enquanto Midas permanecia cuidadoso, analisando desconfiado o pimentão recheado. Fios de queijo escorreram da travessa até seu prato enquanto ele se servia. Tinha cheiro de cabra.

Conversaram enquanto comiam, ou melhor, os outros três conversaram e Midas sentou-se num silêncio desnorteado, ouvindo a opinião de Emiliana sobre uma orquestra, ou a de Carl sobre um homem chamado Hemingway. Quando acabaram de comer, Carl cerimoniosamente abaixou garfo e faca e disse: "Acho que todos apreciariam ir direto ao ponto desta visita".

Ida corou e falou bem baixo. "Você está certo. É por minha causa que estamos aqui. Que diabos, melhor eu tirar minhas botas."

Emiliana se abaixou entre as almofadas, esticando suas longas pernas à frente.

As mãos nervosas de Ida desceram às suas botas. Ela desfez as fivelas, depois os laços. As botas deslizaram gentilmente e ela tirou as meias.

Havia um desenho no tapete abaixo dela como o mapa de um labirinto. Seus dedos passaram sobre ele como uma lente de aumento, desfigurando a estampa num labirinto tridimensional. O vidro havia piorado nas semanas desde que Midas o vira pela primeira vez. Os metatarsianos de Ida, que ele havia testemunhado semivisíveis antes, agora haviam desaparecido no corpo cristalino de seus pés. Faixas de sangue iam desaparecendo como algodão puído nos tornozelos. O calcanhar, que anteriormente ainda era feito de pele, era um toco duro com o interior de um branco nublado. Tirando isso, seu pé era, agora, totalmente transparente. Veias salientes pulsavam no final da canela e nas panturrilhas, como se o sangue estivesse evacuando antes do que viria pela frente. Pelos na perna arrepiavam-se como se estivessem em sua nuca.

Seus pés inanimados não eram mais parte dela, percebeu Midas. Todos os gostos exóticos da refeição da noite subiram à sua garganta. Aqueles blocos de vidro, apesar de terem formas graciosas, eram amputações.

Em algum ponto acima deles, outro piso rangeu.

Os outros não haviam se movido ou feito um som, além do som dos lábios de Emiliana se abrindo. Ela parecia ter ouvido notícias de um terrível luto. O espanto bloqueou seu corpo e intrigou seus olhos. Midas estava surpreso porque Carl havia dito que ela já tinha visto algo assim antes. Ela não pôde falar até que Ida quebrou o feitiço colocando as meias de volta.

"Ida", ela disse finalmente, enlaçando os dedos. "Eu... vou me esforçar para ajudá-la."

Carl assentiu como um velho e sábio juiz. "Pegue o filme de Saffron Jeuck."

Emiliana pareceu desconfortável. "Tem certeza de que não prefere esperar até de manhã, Carl? Fazer isso pouco a pouco."

"Se está preocupada comigo", disse Ida, "não fique. Posso aguentar."

"É que..."

Carl acenou para Emiliana e ela levantou as mãos. "Vou pegar as fitas."

Enquanto Emiliana deixava o quarto, Ida suspirou e passou a mão no cabelo. Carl depositou a pesada mão no ombro dela e a acariciou enquanto Midas olhava de cara fechada. Imaginava que eles veriam algo que mostraria como seria terrível se Ida se transformasse inteira em vidro.

Emiliana voltou com duas fitas de vídeo, e não fez contato visual enquanto punha uma delas para passar no pequeno televisor.

Esperaram num silêncio desconfortável enquanto a fita era rebobinada. Podiam ouvir o leve ruído das bobinas virando no videocassete. A casa rosnou num eco mais alto.

"Agora", disse Emiliana, quando o vídeo parou com um estalo. Uma tela preta dançava com barras brancas, e cortou para uma imagem trêmula.

Havia uma garota num campo sépia; franzindo a testa, ela protegia os olhos do sol de verão. O céu provavelmente estava azul-marinho quando isso foi filmado numa câmera portátil trêmula, mas a idade e a qualidade do filme haviam saturado a cor para um tom esverdeado. Além da sujeira que dançava pela imagem.

"O.k., Saffron", disse a voz de Emiliana na fita, de trás da câmera, "levante seu top."

Saffron usava uma bermuda branca sobre coxas gorduchas. Estava no final da adolescência, mas seu corte de cabelo indicava que essa filmagem acontecera havia uns seis ou sete anos. Ela se abaixou e puxou a borda de seu top até abaixo dos pequenos seios. Ida olhou cautelosa para Carl, mas nesse ponto ele saltou e apertou o botão de pausa, apontando para a tela. "Viu?", ele disse entusiasmado. "Olhe o diafragma dela."

Pela barriga de Saffron corria o que parecia uma terrível cicatriz, mas os detalhes estavam perdidos no inquieto *frame* congelado e nos horizontes de interferência que desciam na tela.

"A imagem dá um *zoom*", disse Carl, pressionando o play.

"Agora segure", disse a voz de Emiliana na filmagem. A câmera trêmula se aproximou da barriga de Saffron.

De perto, toda a sua barriga parecia descolorida. Era difícil distinguir profundidade no vídeo, mas seu abdome, que era de um vermelho corado, parecia recuado, como se ela estivesse encolhendo a barriga. Midas percebeu de repente que a superfície da barriga havia se transformado em vidro. Era uma tela de vidro para os músculos e órgãos do abdome, apesar de os detalhes serem difíceis de ver na filmagem. Ida cobriu a boca com a mão. Midas de repente desejou que Carl tivesse deixado Emiliana continuar do seu jeito e mostrar o vídeo de manhã, quando a luz do dia traria algum conforto pelas janelas.

Ida se encostou em sua cadeira, com os dedos trêmulos e os lábios cerrados, atenta à imagem. A sombra de Saffron no campo havia se distendido para um amarelo. Uma estática mortal dominava o áudio.

Carl parou o vídeo novamente e ejetou a fita da máquina. "Onde está a segunda fita, Mil? Aquela que você fez depois de tratá-la?"

Estava no colo dela. Em vez de passá-la para Carl, ela fingiu um bocejo. "Estou exausta", ela disse. "Talvez devêssemos assistir de manhã."

Midas gostou dela por isso.

"Não", disse Carl, "Ida quer terminar com isso."

Ida estava olhando perdida para a televisão, com uma expressão impenetrável.

Carl pegou a fita do colo de Emiliana e a enfiou no videocassete. Esperaram novamente enquanto rebobinava, com os dedos de Carl batucando na superfície cromada do aparelho. Houve o estalo e a fita começou a rodar. Depois das cortinas de estática, a imagem se estabeleceu numa cena interna, apesar de uma janela aberta mostrar um pomar de outono cheio de folhas. A luz estava fraca e Saffron Jeuck sentada numa cadeira de balanço perto da janela com um cobertor de tartan no colo, aparecia mal definida diante das paredes do quarto. Era impossível dizer onde trminava seu cabelo, preso num coque improvisado, e começava a sombra de sua cadeira de balanço.

"Saffron", disse Emiliana fora de quadro. "Saffron, como se sente?"

Saffron levou uma eternidade para tirar os olhos do pomar argiloso e fixá-los na câmera. A imagem estava granulada demais para definir suas pupilas, mas Midas sabia que elas estavam fixadas nas lentes. Mesmo depois de virar a cabeça, ela não respondeu à pergunta. Midas roía as unhas enquanto os outros assistiam ao vídeo atentamente. Ele sempre acreditava num ponto em que a fotografia se tornava um túmulo. As fotos dos mortos tinham uma qualidade distante que as fotos dos vivos não tinham. Ele sentia lá no fundo que aquele era o filme de uma mulher morta.

"Hum", ele começou timidamente. "A Saffron ainda está entre nós, certo?"

"Claro", retrucou Carl. "Shh!"

Emiliana atrás da câmera repetiu a pergunta. "Como está se sentindo?"

Saffron abriu a boca. "Me sinto péssima."

"Pode levantar a blusa?"

Lentamente, os dedos de Saffron emergiram do cobertor que ocultava seu colo, indo para os botões da blusa. Ela abriu o tecido lentamente e a câmera se aproximou de sua barriga como havia feito antes.

Midas reparou em duas coisas ao mesmo tempo. Primeiro, o vidro não parecia ter se espalhado por uma área maior ou mais profunda na barriga do que aparecera no vídeo anterior, do verão. Segundo, que cada centímetro de sua pele visível ao redor do vidro estava com um vermelho de carne viva que desafiava a luz fraca e a qualidade da fotografia. Sua pele estava ferida, queimada e descascando em alguns lugares, como se ela tivesse sido açoitada.

"Está pior?", perguntou Emiliana na fita.

"O vidro, não", disse Saffron e voltou ao pomar.

"Está pronta para outro emplastro?"

Saffron respirou profundamente, mas, quando fez isso, o vento soprou pela janela aberta, pondo folhas mortas no carpete e tornando difícil dizer se o que se ouvia era o ruído do ar que entrava nos pulmões de Saffron ou meramente o farfalhar do tempo. De qualquer forma, seus pulmões se enchendo podiam ser vistos pela tela de vidro de sua barriga.

A câmera de vídeo foi desligada.

Mesmo depois de Carl tirar a fita, os olhos de Ida permaneceram na tela. Midas reconheceu aquele olhar distante, observara-o várias vezes no rosto de sua mãe. Um olhar perdido. Os pensamentos de Ida estavam em outro ano, sem dúvida, antes de tudo isso começar.

Os outros esperaram por ela. Depois de um tempo, ela perguntou: "Emplastros?".

Emiliana limpou a garganta, mas, como não falou, Carl tomou a iniciativa. "Bancar a morta seria uma introdução mais apropriada. Mil, por que não conta a ela o que fez por Saffron?"

Emiliana fez um rosto triste para Carl e Ida. "Podemos entrar nos detalhes amanhã."

Carl virou os olhos. "Podemos começar a pôr os detalhes em prática amanhã."

"O.k." Ela manteve os olhos nos pratos vazios e travessas oleosas de sua refeição. "Para começar, isso veio pela sugestão do pai de Saffron. Ele era amigo de um amigo, mas veio a mim porque na época eu estava cuidando de um pequeno negócio de medicina alternativa. Sempre me interessei por isso e Hector me permitiu começar meu próprio negócio. Remédios para a febre do feno eram minha especialidade, e foi isso o que trouxe Saffron e sua família. Eles já tinham a ideia, sabe? Só queriam que alguém a colocasse em prática."

Carl estava batucando com o pé. "Precisa explicar sobre o pássaro no jarro."

Ela assentiu e limpou a garganta uma segunda vez. "O senhor Jeuck nos trouxe um pássaro numa jarra. Estava morto havia muito tempo e horrível, muito mal preservado. Mas tinha uma cauda de vidro. Um leque de belas penas entaladas, enquanto todas as outras haviam definhado e caído. Ele o comprara por preço bem alto de uma velha viúva em Glamsgallow porque era uma evidência para a sua ideia. O pássaro tinha morrido, disse a viúva, porque não podia se alimentar adequadamente nessa condição. O que intrigou o senhor Jeuck era isso: a condição final do pássaro significou que a dispersão do vidro não continuou após a sua morte."

Midas fechou os olhos e pensou no corpo de vidro puro que Henry lhe mostra no pântano.

“Bem... Meus remédios de febre eram coisas simples. Com base de mel. Abelhas locais ajudam a curar a febre com pólen. Então você vê... Saffron e sua família propuseram um remédio local, apesar de que, no momento em que Saffron passou pela minha porta, eu já sabia que algo pior do que febre do feno a afligia.”

“Simular a morte era a solução”, interrompeu Carl. “O remédio proposto era simples, mas provavelmente era também a ideia mais brilhante que um homem como Jeuck poderia ter na vida. Paralisar o corpo ao redor do vidro, deixá-lo num estado semimorto. E a família Jeuck já tinha pensado no meio de fazer isso.”

“O que quer dizer?”

“A água-viva de St. Hauda’s Land.”

“Água-viva...”, murmurou Ida.

Midas pensou em sua mãe mancando.

Carl apertou as mãos entusiasmado. “Emiliana preparou emplastros de água-viva, esquentou-os e aplicou-os no estômago de Saffron. Eles a trataram dessa forma no verão inteiro e, como pode ver”, gesticulou teatralmente para a tela, “o resultado foi bom. O tratamento prendeu o vidro, venceu-o em seu próprio jogo. Tudo graças a Emiliana.”

Emiliana sorriu tristemente.

Ida fechou os olhos.

Eles esperaram.

“Parece doloroso”, disse Ida.

“Pense nisso durante a noite”, sugeriu Emiliana.

Ida balançou a cabeça. “Não importa se é doloroso, vale a pena.”

“Essa é a minha garota”, disse Carl. “Vou deixar você agora. Devemos começar de manhã.”

★

Várias horas passaram até que Midas pegasse no sono naquela noite. Isso, em parte, devido à estranha cama de casal no quarto de hóspede, muito maior e mais macia do que o duro colchão de solteiro em sua casa. Em parte, também, devido aos gemidos profundos da casa provocados pelo vento e pelo barulho do mar moendo a passagem da angra. Mais do que isso, era o pensamento de Ida dormindo a alguns quartos de distância e a dor que o remédio esotérico poderia lhe trazer. Um sentimento de fraqueza lhe afetava os joelhos, tornando seus pés extraordinariamente distantes das pernas.

Rolou para um lado e olhou para a lua arrastando-se sob as pesadas cortinas. Quando finalmente conseguiu dormir, uma batida na porta o acordou. Sentou-se rígido ao abrir-se a porta e Ida entrar mancando, estremecendo a cada duro toque da muleta no chão. Felizmente, Emiliana e Carl estavam dormindo em quartos no andar de cima, no outro lado da casa.

"Não conseguia dormir", ela sussurrou.

"Nem eu", ele esfregou os olhos. "Quero dizer, acabei de cair no sono, mas antes, nada..."

Ela foi à janela. "Viu o que está acontecendo lá fora?"

Ele balançou a cabeça.

"Levante-se."

Estava quente no quarto de hóspedes e ele fora para a cama só de cueca. Percebia isso agora e se sentou segurando o edredom branco no peito magricelo. Ela não usava roupa de dormir, estava com seu casaco sobre uma blusa de lã estampada.

"Eu olho para o outro lado", ela riu, "assim você preserva a sua decência."

Ele saiu da cama para pegar as roupas que tinha deixado amontoadas num canto. Vestiu-se enquanto ela abria as cortinas e se aproximou dela na janela. O mar iluminado pela lua brilhava na angra e gingando sob as suas ondas sutis havia fracas luzinhas. Ele encostou o rosto na janela; as luzes estavam balançando como chamas de velas.

"Midas", ela disse, "lembra-se de quando você ficou na cabana do Carl comigo? Lembra que ouvimos um pio de coruja de noite?"

"Lembro, sim."

"Você perguntou se eu queria passear no bosque, procurar corujas. Eu disse que tinha muito medo de tropeçar. Bem... eu disse isso porque não conhecia você direito. Não sabia até que ponto estaria segura no bosque com você. Agora sei que você cuidaria de mim. Vamos lá fora ver as luzes."

"O quê? Agora?"

"*Sim*. Vista seu casaco."

Ele o vestiu e a seguiu para fora do quarto. Moveram-se lentamente, em parte para fazer o mínimo de barulho possível, em parte porque Ida não tinha escolha. Ela tinha de se sentar e de se arrastar para descer os degraus cuidadosamente enquanto Midas segurava as muletas. Seguiram pelo deque de madeira e se inclinaram na balaustrada, dando para a maré alta que ia e vinha entre as casas elevadas de Enghem-sobre-as-Águas, transformando-as em arcos. As palafitas pintadas refletiam-se fracamente na superfície, misturando-se com as fracas luzes em várias camadas que brilhavam por baixo. Uma armada de águas-vivas flutuava na maré. Uma ou duas eram grandes como velas de barco, com corpos ondulando a centímetros da superfície, tentáculos como um estandarte. As menores eram do tamanho de dedais, com cristas de tentáculos violeta. Uma órbita gigante brilhava mais forte do que as outras. Seu corpo era cheio de uma névoa de luz dourada, como se tivesse engolido um anjo.

Perto flutuava um cardume de cerca de uma centena de águas-vivas do tamanho de lanternas. Ida perdeu o ar quando um brilho elétrico amarelo surgiu repentinamente no corpo de uma delas. Era um brilho como lâmpada queimando. Um segundo brilho tremulou em uma água-viva, dessa vez com tom rosa. Outro acendeu mais no fundo, vermelho como sangue. O mar avançava nas estacas de Enghem Stead.

Outra água-viva brilhou e ficou iluminada. Um brilho amarelo dançava na água. A emanação atiçou o brilho de suas vizinhas. Seus corpos reluziram e os relâmpagos transformaram-se em luzes fixas: amarelas, rosa, carmim e ciam. O efeito lentamente ricocheteou pela angra até que a água estivesse multicolorida. Cores refratadas iluminavam os muros das casas.

Midas e Ida se encostaram em silêncio na cerca do deque. Ele notou a proximidade das mãos dela, mas não se mexeu.

"Imagine viver num lugar assim", ela disse, "onde se pode assistir a isso toda noite."

Ele imaginou o que ela sugeriu. Morar no meio do nada, só os dois, e esse pensamento fez sua mente se estabilizar, como se toda a preocupação que isso normalmente continha pudesse ser afastada apenas pela ideia. Ele se sentiu sereno, encostado na mureta com ela, absorvendo o suspiro do mar incandescente. Permaneceram assim lado a lado, com o rosto iluminado pelo brilho da água, por dez minutos ou mais. Então as águas-vivas deixaram de luzir em rápida sucessão, como se algo estivesse nadando pela água apagando.

★

Quando estava bancando o porteiro e puxando a bagagem pelo deque, Midas ficou com ciúme do braço dado de Carl e Ida. Então, quando voltaram para dentro depois que a última água-viva havia apagado, deixando apenas a lua a decorar a noite, ele sussurrou: "E-e-eu te ajudo a subir a escada". De início, ficou ocupado demais curtindo o sorriso de agradecimento dela para deixar a enormidade do que havia oferecido decantar. Oscilou passando seu peso de um pé para o outro.

Como ajudá-la a subir as escadas sem tocá-la?

Ela o seguiu até o pé da escada e lhe passou a muleta.

"Certo", ele disse, querendo ter um elevador, escada rolante, uma polia.

Ida apoiou-se em seu braço e pôs a outra mão no corrimão. Suas juntas endureceram. Ele sentiu, suavemente, o cheiro dela: algo alpino (como vertigem). Sentiu como se sua manga tivesse se engomado involuntariamente.

Ao subir a escada, seu cotovelo cutucou a lateral e a pele dela. O calor do corpo de Ida fez o suor escorrer por baixo do braço de Midas. Ela não notou nada disso, parecia absorta em seus pensamentos.

No topo da escada, ele abruptamente tentou soltá-la, mas ela se agarrou.

"Estamos aqui em cima agora", ele sussurrou.

"Me ajude a ir para o quarto."

Ele se arrumou. Seguiram para o quarto.

Dentro, quando ela finalmente largou do seu braço, ele se encostou na parede.

"Bem... hum..." Midas estava enxugando a testa com o lenço. "Acho que vamos ver muito mais águas-vivas de hoje em diante."

Ela suspirou. "Acho que devemos esquecer do tratamento nesta noite."

Isso o confundiu: ele havia pensado que o belo espetáculo a empolgara com a possibilidade de cura. Ela esclareceu tudo colocando a mão levemente no seu peito. O coração de Midas começou a bater forte, como se tentasse afastá-la. Ela virou a cabeça e se inclinou na direção dele. Seus lábios estavam abertos a um centímetro dos dele.

Midas saltou de lado, soltando meias desculpas de que era melhor deixá-la para um merecido sono. Ela se sentou na cama e afastou os olhos. Ele queria palavras que falassem por si só. Quando nada aconteceu, deslizou para fora do quarto e fechou a porta.

Na metade do caminho para a escada, paralisou-se. Queria beijá-la, mas, chegado o momento, sua cabeça foi puxada para longe como se os nervos fossem uma rédea. Lembrando-se de seu pai que lutava contra os abraços da mãe, ele sentiu uma corrente repentina de ódio por aquele homem. Perguntou-se como se poderia alterar a reação instintiva quando o corpo toma o controle com o mesmo poder usado para fazer a pessoa puxar a mão para longe de uma superfície quente ou desviar-se de algo que vai acertá-la. Bateu as mãos na cabeça e apertou os olhos.

★

Por um momento, Ida pensou em voltar para a cama, mas sabia que ficaria lá acordada. Decidiu tomar um banho. Lá no continente ela gostava de um banho quente no meio da noite.

Uma aranha se pendurava no canto do teto do banheiro, com as patas mexendo no ar como se prendesse uma conta invisível no tórax. O pensamento do rastejar da aranha sobre seu corpo nu fez Ida querer esmagá-la na parede enquanto se despia e esperava a água encher a banheira. Nunca teve medo de aranhas e não planejava começar a ter agora. Pensava apenas na agilidade dessas criaturas, enquanto seus pés eram como âncoras. *A Ágil Ida*, era assim que Carl costumava chamá-la nos mergulhos.

Provavelmente ela só estava com inveja daquelas oito pernas.

Verificou a temperatura da água e entrou. O vapor estava à sua volta enquanto ela esfregava um perfumado sabonete na barriga. Seus pés de vidro sob a água com sabão eram apenas borrões. A água sobre seus dedos parecia mais quente do que estava realmente, parecia chiar como uma piscina vulcânica. Pensou nos gêiseres cujos borrifos a cobriram quando ela caminhava pela Islândia. Quando tirou os pés da água, com gotas escorrendo, eles pertenciam a uma paisagem de rochas recém-nascidas e minerais pesados. Não aqui, no final de suas pernas.

Ela levantou mais as pernas para fora da banheira. A pele estava terrivelmente pálida e suas panturrilhas já estavam de um branco incisivo. Quando Carl a ajudou a entrar em Enghem Stead ela bateu com a perna numa porta. Não gritou, apenas soltou um gemido, que Carl não percebeu, e buscou Midas como conforto (ele olhava para seus próprios cadarços). Foi apenas uma batidinha, mas agora em seu joelho havia uma marca. Não estava roxa, apenas cinza-azulada. Ela tocou o ponto e era duro como uma concha.

A aranha esticou três pernas simultaneamente. Relaxada.

Idiota, Midas idiota.

A banheira estava quente demais. Ela abriu a torneira da água fria. A banheira esfriou. Agora estava fria demais. Ela xingou e lentamente se puxou para fora dali, para que pudesse sentar na lateral, de repente determinada a permanecer o mais suja possível. Suor e pele morta eram tudo o que a mantinha, tudo o que lhe dava a certeza de ainda habitar um corpo. Ela curtia a tensão de sua pele fria e dos pelos se arrepiando em seus braços. Gotas escorriam por suas coxas e exploravam seus joelhos. Era o máximo que podia sentir das pernas. A pele nas panturrilhas já estava com aquele branco turvo do primeiro estágio da transformação. Era engraçado que tivesse se tornado grata por aqueles arrepios e coceiras, por queimaduras e arranhões. Ela queria tudo isso. Ela queria dor nas costas e artrite, queria ficar surda e louca se isso significasse que podia estar viva pelos anos necessários para chegar a essas coisas.

Secou-se rapidamente e tocou a água com seus pés de vidro. Sentia saudades de Midas, mesmo com ele provavelmente perto, agonizando pelo beijo fracassado. Ele era um idiota, complicando sua vida assim. Ela agarrou as muletas e usou-as para se levar ao quarto, onde vestiu a camisola.

As muletas brilhavam na luz fraca.

Desligou a luz e foi para a cama. O escuro era uma coisa boa: no escuro não dava para dizer do que eram feitos seus pés.

Ela só podia sentir a ausência.

Pensou nos lábios de Midas se aproximando, depois se afastando. Pensou de repente no que havia depositado nele. Se subitamente ela ficasse imóvel, metade garota, metade ornamento, então logo não poderia haver sexo, talvez nem paixão. Entrou em pânico por tê-lo escolhido sem consciência para ser o último romance de sua vida. E por ele ser tão lento para confiar nela. Queria conhecê-lo melhor e entendê-lo, sim, mas, dormindo ali, sozinha numa cama estranha, ela queria um corpo quente a seu lado e algum reconhecimento de que ainda estava viva. Ele poderia dar-lhe isso?

Com seus pensamentos transformados em semissonhos, ela traduziu os ruídos da noite dessa casa e do aquecedor no zumbido do gado de asas de borboleta.

27

Os campos e morros resplandeciam em branco. A luz brilhava nas janelas da casa de Emiliana, tingindo as bochechas de Midas e acordando-o como uma namorada.

O pesado edredom deslizou por seu peito enquanto ele se sentava e esfregava as têmporas. Ainda vestido com as roupas da noite anterior, sentiu-se indolente e desconfortável. Sua lembrança final da noite era de vagar pelo terreno, apertando fortemente o corrimão, intoxicado pela vergonha como se fosse vinho. Ele gemeu constrangido, esfregou o queixo em que a barba crescia e se levantou. Seu quarto dava para os regatos negros evacuados pela maré. Uma concertina de estalactites de gelo se formara sobre a janela.

Ele se arrastou para fora do quarto até o corredor com uma janela que dava para a frente e mostrava a terra. Dirigindo para lá na noite anterior, ele se fixara demais na estrada para absorver as mudanças da paisagem. A leste e a oeste havia campos cobertos de neve e, bem à frente, uma faixa de bosque que pertencia à casa. Isso era estranho, porque ele não conseguia se lembrar de árvore nenhuma na parte final da viagem. Era como se os bosques houvessem se aproximado de Enghem Stead sob a cobertura da noite.

Um copo d'água e um alongamento depois, ele estava se dirigindo para a neve, ajustando a câmera. Leves nuvens se juntavam furtivamente, forçando-o a aproveitar o máximo da luz antes que elas a roubassem. Seguiu seu caminho até o bosque, onde espinhos cutucavam troncos e galhos emaranhados. Um corvo bicava e caminhava em seu poleiro.

Ele não tinha encontrado ninguém ao deixar a casa, mas ouviu Emiliana conversando no telefone, na cozinha, e passou de mansinho pela porta fechada. Não perderia essa luz e achava que os outros não entenderiam. Melhor que pensassem que ele estava deitado.

Virou no lugar errado para sair de Enghem Stead e, fazendo isso, acabou num quarto vazio, exceto por uma lareira cheia de cinzas, uma poltrona e uma mesinha de centro, na qual uma edição amarrotada do jornal de economia estava jogada. Então, virando-se, deu de cara com Hector Stallows. Era uma pintura de quatro metros de altura na parede. Hector Stallows, pintado usando um terno e uma expressão austera, com barba negra e bochechas esburacadas. A pintura fora feita com pinceladas econômicas e datava de quase uma década atrás, mas era fácil imaginar o que o tempo havia feito ao retratado. Hector teria linhas de expressão mais acentuadas e nobres *flashes* grisalhos nos cabelos. Por contraste, a leve tinta na parede em que o retrato estava pendurado havia descascado e as rachaduras se espalharam. Assim o quadro parecia pendurado numa árvore.

Agora, pisando na neve até o bosque, Midas procurava esquecer sua vergonha. "Ida tentou me beijar", disse alto, para melhor entender. E ele não a tinha beijado de volta. Entre as árvores, esperava que pudesse forçar tanto ela quanto sua vergonha para o fundo da mente com a distração das futuras fotografias.

Uma folha branca estava presa entre ramos verdes. Era uma composição delicada e ele se aproximou para tirar uma foto. Saltou quando a folha voou para outro galho, então percebeu que era um pássaro do tamanho de uma cambaxirra e com plumagem branca. Aproximou-se com a câmera pronta, mas um galho estalou sob seu sapato. O pássaro voou, pipilando e tocando outro galho. Ele esperou seus nervos se acalmarem e lentamente subiu numa árvore para pegar um ângulo melhor. Ignorando galhos que o arranhavam, subiu na forquilha de um tronco e se apertou entre os ramos, sentindo a casca da árvore fria e úmida de neve.

O pássaro olhou nervoso para um lado e para outro. Midas olhou ao redor procurando o que fazia o pássaro temer. Havia apenas infinitos troncos cinza. Passou a língua nos lábios e preparou a foto, apoiando a câmera na árvore. Outro galho estalou. A neve caiu da vegetação.

Isso daria uma bela foto, as penas do pássaro imaculadas contra o tronco terroso. Avaliou a composição, aproximou um pouco em *zoom* e havia acabado de tirar a foto quando viu, segmentado pelos retículos da câmera, que o pássaro tinha olhos brancos.

Algo bateu em seu ombro.

Midas caiu da árvore com um grito e se arrastou aterrorizado na neve, agarrando a câmera de maneira protetora ao peito.

Um homem alto e desgrenhado, com barba mal aparada, inclinou-se sobre ele apoiado numa bengala feita de marfim de baleia polido. Usava um terno grafite amarrotado com manchas secas de lama nos joelhos. Folhas se prendiam em suas dobras e fendas, como se ele tivesse dormido debaixo de uma pilha de adubo. Seu cabelo ficava de pé em tufos, como chifres imaturos, e seu rosto era enrugado e tão marcado quanto as roupas.

O homem ergueu a bengala como saudação e falou numa voz grave: "O que você está fazendo em Enghem?".

Midas levantou-se e olhou de volta para o pássaro branco. Havia desaparecido. "Eu... Eu sou... Midas Crook."

"Perguntei o quê, rapaz, não quem."

Midas se recompôs o suficiente para sentir o frio, o molhado e o ferimento de sua queda. "Hum....", disse. "Fotografando."

O homem ergueu a bengala da direção de Midas e bateu a ponta na câmera. "Bela coisinha você tem aqui."

Midas agarrou-se à câmera cauteloso.

O homem estendeu a mão. "Sou Hector Stallows."

Midas pensou ter entendido errado, embora o homem falasse com dicção perfeita. Ele se lembrava da pintura a óleo em Enghem Stead e não conseguia visualizar nesse estranho esfarrapado o homem de negócios que ela retratava. "Desculpe, como disse que era seu nome?"

Hector ignorou a pergunta. "Eu mesmo era um belo fotógrafo. Mas deixei de lado. Achei que passaria minha aposentadoria em Enghem fotografando isso e aquilo, mas me tornei desconfiado de câmeras. Câmeras digitais em particular. São as coisas mais robóticas e fúteis. Um olho mecânico com memória mecânica. Me lembrava de... erros na forma como eu via o mundo."

Midas, confuso, engoliu o nó em sua garganta. Acima deles, um corvo grasnou e saltou de galho em galho, balançando a cauda.

"Sinto muito", disse Hector, "minha mente vaga de pensamento em pensamento e eu me precipito. Não, explico. Os médicos dizem que há algo errado comigo, mas parece que minha mente está mais certa do que foi em meus anos de empresário."

Ele balançou a cabeça solenemente e olhou por trás do ombro. "Perdoe-me, senhor Crook. Não tenho desculpas para minha divagação."

Midas olhou sobre o ombro. O bico do corvo permanecia aberto, com um triângulo rosa faminto dentro. "O senhor parece bem controlado para mim, senhor Stallows."

"Bondade sua."

"Então... é, hum, um belo dia para passear."

Hector se inclinou mais perto de Midas. "Há uma criatura que pretendo caçar."

"Uma criatura?"

"Dizem que transforma tudo o que olha em puro branco."

Midas engoliu. Lembrou-se do pequeno pássaro branco que pegou com sua câmera.

Hector balançou a bengala no ar. "Você, como fotógrafo, pode imaginar o mundo que esse bicho deixa para trás? Tudo é monocromático. Apenas a força da luz pode distinguir uma coisa da outra."

Ele imaginou isso por um momento, reverentemente. "Vi um pássaro! Com olhos brancos." Para provar, levantou a câmera e mostrou a foto.

Os olhos de Hector esbugalharam. "Então a criatura está perto!" Aproximou-se da câmera e as folhas nas dobras de seu terno estalavam conforme se movia. "Ele tem uma toca", cochichou, "em algum lugar aqui em Enghem."

Midas de repente ficou ciente da altura de Hector. Ele parecia alto como uma árvore. "E o que, hum, o senhor vai fazer se o encontrar?"

"*Cegá-lo.*"

Midas não pôde evitar perder o fôlego.

"Acha que é crueldade, claro que acha. Mas você é jovem e é um fotógrafo. Quando ouvi as primeiras histórias da criatura, eu ainda era um homem das câmeras. Eu queria aprisioná-la para que fizesse para mim um jardim em preto e branco. Eu me via passeando nos bosques brancos, estalando a grama branca sob meus pés. Sei como é viver e respirar nas fotos monocromáticas que um fotógrafo ama tanto. Mas essas fantasias aconteceram há muito tempo, quando eu era jovem. Eu estava apenas começando uma longa carreira, na qual tive um enorme sucesso pelos padrões de qualquer um. Na época, achava que uma pessoa atinge sucesso por meio de ganhos consecutivos. Você pode trabalhar seu progresso. Por muitos anos, mantive essa crença. Mas então, um dia, aprendi que um único olhar pode mudar tudo. E desde então vi isso infinitas vezes. Lutei para entender e falhei. Por exemplo, foi necessário apenas o olhar de um outro homem para minha mulher perder o amor por mim. Me espanta que um simples alinhamento dos olhos possa causar tanta devastação. Aprendi isso da forma mais dura e, quando aprendi isso, a existência dessa criatura, desse demônio que pode transformar tudo em branco com um olhar, se tornou uma coisa maligna em si."

Midas achou que era injusto culpar um único animal por tudo isso. "Sem dúvida você conheceu minha esposa", continuou Hector, esfregando a ponta de sua bengala num tronco. "Ninguém visita Enghem, a não ser que ela convide."

"Sim. Ela é bem, hum..."

"O quê? O que achou dela?"

O tom de Hector era imperativo, mas Midas não podia saber que tipo de resposta ele esperava. Tinha a impressão de que Hector ao mesmo tempo amava e odiava Emiliana, em quantidades iguais. "Ela é bem", gaguejou, "encantadora."

"Sim. Ela é encantadora. Sinto falta dos encantos dela. Não pense que coloco contra ela o fato de que tenha desviado seus encantos para longe de mim. Estudar essa criatura me ensinou. Há uma astrologia dos olhos trabalhando neste mundo. Olhares podem se alinhar como planetas e, nesse momento, o eclipse resultante sombreia os nossos. A culpa é *disso*..."

Midas observou alarmado enquanto Hector apontava a bengala de maneira acusatória para as cercanias, mas então ele parou.

"Sabe o que é perder alguém, Midas?"

"Sim."

"Alguém que você amava?"

"Não."

"Já se apaixonou alguma vez?"

"Ahn..."

Os olhos de Hector se estreitaram. Ele sorriu faminto. "Está apaixonado neste exato momento! Está na sua cara."

Midas abaixou o olhar.

"Você está apaixonado", Hector disse, e sua voz parecia mais profunda e mais cruel. "Deve levá-la para longe de Enghem. Para longe de St. Hauda's Land. Há algo na terra deste lugar."

Como para provar isso, enfiou a bengala no solo e tirou um punhado de terra. Tudo o que havia embaixo era mais terra úmida e uma minhoca se contorcendo para escapar da luz repentina.

"Acho...", disse Midas lentamente, "que devo estar."

"Deve estar o quê?"

Midas limpou a garganta. "Apaixonado."

Hector abriu bem os braços. "Então se certifique de sempre agir de acordo com isso."

Então, ele deu um tipo de aceno, virou-se e seguiu andando. Midas foi deixado sozinho para encontrar o caminho de volta, com o risco de perder-se em diferentes direções. Era impressionante a extensão do bosque, embora parecesse haver poucas árvores quando se olhava da casa. Ele queria ter um novelo de lã, como em uma das histórias semilembradas que seu pai lhe contava.

As plantas cresciam em diferentes alturas no chão irregular e a semitrilha que ele seguia ondulava entre elas. Galhos pesados estalavam como mastros. Raízes cresciam estendidas como braços de mendigos.

Ficou grato quando viu uma abertura nas árvores, e achou que a casa estava à frente. Estava quase na porta quando ouviu seu nome.

Carl Maulsen fumava um cigarro nos degraus do deque. Ele acenou para Midas. "O que estava fazendo no bosque?"

"Caminhando."

Carl assentiu. "Não sabíamos o que tinha acontecido com você."

"A luz estava boa demais para ficar na cama."

Carl estreitou os olhos e tragou o cigarro. "Não devia ter saído assim, você sumiu por horas. Começamos o tratamento com você longe, mesmo com Ida dizendo que queria você aqui."

Midas chutou um ladrilho. Não percebera que tinha sumido por tanto tempo. Se fosse encontrar Ida agora, teria de explicar seu desaparecimento, além do beijo fracassado.

"Desculpe", disse.

"Não se desculpe para *mim*." Ele apagou o cigarro numa das madeiras da casa.

De repente, algo disparou atrás da casa. Midas olhou alarmado uma lebre correr pela grama e sumir no bosque.

"Você se impressiona fácil, Midas."

"Foi só um susto." Ele colocou as mãos nos bolsos. "Está congelando aqui fora. Vou me esquentar lá dentro."

Carl passou-lhe seu maço de cigarros. "Servido?"

Midas balançou a cabeça.

"Não seja mariquinhas. Não terminamos de falar."

Ele ofereceu o cigarro novamente e Midas pegou um com os dedos azulados. Segurou-o desajeitado, tentando se lembrar da última vez que fumou. Provavelmente quando criança, quando os valentões do playground disseram que ele seria mariquinhas se recusasse. Colocou-o nos lábios. Carl pegou um fósforo do bolso, acendeu e estendeu-o ao cigarro de Midas. Midas recuou com a proximidade da chama e da mão.

Carl habilmente tirou um cigarro do maço e o acendeu antes de se apagar o fósforo. "Quero te perguntar algo. É sobre seu pai."

A fumaça do cigarro congelou nas amídalas de Midas. "O que tem ele?"

"Quero ver se consigo trazer de volta a sua memória. O seu trabalho. O que acha disso?"

"Quer dizer o que penso disso agora, ou o que eu pensava disso? Quando eu era bem pequeno, naturalmente eu achava que ele era um gênio. Meu pai era o acadêmico mais sábio do mundo. Mas agora..."

"Entendo que estou sendo impertinente, mas os pensamentos de seu pai sempre tiveram uma influência sobre mim." Ele bateu as cinzas do cigarro. "Eu os credito, na verdade, como responsáveis pelo nascimento da minha própria carreira acadêmica. Mas seu pai podia ser... difícil."

Midas engoliu em seco. "Bem. É fácil dar a ideia de eloquência quando tudo o que você tem a fazer é escrever."

"Não o estou criticando." Ele tragou. "Falo desse assunto porque esse tipo de dificuldade é a última coisa de que Ida precisa."

"Não estou entendendo."

"Ele tinha o melhor cérebro acadêmico que conheci. Podia dissecar um pensamento como um legista dissecando um corpo. Não estou dizendo que ele ficava em falta como pessoa. Mas nunca vi um toque de romance nele. Na verdade, mesmo os seus estudos, aos quais ele era tão dedicado, não pareciam empolgá-lo ou inspirá-lo. Não sei o que o fazia seguir em frente, na verdade."

"Ele não seguiu em frente, seguiu?"

Carl levantou a mão. "Claro. Que seja. Posso ver que isso é muito duro para você."

"Sim", disse Midas. "É, sim."

Carl se remexeu. "Uma vez ele disse que as personalidades de uma pessoa durante a vida são como roupas usadas durante um dia, colocadas para preservar a dignidade ou proteger do clima. Ele disse que era possível desvendar uma pessoa dessa forma. Imagine, se quiser, o homem que colocou seu sobretudo, luvas, chapéu e cachecol para enfrentar uma nevasca. Sua mente e seu corpo estão em sintonia com a tarefa à frente – que é sair na neve. Então, se ele não ouvir através de seus protetores de orelha uma voz sussurrando-lhe para não ir, ou se sentir um leve puxão nas roupas que vestiu, ele não pode ser culpado. Ele só fez uma adaptação à custa de outra."

"Olhe, não entendo nada desse troço do meu pai", disse Midas. Seus dentes começaram a bater.

Carl se esticou e bateu de forma jocosa em seu ombro. "Escute, sobre Ida... Ela precisa se focar em melhorar agora, é tudo o que estou dizendo. Em nada mais, o.k.? Não se sinta mal em decepcioná-la como você fez nesta manhã, só se certifique de que ela não tenha de lidar com os seus problemas além dos dela."

Midas se sentiu como se tivesse engolido uma jarra de gelo. Com os punhos fechados nos bolsos, disse a Carl, da melhor maneira que conseguiu, que ia entrar.

28

Midas precisaria descarregar a foto em seu computador para dar um *zoom* no olho do pássaro com detalhe perfeito, mas se sentou no canto da sua cama na casa dos Stallows e já sabia que não tinha se enganado. O olho e a pestana eram brancos como a neve lá fora. Isso o fazia pensar no seu encontro com Hector, que pareceu estranho, como um sonho. E a coisa mais estranha de todas era o que Hector o fizera dizer. *Posso estar apaixonado*.

Ele se levantou para olhar pela janela. Queria fugir da casa de novo. No almoço com Carl e Emiliana, comendo peixe branco fresco tirado da angra, Ida nem olhou para ele e ele não conseguiu dizer uma palavra para ninguém. Ela parecia cansada dos emplastros que Carl e Emiliana haviam passado a manhã aplicando. Quando veio para a mesa, foi ainda mais lenta do que o normal, como se a muleta que ele lhe comprara e a antiga, juntas, não fossem páreo para seu corpo. Depois Emiliana desapareceu e Carl puxou Ida para um canto para falar-lhe num tom sério. Midas havia tomado banho, pensando no braço de seu pai coberto de espuma da pia de lavar pratos.

Agora no quarto de hóspedes, com suas paredes e lençóis brancos, ele tentava se lembrar de que Ida o convidara. Como apoio moral. Mas também com outra finalidade? Os lábios dela tinham se aproximado dos dele, deliciados demais para se encontrarem. Ela pensaria que ele a havia rejeitado, e agora ele queria uma segunda chance, para receber esses lábios e pegar a cintura dela. Ele podia fantasiar isso, mas não estava certo de que podia colocá-lo em prática.

Escutou uma leve batida na porta do quarto. Virou-se, arrumando o cabelo, imediatamente aterrorizado pela possibilidade de que Ida entrasse lá para confrontá-lo. Se ela tivesse vindo para dizer-lhe que ele estragara tudo e deveria seguir para casa, bem... De repente, percebeu que queria adiar aquele momento o máximo que pudesse. Manteve-se em silêncio, sem ousar fazer outro movimento, esperando que ela pensasse que ele não estava.

Depois de uma segunda batida, a porta se abriu. Era Emiliana.

"Oh", ela disse. "Sinto muito. Você não respondeu e achei que não estivesse. Posso entrar?"

"Hum, claro. Sim." Abaixou a cabeça. Então o veredicto de Ida não seria entregue pessoalmente. Era a casa de Emiliana, então fazia sentido que ela dissesse para ele ir embora. Ela fechou a porta do quarto atrás de si.

"Eu lhe trouxe isto." Ela estendeu uma bolsinha de couro gasto coberta de bolsos e botões. Ele pegou-a, adivinhando o conteúdo instantaneamente pelo peso.

"Hum...", disse.

"É pra você."

"O-obrigado."

Emiliana sentou-se lentamente na cama, alisando a saia sobre as coxas.

"Abra então."

Ele abriu o zíper do compartimento principal e tirou a câmera. Era um tipo antigo de câmera SLR que teria custado milhares de libras na sua época. A sacola chacoalhava com lentes e acessórios. A alça da câmera era feita de couro de cobra gasto.

"Era do Hector. A fotografia foi um *hobby* dele, há muito tempo. Ele não toca nessa câmera há anos. Nem vai tocar. Não se preocupe, era eu que cuidava dela, como tantas outras coisas que ele abandonou. Sou uma vassoura humana, arrumando as coisas em sua ausência. Levei-a para um especialista no continente, pensando que eu pudesse brincar com ela, mas não encontro tempo. E é um desperdício terrível deixá-la jogada por aí. Talvez você faça um melhor uso."

Um sorriso infantil se abriu no rosto dele. Ele se virou e brincou com o botão de abertura, usando o perfil de Emiliana e o escuro de seu cabelo como tema. Era fácil esquecer os prazeres das antigas câmeras: a confiança que se deve colocar no instinto em vez de na telinha. "Pare de me fotografar", ela disse, com uma leve irritação.

"Eu estava só... experimentando."

"Eu sei. É só que... ultimamente, não gosto que tirem fotos minhas."

Ele a colocou no pescoço para que ficasse pendurada lado a lado com a digital, a tampa das duas lentes roçando uma na outra.

"Então", disse Emiliana, "tem tempo para uma conversinha?"

Ele engoliu, repentinamente sentindo o peso de ambas as câmeras puxando seu pescoço. *Deus*, agora era o fim.

"Midas, por que não se senta comigo?"

Ele fez como ela dizia. O colchão estava macio quando ele se sentou ao lado dela. Podia sentir o cheiro de seu perfume, algo pesado e alcoólico que passou de seus pulmões para suas entranhas. Ele se perguntava o que a câmera que ela lhe dera teria produzido nos testes que acabara de fazer. Talvez tivesse registrado fielmente os pés de galinha que ela recobrira com sua maquiagem.

"É sobre Ida", ela disse.

"Você começou a curá-la."

"S-sim. Pode não ser tão fácil assim."

Ele balançou a cabeça, ficando cautelosamente otimista quanto a não ser mandado para fora da casa, e receoso de ouvir algo pior.

"Pode ser difícil."

"Por quê? Você curou Saffron Jeuck."

"Aquilo foi diferente." Ela suspirou. "Na minha juventude, é claro que eu estava em melhor forma do que hoje. Fui procurada várias vezes por olheiros que viam potencial em mim para ser modelo. Só estou lhe contando isso porque... Espero que você entenda quando ouvir tudo."

Continuou:

"Quando conheci o Carl, eu estava casada havia dois anos e já estava percebendo que, com Hector, tinha um marido bem diferente do que imaginara. Eu o amava, você precisa entender. E ainda amo. Mas era um amor nascido de grande conforto e não de..." Ela suspirou e jogou a cabeça para trás, com seu cabelo preto balançando. Ele sentiu o colchão se movendo sob eles. As câmeras bateram uma na outra em seu pescoço.

"Não havia sexo, colocando objetivamente. Porque Hector, apesar de ser um homem de paixões, é bem peculiar. Âmbar nas árvores. O quarto de quartzo. O aviário de pássaros mudos. Como disse, eu o amo, Midas, como se pode amar um irmão. Mas para uma jovem como eu era na época, que foi condenada por sua aparência e era faminta por... tirar o máximo proveito dela..." Ela olhou para Midas direto nos olhos. "Bem, eu precisava de mais que isso. Foi quando conheci Carl Maulsen. Nesses tempos, a ideia de uma relação aberta ainda era bem nova. As pessoas eram ingênuas em relação a isso, não haviam previsto as complicações emocionais."

Midas assentiu para aparentar que compreendia, mesmo que a conversa franca da vida sexual de Emiliana estivesse fazendo coçar suas mãos e suar suas costas. Pior, ele não fazia ideia de que ela e Carl tivessem um... envolvimento. O que mais ele havia sido muito ingênuo para perceber? Ele queria sair pela porta. Já se havia visualizado dez vezes arrebentando a janela e caindo no jardim de neve lá embaixo. Ao mesmo tempo, estava enraizado no lugar. Examinou sua topografia enquanto ela falava, as rugas em seu pescoço que o dividiam em três segmentos iguais. Os contornos de seu colo, sobre seu peito até os seios, a pele que fora firme e agora estava frouxa. O perfume dela caía pesado em seu estômago como uma lâmina de ferro.

"O que estou tentando dizer, Midas, é que, quando uma pessoa se sente aprisionada por suas circunstâncias, ela comete erros."

"Você... cometeu um erro com Carl?"

"Não. Sim. O erro não foi estar com Carl. Foi tentar prender o interesse dele por mim. O erro foi me fazer parecer... mais interessante do que realmente deveria. Entende o que estou dizendo?"

Sentaram-se lado a lado em silêncio, com os joelhos alinhados. Ele não podia ver o que isso tinha a ver com Ida, com os emplastros e com todo o resto. “Eu só”, ele disse, brincando com a câmera, “eu só não... Não. Hum... desculpe.”

Emiliana estava corada. Respirou profundamente. “Fui muito tola com a minha vida, simplesmente porque nunca corri riscos. Penso nisso todos os dias. E fui muito ingênua. Porque sempre fui confortável, física e circunstancialmente, entende?”

Para ser educado, ele evitou sacudir a cabeça.

“Eu me pergunto se sou transparente, às vezes me sinto... vazia e sem substância.”

Ela parou, estudando a expressão dele. Midas tentou assumir um ar de compaixão e sabedoria.

Emiliana suspirou e empurrou os cabelos para trás dos ombros. “Deixe-me colocar de outra forma. Eu me sinto como uma fotografia semiexposta. Posso ver o que retrata, mas não tem profundidade alguma.”

Isso ele entendeu.

“Não tenho substância. Lutei por substância. E, certa vez, Carl apareceu e apenas um olhar dele bastou para eu me sentir como a última luz de exposição de que a fotografia precisava. Parece patético contar agora, mas preencheu os detalhes, criou novas profundidades que eu não sabia que existiam. Por isso, senti que devia tudo a ele e que *decepcioná-lo* colocaria em risco tudo o que eu era. Ainda acho muito difícil decepcionar Carl. Então... você está se perguntando como isso se relaciona com a pobre Ida e os emplastros e por aí vai.”

Midas estava prestes a dizer “sim” quando a porta abriu e Carl entrou. “Bom dia”, ele disse e esperou, como se a presença deles ali devesse ter uma explicação.

“Estávamos apenas conversando”, respondeu Emiliana, “e Midas estava me fotografando com a sua nova câmera.”

29

Ida estava sentada sozinha ao lado da lareira na sala de Emiliana, afundada numa poltrona com um livro no colo, chamas estalando atrás dela. As partes de suas pernas que ainda eram pele e osso abaixo dos joelhos – as panturrilhas e canelas e os tendões dos tornozelos que ainda não eram vidro – estavam todas anestesiadas agora, assim como o vidro. Acima de seus joelhos, onde a pele não estava paralisada mas o veneno havia tocado, ela sentia uma dor como se queimasse. Ela reuniu coragem para espiar novamente a pele inflamada. A parte traseira das coxas parecia carne à venda em um açougue. Seus joelhos estavam inchados, como os de um elefante. E pensar que havia *melhorado* desde o tratamento daquela manhã, quando levantou a saia e viu Emiliana amarrar com cordas firmes os emplastros de matéria de água-viva aquecida! A dor foi feroz e instantânea, como uma agulha em cada célula de pele. Seus olhos lacrimejaram tão depressa que num minuto secaram e, ao piscar, pareciam estar descascando. Ela os abriu e desejou que Midas estivesse ali para poder apertar-lhe a mão durante a dor. Aquele fora o plano na noite anterior. A tentativa do beijo teria aberto espaço para isso.

As estampas nas paredes entravam e saíam de foco com a luz bruxuleante da lareira. A porta rangeu ao se abrir.

Ela pegou seu livro de novo, e viu Midas entrando. Ele entrou na ponta dos pés e sentou-se numa almofada de frente para ela.

"É um bom momento para conversar?"

Ida ficou em silêncio. Com o canto do olho, viu-o passando a língua nos lábios. Ele queria dar todo tipo de desculpas por seu espanto fora de hora quando ela tentou beijá-lo. Toda aquela besteira sobre uma fobia de toque herdada.

"Então, hum...", ele conseguiu dizer, "o que está lendo?"

Ela abaixou o livro aberto no colo e deu uma risadinha. "Não sei. Só peguei no momento que você chegou para lhe dar um gelo."

"Ah. Hum."

"Então o que somos, Midas? Amigos próximos? Aspirantes a namorados? Esse tipo de conversa deixa você assustado, não deixa?" Ela fechou o livro. "Mas perceba, Midas, e não quero ser cruel. Você tem mais tempo que eu para lidar com suas inseguranças. Eu preciso saber onde ficamos."

O fogo estalou. Ela receou ter falado demais, derrotado as gotas de palavras dele com um rio das suas. Continuou. "Não pode apenas... me escrever um bilhete ou algo assim? Ou... dizer de coração."

A mandíbula dele travou enquanto tentava dizer alguma coisa.

"Pare de pensar tanto no que vai dizer. Desembuche logo."

"D-desculpe."

Ela bateu no braço da poltrona. "Está desculpado, Midas, diabos! Isso não importa. E quanto a nós?"

"Eu não ia... Eu queria..." Ele estava quase curvado. Ela notou a segunda câmera em seu pescoço, como se forçasse sua postura.

"Onde arrumou essa câmera?"

"Emi-Emiliana. Estava tirando uma foto dela."

Ela sentiu uma viscosidade repentina na garganta, uma ostra engolida errado, caindo em seu estômago e nos intestinos, se tornando uma ausência anestesiante sob seus joelhos. Ele apenas se sentava lá com um ar de preocupação. Havia dito antes que queria tirar a foto dela e ela evitara o assunto porque não queria que ele a fotografasse. Odiava o que as fotos faziam com ela naqueles dias e odiava a ideia de ser registrada numa dessas. Mesmo assim, ficou lisonjeada de ele *querer* tirar uma foto. Ela "lera" aquilo como um sinal de que ele estava interessado nela. Idiota. Era uma idiota.

Afastou o olhar dele. Claro que Midas nunca havia prometido se abster de fotografar alguém até que essa pessoa estivesse pronta e, sim, ela estava sendo irracional, mas estava tão exausta e suas pernas estavam tão feridas...

"I-Ida?"

"Porra, Midas. Se não vai acontecer nada entre a gente, por que você está aqui afinal?"

Ele se levantou. Curvado, de forma subserviente, saiu do quarto.

"Midas! Volte aqui!" Mas ele não voltou. Ela se levantou e tentou correr atrás dele, mas o tapete grosso se enroscou numa muleta e ela tropeçou. Suas mãos avançaram para a frente (havia ensaiado essa queda centenas de vezes em seus pesadelos). Fechou o rosto e teve tempo de se lembrar de paraquedas e *bungee jumps* (tinha de acertar o chão com qualquer coisa, menos os pés). O impacto em seu rosto foi silenciado pelo tapete, mas sentiu cada centímetro do chão duro acertando-a. Seu pescoço virou com um estalo. As omoplatas e vértebras estremeceram. Ela abaixou as pernas lentamente e apertou o rosto no tapete, tentando esconder a dor no cheiro da trama e na suavidade das franjas. Seu corpo permaneceu intacto.

Deitada, parada sobre o tapete, esperando que Midas voltasse, ela se perguntou como seria ficar sobre ele. Queria saber se o cabelo dele era macio como o tapete. Se, quando fizessem amor, as batidas do coração dele seriam frenéticas como as de um animalzinho e se sua pele seria escorregadia como a de um peixe. Eram pensamentos implausíveis, o suficiente para distraí-la do pressentimento de que ele não voltaria para ajudá-la a se levantar.

Garotos e suas fugas... não faziam sentido para ela. Midas trabalhando dedicadamente em seu isolamento emocional. Henry distante e não comprometido. Carl em algum lugar da casa, prometendo remédios e proteção. A lareira soltava fumaça. Ela poderia pôr o pé naquele fogo e não se machucar, mas não poderia dar um único pulinho... Naquela manhã, a primeira coisa que fizera ao acordar foi examinar o ferimento no joelho. Havia se transformado de cinza em transparente, como uma pequena piscina de água limpa na geografia branca de sua perna.

Ela estava sendo desligada, paralisada, avenidas físicas isoladas. Graças a Deus, ela pensava, havia feito o que devia fazer quando devia fazer. Havia caminhado no Ganges, sentido a neve macia encher sua boca nos Alpes, respirado profundamente para pegar todo o oxigênio possível do alto das montanhas. Nadado. Ela havia nadado.

Queria explorar pacientemente a cautela de Midas, ganhar centímetro a centímetro suas emoções, mas não tinha esse tempo todo. Poderia ter de esperar para sempre pela volta dele. Poderia ter de esperar para sempre por sua afeição vacilante.

E seus pés... essas frágeis algemas que arrastava. Podia sentir seu vazio. Se tentasse comprimir os dedos em fúria... nada aconteceria. Seu sistema nervoso se desligava em algum ponto abaixo das canelas. Olhou de volta para as botas, esticou-se sobre o tapete. As velhas botas de policial de seu pai. Ela se lembrava de seus próprios sapatos, belos sapatos de dança e botas de escalada sujas de lama. Ela os havia deixado no continente, embalados arrumadinhos em papel de seda nas caixas.

Estava aceitando isso agora: que algumas coisas ficariam para trás. A vida agora seria uma aventura da mente, e talvez de alguma parte de seu corpo ainda não afetada, algo interior.

A porta rangeu lentamente.

Ela se esticou para olhá-la involuntariamente. “Midas, graças a Deus você voltou... Oh.”

“Diabos, Ida, o que aconteceu?!”

Carl correu pelo carpete. Ela estremeceu em seus braços grossos deslizados sob suas axilas, que a fizeram sentar-se lentamente. Ele se abaixou ao lado dela, fez a cabeça dela descansar em seu peito. Ela ouviu a batida do coração dele acelerando sob a camisa.

“Está tudo bem”, ela disse secamente, tentando afastá-lo.

Ele não a soltou nem disse nada. Seu abraço se apertou quase imperceptivelmente. O calor de suas mãos queimava através da blusa dela.

Ida o empurrou com mais força. Carl a soltou, endireitou-se e afastou-se, respirando profundamente.

“Estou bem”, ela disse, esforçando-se para voltar à poltrona.

Ele assentiu sem olhar para ela.

"Na verdade, eu gostaria de ficar sozinha. Desculpe, Carl."

Ele assentiu e seguiu para fora do quarto. Na porta, parou. "Para onde Midas foi?"

"O quê?"

"Acabei de vê-lo fazendo as malas. Ele pegou o carro."

Ela segurou a cabeça nas mãos. Foi necessário todo o esforço do mundo para falar sem volume. "Como eu disse, quero ficar sozinha."

Ele assentiu, saiu e fechou a porta suavemente.

30

O ar estava repleto de flocos de neve, descendo lentamente como sedimentos do oceano. A neve voava pelas estradas de St. Hauda's Land e se amontoava nos arbustos. Um pássaro com grandes asas planava em correntes de ar como uma arraia. Midas não tinha pressa para chegar em casa (ele antevia que sua casa o faria lembrar de Ida), então dirigiu de volta pela rota mais bonita.

Parou num mirante, que dava para vales baixos cortados por muros de pedra. Por ali corria um riacho e, passado um tempo, tirou os sapatos e meias e afundou os dedos na corrente fria. Algo o picou e ele tirou o pé do córrego. Uma pequena sanguessuga pendurava-se em seu dedão, sugando-o. Ele tinha um isqueiro no carro, então se sentou no capô enquanto queimava o bicho. A sanguessuga se enrolou com um cheiro terrível. Ele segurou seu corpo queimado na mão e ia tirar uma foto, mas, no momento em que tocou na câmera, sentiu um enjoo. Uma náusea repentina se apoderou dele e ele tirou a bolsa do ombro e trancou a câmera no porta-malas. Então ficou parado num arbusto, as mãos no joelho, com vontade de vomitar. Nada aconteceu. Dirigiu para casa ouvindo o noticiário do trânsito e músicas bregas de amor dos anos setenta. O aquecedor zumbia enquanto uma neve suave caía. Flocos prendiam-se ao para-brisa e aí murchavam como estrelas-do-mar mortas.

Chegando, ao anoitecer, sentou-se à mesa com café numa mão e uma taça de vinho na outra. Passara meia hora perplexo numa loja de bebidas tentando entender a diferença entre todas as garrafas. O gosto era terrível, como ele se lembrava, mas bebeu mesmo assim. No rádio, um famoso ator lia uma adaptação de *O Mágico de Oz*.

O Leão estava bebendo sua coragem, o Homem de Lata tinha seu coração e a cabeça do Espantalho estava recheada com o que ele achava ser um cérebro.

Midas agarrou o rádio e o jogou no chão. Ficou lá, com a sintonia perdida, a voz do ator se enrolando num gargarejo estrangeiro.

Ele sabia que se envolver com uma pessoa não daria certo. Disse isso para si quando conheceu Ida, repetiu-o como um mantra quando acordou de noite pensando nela. Ele era incapaz de interação social. E o que ele tinha? Seus olhos caíram sobre a câmera, que provavelmente tirara do saco sem perceber, porque ela estava sobre a mesa, presunçosa, a capa da lente pendurada. Ele se imaginou morrendo e sendo aberto e todos os seus ossos e músculos e artérias e capilares levando à cavidade de seu peito, no qual, em vez de um coração, estava a sua câmera.

Pegou-a pela alça e a arremessou para junto do rádio. Acertou a geladeira e caiu nos azulejos da cozinha. Ele virou o vinho, abaixou a taça e a cabeça sobre a mesa. Era um vinho forte: os anéis de café na mesa dançavam em seus olhos. Midas conseguiu recuperar o foco, mas, quando levantou o olhar, era como estar num gira-gira, com as paredes rodando em volta. Todas as fotos que havia grudado ali, com as oleosas marcas de dedos do passado, memórias em preto e branco. Grunhiu e fechou os olhos, mas as lembranças permaneceram. Seu pai esmagando as carapaças das libélulas nos punhos, sua mãe chorando com um buquê de rosas picadas no colo, um cardume de águas-vivas flutuando no mar a seu redor, Ida entrando na floricultura com o cabelo molhado preso à cabeça.

★

Alguém estava batendo à porta da frente e a campainha não parava de tocar. Midas piscou forte e ficou de pé. Estava na porta, entre a cozinha e o corredor. A campainha e as batidas continuavam. Olhou de volta para a garrafa de vinho na mesa da cozinha. Toc-toc-toc. Segurando a cabeça, arrastou-se até a porta. Uma luz ofuscante apareceu no corredor. Demorou um momento para ele se ajustar.

"Surpresa, Midas. Noite pesada?"

"Olá."

"Está com a namorada aí?"

Ele balançou a cabeça. Ao lado de seu pai, Denver, com um cachecol enrolado até o nariz, estudava Midas. Ela puxara a manga sobre os dedos para segurar um galho espinhoso de azevinho. Uma pequena papoula-do-ártico enfeitava seu cabelo.

"Ah", disse Gustav espiando dentro, "entendo. O que aconteceu? E o que aconteceu com você?" Deu um passo entrando. "Você está com um cheiro péssimo. Tem certeza de que está bem?"

"Eu... estraguei uma coisa. Tive um acidente. Entre. Está congelando aí fora."

Logo Midas se sentava segurando um saco de gelo na cabeça enquanto Gustav remexia o armário da cozinha e Denver se sentava em frente, olhando com um leve espanto.

Gustav fechou a porta da geladeira e pôs as mãos na cintura. "Não há nada verde em toda a sua casa. Não há fruta também. Você vive do quê?"

Midas apontou para a xícara vazia de café.

"Certo. Vou fazer o almoço. Levantar seu astral. Volto em dez minutos."

Denver se virou na cadeira. "Para onde está indo?"

"Comprar vegetais. Volto logo." Ele partiu, murmurando algo inaudível. Denver suspirou, esticou os braços sobre a mesa e pegou um dos dedos de Midas. Sua pele ainda estava fria lá de fora. Ele tentou se afastar, mas ela apertou. Às vezes era bom ser tocado por Denver. Ela passara tanto tempo com ele que, às vezes, Midas se esquecia de que ela era uma entidade separada. Ele se perguntou miseravelmente se algum dia alcançaria um estado assim com Ida.

Denver apertou mais forte.

"Ah. Ah, Den, ah..."

"Você estava apaixonado por ela?"

Ele negou.

"Não acredito em você."

Ele puxou a mão novamente. Ela apertou forte o dedo e o torceu.

"Ai."

"Ela foi horrível com você? Odeio ela se ela foi horrível."

Ele engoliu. "Na verdade, acho que eu é que fui horrível com ela."

"Você disse algo horrível sobre os pés dela?"

"Não." Ele engoliu. "Denver, por que você..."

"Eu sei, lembra? Eu vi a foto que aquele homem horrível viu."

"Aquilo foi só... uma foto alterada."

"Não contei a ninguém."

"Obrigado."

Ela afrouxou o aperto. Ele não tirou a mão.

"Sua câmera está no chão."

"Fui eu que joguei."

"Por quê?"

"Fiquei bravo com ela."

Denver soltou-lhe a mão e por um segundo ele quis sentir a mão fria dela de novo. Ela levantou a câmera com as duas mãos e a colocou na mesa.

"Você não me mostra fotos novas há anos. Me mostre uma agora."

Ele balançou a cabeça. Ela começou a brincar com os botões digitais. Os dois se sentaram em silêncio enquanto ela explorava o banco de imagens.

"Nenhuma da Ida", ela disse.

Midas esfregou a testa. "Todas ficaram horríveis. Não consegui tirar direito."

"E as descartou porque não estavam bonitas o suficiente?"

"Exatamente."

"Acho que você estava *sim* apaixonado por ela."

"Amor... não é algo que você entende quando é adulto, Den. É como se fosse... a lembrança de alguma coisa que deveria ter sido. De histórias... e... Não sei se dá mesmo pra se apaixonar."

"Dá, sim", ela disse. "Você e algumas outras pessoas. Você é como eu. Você tem."

"Tem o quê?"

Ela deu de ombros. "Uma pegada. No fundo da sua mente. E aqui..." Ela tocou sua barriga. "Em algum ponto daqui."

Ele cruzou os braços no peito. Pensava que dificilmente teria uma pegada para algo.

Gustav chegou e jogou sacos no balcão da cozinha. "Alface, tomate, batata, presunto com mel. Vou te fazer uma salada e uma batata assada porque, bem... Diabos, Midas, olhe pra você."

Ele não contou nada a Gustav: aquilo seria demais. Só lhe contou o que seria suficiente para ele entender a situação do seu relacionamento com Ida: o beijo fracassado e a explicação abortada. Depois, sua fuga e o longo caminho de volta dirigindo. Denver desenhou durante esse relato, como se sua mente estivesse em outro canto. Midas esperou pelo veredicto condenatório de seu amigo.

Gustav se sentou e pareceu impressionado. "Não acredito que você foi à casa de Hector Stallows. Ele tem tantos carros quanto dizem?"

"Gustav, isso é um pesadelo para mim." Claro que Gustav não entenderia a urgência da coisa, já que não sabia sobre os pés dela.

"Desculpe. Desculpe, amigo, mas entende meu ponto de vista? Hum... escute. Você é um covarde. Você sabe que é, eu sei que você é. Você odeia confrontos e prefere fugir a lutar. Você nem está olhando para mim agora."

Os olhos de Midas piscaram quando ele os desviou.

"Você tem um coração de ouro e acho que a Ida vê isso. Precisa levar essa bunda até lá e se desculpar sinceramente por qualquer coisa que tenha feito de errado, que eu suspeito ser muito menos do que você pensa. Acho que ela vai entender que você fala sério. Não acho que vai executar você, apesar de que é bom você estar preparado para umas palavras bem francas."

"Vou telefonar para ela de manhã."

"Não. Telefone agora. Se você acha que vale a pena acertar as coisas com ela, faça isso antes que ela parta pra outra. O tempo não vai esperar por você. Sabe exatamente o que estou dizendo."

Ele queria dizer: lembre-se de Catherine. Lembre-se dos lagos congelados e dos paramédicos. Lembre-se de gelo nenhum onde antes um piso de gelo havia estado sob os seus pés. Lembre-se, tentando dar a entender que não exagerava quando contou a uma garotinha sobre baleias e anjos d'água carregando sua mãe agora. Lembre-se de canelas se tornando duras como verniz quando haviam sido macias e rosadas uma semana antes.

"Você está certo", ele suspirou, "mas não tenho coragem."

"Vai ter de se esforçar."

"Escute, Gustav, sou um nó de inibições. Primeiro, mal consigo formular minhas frases. Segundo, vejo meu pai em tudo o que faço e me odeio por isso. Terceiro, cada vez que eu toco alguém, meu corpo parece feito de ferro."

"O.k. Na ordem que você colocou. Primeiro, você formulou essa pequena lista de defeitos perfeitamente bem. Segundo, seu pai já morreu. É só você. Não balance a cabeça... vamos voltar a isso. Terceiro... bem, fique de pé."

"Como?"

Gustav empurrou sua cadeira para trás e se levantou, gesticulando para Midas fazer o mesmo. "Den, preciso que você vá para o corredor ou outro cômodo e feche a porta. Desculpe."

Ela fez isso emburrada, enquanto Gustav enrolava as mangas. "Vem cá, Midas, eu já devia ter feito isso há anos. Vou te curar de uma vez por todas."

Midas empurrou a cadeira para trás e se levantou.

"Coloque a câmera de volta na mesa."

"Por quê?"

"Obedeça."

Midas bufou e abaixou a câmera. "E agora?"

Ele gritou quando Gustav o jogou no chão duro da cozinha. Seus ossos estalaram e sua cabeça bateu nos azulejos. Ainda estava gritando quando Gustav subiu nele e o socou no estômago. A respiração de Midas acelerou, mas Gustav não parava. De pernas abertas sobre ele, agarrou seus ombros e o empurrou para o chão, então o acertou com toda a força. "Lute, panaca!", ele gritou, estapeando o rosto de Midas.

Midas o empurrava pateticamente, mas o peso era demais. Outro tapa acertou suas bochechas e seu nariz. Ele podia sentir o sangue. Agarrou o pulso de Gustav quando ele avançou novamente e, fraco demais para afastá-lo, enfiou as unhas na pele dele. Gustav rosnou de dor e saiu de cima.

"Mulherzinha!", ele gritou e o chutou nas costelas. Midas rolou para evitar um segundo chute, agarrou o pé de Gustav e o torceu. Gustav caiu no chão e bateu a cabeça fortemente nos azulejos, um fio de sangue escorreu por sua testa.

Midas sentou-se ao lado dele. "Você está... está bem, Gus?"

"Ugh..."

"Oh, Deus. Sinto muito."

Gustav se virou selvagemente para ele e o acertou no peito. Midas lutava balançando os braços e tentava bloquear chutes no chão com os joelhos. Estavam lutando ferozmente, rolando um sobre o outro e derrubando cadeiras. Uma mão de Midas estava presa na de Gustav e a outra estava enfiada no rosto dele, tentando empurrá-lo. Midas sentia a pele grossa de uma narina do amigo, os lábios ofegantes e a barba por fazer pinicando sua mão. Com um esforço final, ele se libertou e jogou todo o peso de volta em Gustav, que não esperava isso. O impacto exigiu esforço de cada uma de suas juntas, mas Gustav caiu para trás e Midas subiu nele, pressionando sua barriga volumosa com os joelhos ossudos, usando toda a força para manter os braços de Gustav no chão.

Gustav riu ofegante e lambeu seu lábio superior partido. "O.k., o.k.", gemeu. "Midas ganhou com justiça."

Midas grunhiu, soltando-o. Gustav permaneceu deitado, ofegante e rindo. Midas examinou seu corpo recém-socado, sua pele de um peculiar tom vermelho, suas roupas amarrotadas.

Gustav gemeu e se sentou. "Jesus. O que eu não faço por você."

"Obrigado. Isso... parece bobagem, não parece? Isso me ajudou mesmo."

"Se for tocar a Ida, melhor ser mais gentil. Está me devendo, lembre-se. Pode começar me deixando usar seu chuveiro e pegando uma cerveja gelada, ou uma xícara de chá se não tiver bebida."

Gustav abriu a porta da cozinha e viu Denver abaixada no buraco da fechadura, segurando uma risada. Midas corou e sentiu que seu crânio era um saco plástico cheio de sangue.

Denver ergueu a cadeira da cozinha e sentou-se nela enquanto Gustav subia a escada e ligava o chuveiro.

Ela abriu seu caderno para fazer outro desenho de uma baleia.

"Sabe?", disse Midas, limpando o sangue do nariz. "Seu pai não bate bem."

Ela começou a desenhar. "Ele está preocupado. Só fala de você."

"Desde quando?"

"Desde que conheceu Ida. Ele disse..." Ela escolheu seu lápis enquanto tentava se lembrar, então fez uma imitação vívida do pai. "Ele vai sentir saudades da melhor parte da sua vida."

"Ele disse isso?"

Olhou-a viu desenhando. Ele acrescentou rédeas na baleia, levando a uma carruagem aberta na forma de uma concha. Na carruagem, começou a desenhar a rainha dos mares.

"Den... como está seu pai? Desde a viagem até sua avó?"

Ela parou um momento para mastigar o lápis. Midas a ouviu mastigando. "Ele voltou com muitas coisas da mamãe. Passamos por algumas delas juntos." Ela tirou um pedaço de lápis da língua.

"Sei como é isso. Meu pai deixou caixas e caixas."

Ela abandonou a rainha inacabada e com a mente perdida pôs bolhas e grãos de areia na beira do mar. "Eu não estava triste. Estava feliz de um jeito engraçado. Nas caixas vieram coisas que a mamãe tinha quando menina. Bonecas bonitas e coisas assim. Agora estão na minha cama, junto das minhas. Vou dormir com uma que ela me deu e com uma que ela tinha quando pequena. Estranho, não é? A boneca dela não é mais velha que a minha."

Ela havia mastigado um centímetro do lápis (não lhe davam lápis com pontas de borracha). "Midas?"

"Sim."

"Minha mãe está olhando por mim agora. Seu pai olha por você?"

Ele estremeceu pensando nisso. "Eu costumava pensar que sim. O tempo todo."

★

Midas fez sua mala assim que eles saíram. Depois de cerca de meia hora, Denver retornou brevemente com um vaso cheio de rosas vermelhas que Gustav havia escolhido uma a uma para Ida.

Quando ela se foi novamente, ele se sentou e aproveitou o cheiro das pétalas enquanto se servia do resto do vinho da noite anterior. O vinho acompanharia um prato de alface e presunto que Gustav lhe trouxe, e, apesar de se sentir machucado e com ressaca pela noite passada, precisava de alguma coisa para acender sua coragem.

O vinho fez seu coração se agitar. Não se tornou bravo e jamais seria isso (seu DNA garantia). Tentou decidir sobre a coisa mais corajosa que seu pai havia feito. Suicidar-se (as ondas batendo em silêncio enquanto as chamas queimavam)? Ou conceber um filho? Esse era um pensamento. Sua mãe desesperada por amor e seu pai que se esquivava do menor contato (ele se lembrou de quando fez escadinha para ele no barco) juntos na cama, e toda aquela união grudenta.

Olhou acusatoriamente para o vinho tinto, largou-o e foi ao telefone. Estava pensando no tempo que passara em Enghem, e a coisa que ficou em sua mente agora era Emiliana: como ela havia se comportado no quarto de hóspedes quando veio dar-lhe a câmera. Era como se tentasse confessar algo sobre o remédio. Ele estava lerdo demais para perceber na hora.

Ligou o número de Ida e ela atendeu em segundos.

"Ida. Sou eu."

Houve um breve silêncio do outro lado da linha, então a voz de um homem. "Sinto muito, não é a Ida."

"Oh. Carl?"

"Sim. E não acho que Ida queira falar com você."

"Carl, eu... eu não sei se esse remédio é uma coisa boa."

"Você já deixou isso bem claro."

"Pode me passar pra Ida?"

"Acho que não."

"Por favor."

"Não. Acho que não."

Carl desligou. Midas tentou ligar de novo, mas ninguém atendeu e o toque foi cortado para a caixa postal.

Ele ficou emburrado na cozinha, sentindo-se rejeitado. Então era isso. Ela não queria falar com ele.

Na mesa estava o desenho de Denver, completo, com exceção da passageira desenhada pela metade. Ele pensou, melancólico, no corpo congelado de Catherine quando a tiraram da água assassina.

Não podia desistir.

Queria muito que houvesse mais vinho.

Tinha de ver Ida novamente, para acertar as coisas com ela.

Pegou o telefone e ligou para Emiliana Stallows, rezando para que Carl não atendesse. Depois de um longo tempo tocando, Emiliana atendeu.

"Quem é?", ela perguntou.

Ele estava assustado demais para dizer seu nome, caso ela desligasse abruptamente. "Entendo agora", ele disse, "o que você estava tentando me dizer quando me deu a câmera."

"Oh", ela disse.

"Não vai funcionar, não é? Há mais na história de Saffron Jeuck do que você nos contou."

Deu para ele ouvir Enghem Stead rangendo no tempo que levou até ela responder.

"Não vai funcionar", ela admitiu. "Só vai adiar as coisas."

"Adiar até quando?"

"Não sei."

"Quanto tempo adiou com Saffron?"

"Midas... você tem de entender que, quando Saffron me deixou, todos achávamos que estava funcionando."

Ele estava torcendo o cabo do telefone tão apertado nos dedos que impedia a circulação do sangue. "Quanto tempo?"

"Não muito."

"Estou indo buscá-la."

Ele abaixou o telefone, agarrou sua bolsa e as chaves do carro e saiu. Só no meio do caminho para Enghem lhe ocorreu que deixara as rosas no vaso da cozinha.

31

Carl estava fumando um cigarro no deque de madeira de Enghem Stead quando Emiliana veio na ponta dos pés se juntar a ele. Uma neblina forrava as montanhas do continente. Mais cedo, naquele dia, havia sido um banco de nuvens baixas, mas este se infiltrou inexoravelmente no topo dos morros. E, mais tarde desceria até Enghem-sobre-as-Águas e se espalharia ao norte pelo oceano silencioso.

Emiliana veio mais perto e apoiou os cotovelos na mureta ao lado dele, vendo a fumaça de seu cigarro pendurar-se no ar frio como lã, como se o próprio cigarro fosse flutuar se ele o largasse.

"Carl."

Ele bateu as cinzas nas pedras abaixo do deque. "O que foi, Mil?"

Ela respirou profundamente. "Sabe?... tem sido tão corrido desde que você chegou, que sinto que mal tivemos chance de falar."

"Ficamos conversando ontem de noite."

"Ficamos. Mas..."

Ele respirou profunda e sonoramente, e apagou o cigarro no corrimão. Olhou-a de lado, como se virar a cabeça fosse árduo demais. Ainda assim, ela o sentia olhando dentro dela, a habilidade que ele sempre tivera. Aquela coisa nele que a havia atraído, para começar. No momento em que se conheceram, quando ela era jovem, recém-casada e lamentando isso, um olhar desses havia perfurado as barreiras de rostos e crânios até o topo da sua espinha. Carl estava apaixonado por Freya naquela época, o que ele confessou no breve caso que tiveram. Na época, Emiliana achara que poderia competir.

"Eu escondi uma ou duas coisas de você."

Ele levantou as sobrancelhas. Incapaz de suportar seu olhar oblíquo, ela olhou os dedos dele batucando casualmente o corrimão de madeira e limpou a garganta. "Sobre Saffron Jeuck."

Carl não respondeu. Viu uma camada de neblina descer lentamente pelas montanhas mais próximas e apagar as planícies ao longe. Emiliana piscou para tirar as lágrimas dos olhos. Ele nunca mais a visitaria, imaginou, isso seria injusto. Enquanto ele tentava ajudar uma menina condenada, por estar obcecado por uma mulher morta, ela estava ali. Ela esteve preparada para fugir com ele nos doze anos em que fora casada.

"Saffron está morta", ela disse.

Ela ousou olhá-lo. A mandíbula de Carl estava pronunciada, como se sentisse o efeito de um soco. Levou uma eternidade para ele dizer algo. A neblina surgiu nos canais dos campos fechados entre Enghem-sobre-as-Águas e os morros. O corpo principal de neblina descendo parecia seguir em frente pelo subterrâneo.

"Como?", ele perguntou finalmente.

"Suicídio."

"Não foi o vidro?"

"Porque ela estava se transformando em vidro, sim."

Ele fechou os olhos e permaneceu imóvel, absorvendo tudo. No longo período antes de falarem, a neblina se aproximou, tateando os canais como uma velha criatura cega que sai para explorar, mordiscando pedras, tateando pela grama, penetrando num riacho insípido.

"Isso é novidade", disse Carl.

"Eu não queria que as coisas fossem assim. Achei, afinal, que as coisas com Ida pudessem ser de um jeito diferente de Saffron. Não é que o tratamento não tenha servido para nada. Impediu o vidro de se espalhar por meses."

As unhas dele se enfiavam na madeira do corrimão. Os nós de seus dedos estavam brancos. De resto, ele continuava imóvel. "Destruiu o corpo dela. Vimos os machucados e queimaduras no vídeo. A lógica do remédio era deixar uma pele que fingisse morte, não uma pele sem força."

Ela assentiu enfaticamente. As montanhas começavam a desaparecer por completo no ar que engrossava.

"Há mais alguma coisa?"

"Quero que tudo seja diferente. Eu nunca desejaria o que está acontecendo com Ida a ninguém. E você devia saber, Carl, que você às vezes é..."

"Há mais alguma coisa sobre Saffron Jeuck?"

Ela engoliu. "Ouvi dizer que o suicídio apressou bem as coisas para ela no final. Não sei muito mais do que isso. Quando ela saiu dos meus cuidados parecia que estava *funcionando*, Carl. Só depois descobri que algo estava errado."

A neblina agora parecia se adensar e expandir quase de repente, como se a terra a tivesse inspirado profundamente num dia de frio.

"Saia da minha frente", ele disse.

Ela passou pelo deque em direção ao monte de telhas de madeira e cerâmica quebrada. Ela fugiu dele, dando rápidos passos em pânico até que seus sapatos úmidos fossem afundando num chão esponjoso. Mas continuou em frente, sem olhar para trás, e descobriu que estava subindo um morro e a neblina a rodeava. Então parou instantaneamente. Como ele ousava expulsá-la da casa que era sua? Só que... na verdade, a casa era de Hector e essa paisagem não lhe pertencia mais do que pertencia a Carl. Virou-se para encarar Enghem Stead, apesar de, na neblina, não saber se estava olhando para a direção certa. Com o passo seguinte, seu pé rachou o gelo sobre uma poça. Parou novamente. Não queria voltar. Afastou o cabelo preto do rosto e respirou lentamente para se recompor. Ela iria para outro lugar.

32

A neblina alcançara Enghem Stead. O vapor se espalhou tão perto do deque que Carl mal podia ver além da cerca.

De qualquer forma, sua mente estava em outro lugar.

Apenas quando Freya foi viajar ele descobriu o que era o amor. Passou tristes noites na universidade quando ela voltou para sua casa, desligando-a da mente por meio da metafísica, de *thrillers* de aeroporto, heresia gnóstica ou pornô suave. Qualquer coisa que o distraísse. Então chegou o golpe da formatura. Freya partiu de viagem para a Ásia distante. Carl se arrastou para a vida acadêmica. Às vezes ele passava semanas sem dormir, não porque não conseguia, mas porque não suportava. A exaustão o atingia em momentos inoportunos. Tinha sonhos acordado em que Freya limpava feridas de seus joelhos. Lembrava-se de um passeio em High Street, no qual todos os pedestres sangravam nos joelhos. Um policial o cutucou acordando-o num banco do lado de fora de um supermercado.

Começou a discutir Freya consigo mesmo de noite, bebendo uísque e refletindo. As pessoas viviam e morriam por ideias. Guerras eram travadas por elas. Mas ele não podia encarar a sua reflexão enquanto falava nisso, porque sentia no coração que era degenerado amar apenas a ideia de uma pessoa, a forma fantasmagórica em que estivera a carne quente.

Sentou-se na cadeira e olhou para a formidável monotonia da neblina. Perguntou-se como daria a notícia de Saffron para Ida, e não tinha chegado a lugar nenhum quando ela veio ao deque juntar-se a ele.

Na outra noite, quando Ida havia mostrado seus pés, Emiliana e Midas se desmaterializaram tão rápido quanto Enghem naquela atmosfera. O mesmo acontecera com os móveis, as paredes, o inverno e o *tempo*. As formas de suas pernas haviam ressuscitado sentimentos nele que pareciam antigos. Lembrou-se das pernas de sua mãe.

Na noite passada, ele a persuadira a mostrar o vidro de novo. Seus tornozelos haviam ficado quase transparentes e a superfície de suas canelas eram insubstanciais. A pele estava se transformando de branca em translúcida e por baixo havia listras de sangue em veias cristalizadas, como minhocas fossilizadas. Vê-las arremessou-o de volta ao pátio naquele verão da sua juventude, o cheiro do vidro morrendo e o ranger da bicicleta de Freya caindo no pavimento. Era como se ele visse sangue escorrendo dos joelhos de Freya com um olho, enquanto o outro via o sangue trancado sob a superfície das canelas de Ida. Seu cérebro havia cruelmente unido as duas.

"Carl", disse Ida.

Ele saiu de sua cadeira para oferecê-la a ela. Ida aceitou como uma senhora idosa faria. Ele podia sentir seu cheiro. Um perfume muito mais natural que o de Emiliana, que havia evidentemente sido criado em laboratório. Ele não se lembrava do cheiro de Freya, mas se consolou pensando que ela poderia ter o mesmo cheiro de Ida.

"Carl..."

"Ida, eu tenho... más notícias de Emiliana."

Ela pareceu preocupada. Ele abaixou a cabeça.

"O que aconteceu, Carl?"

"Sabe que sempre cuidei de você. Foi absolutamente imperativo para mim. Sua mãe... Quando ela estava sofrendo... Eu queria fazer o que ninguém fez por ela."

Ida respirou cansada. "Ninguém poderia curá-la, Carl."

"Mas eu queria ter estado lá por ela, você não? Tem mágoa de mim por eu não ter estado lá?"

Ela não respondeu.

"Seu pai não me avisou. Diabos, Ida, *você* não me avisou!"

"Você não tinha dado notícias havia muito tempo. Meu pai disse que qualquer um que não estivesse interessado em minha mãe viva não deveria estar interessado nela morta."

Carl bufou em desprezo. A neblina moveu-se suavemente pelo deque, fazendo Ida parecer fora de foco.

"Ele estava passando por muita coisa, Carl, e, que a verdade seja dita, meu pai nunca gostou de você. Com certeza você sabe disso."

Ele se sentou em sua cadeira, esfregando o queixo. "Eu me senti como se ela preferisse que eu estivesse longe... Mas trouxe esse assunto", ele disse, "porque quero que você saiba que não suporto a ideia de você sofrendo um fim prolongado como ela. E... é tudo um blefe."

Ida estava composta como uma boneca de porcelana. "O que foi?", ela perguntou lentamente.

Carl levou as mãos à cabeça. Sua vida toda fora moldada pela mãe dela. Tudo o que ele fizera. O que ele se tornara. Aqui estava tudo o que sobrara de Freya e ele não havia conquistado nada, além de decepcioná-la. "Eu queria...", ele começou, então começou novamente porque sua voz soava fraca. "Eu queria ajudar você, lembre-se. E queria ajudar sua mãe assim."

O deque ficou silencioso. "Jesus", ela disse levemente. Mesmo seus menores movimentos, buscando a muleta mais próxima, faziam um farfalhar considerável. "Isto não tem nada a ver com minha mãe."

"Eu *tentei*, Ida."

"Isto também não tem nada a ver com você, Carl."

Ele pensou no vidro do pé dela. Imaginou poder sentir dor em solidariedade, as queimaduras nas pernas dela.

"Preciso que me ajude", ela disse, com a voz partida.

"S-sim", ele gaguejou. "Claro. Eu deveria... eu deveria olhar suas pernas. Me deixe ver suas pernas novamente."

Os dedos dela se fecharam ao redor da muleta de madeira.

Ele passou os dedos pelos cabelos. Só tinha dois pensamentos. O primeiro, de que precisava encontrar outra forma de salvá-la. O segundo, de que precisava ver o joelho sangrento de Freya Maclaird.

"Carl. Apenas me leve para Ettinsford. Só quero que faça isso."

Ele a olhou com raiva. "Que bem fará isso?" Ele bateu as mãos. "Vamos, me mostre suas pernas. Tire suas botas e suas meias. Vou ajudá-la, Ida, posso ajudá-la melhor agora que somos só nós dois."

"Por favor, me leve a Ettinsford."

Ele apertou os punhos. "Recomponha-se, garota! Precisamos pensar sobre isso. Eu e você! Não há tempo para esse garotinho problemático."

Ela deu um tapa nele.

Ele sentiu tudo indo à sua cabeça. Avançou em direção à saia dela. Ela gritou e o atacou, mas seus golpes eram leves como gotas de chuva. Ele a prendeu na cadeira com um braço.

"Me solte!", ele a ouviu gritando, como se fosse ao longe. Da mesma forma que uma gota de cuspe atingiu seu queixo intangível como uma lembrança. Respirando rápido, focando na saia dela e no corpo abaixo, ele a pegou com a mão livre e a levantou até as coxas. Ela se debateu, mas a força dele e o peso imóvel das pernas a mantiveram na cadeira.

Suas pernas. A pele em suas coxas era um campo de batalha de feridas vermelhas inchadas e pele branca, mas ele só tinha olhos para a leve sombra de sangue em suas canelas.

Ouviu Freya gritando. A cabeça dela se sacudia. Novamente parecia muito distante.

Ela bateu uma muleta na cabeça dele.

Carl soltou as mãos de Ida e ela o acertou com ambos os punhos, forte na mandíbula. Ele mal sentiu, deu um passo para trás e se sentou com estrondo nas vigas de madeira. Levantou ambas as mãos se rendendo. O mundo encolheu.

Ela pegou as muletas, o rosto muito branco, chorando histericamente, e desceu os degraus do deque, avançando dolorosamente pelos pedregulhos. Carl a viu cambaleando e subindo de volta. A neblina se fechou em volta dela.

Ele abaixou o rosto, consciente de que a vida se repetia com uma triste reprise. Tinha se lembrado muito de Freya desde que Ida havia chegado a St. Hauda's Land. Agora, as coisas de que não se lembrara voltavam para ele. Momentos feios e inseguros. Quando viu os lábios dela dando um beijo profundo em outro homem na pista de dança, e o sentimento de quando ela abriu os olhos e encontrou sua expressão carregada com uma careta. O momento em que ele a levou para casa uma noite e estavam ambos alegres com o álcool, quando ele tentou colocar o braço ao redor de sua cintura e ela gentilmente o afastou, e ele tentou novamente e ela lhe deu um tapa e entrou correndo na casa. As palavras que ela lhe disse naquela noite, que ele havia apagado da memória. Ele se perguntava quanto de sua vida havia secretamente se apagado da mesma maneira. Quanto do mundo ele conhecia com certeza.

Fechou os olhos e escutou as batidas de seu coração envelhecendo dentro de si. Ouviu Enghem Stead rangendo. Sentiu os pulsos, o leve chiado que acompanhava sua respiração nesses dias.

Depois de ter passado o longo feitiço, e de a neblina começar a ficar menos densa, ele ouviu passos. Levantou o olhar e viu Midas Crook, sem fôlego.

"O que você quer?", perguntou Carl amargamente.

E balbuciou surpreso quando Midas o agarrou pelo colarinho e o sacudiu tão forte que quase o jogou para fora do deque. "Onde ela está, Carl?"

Carl afastou Midas desferindo um tapa com as costas da mão e derrubando-o de costas. "Do que está falando?"

Midas se levantou. "Ida! O que você fez com ela?"

"Vai se foder!", ele disse.

Midas saltou e agarrou o colarinho de Carl novamente. "Olhe para mim", chiou. "E me diga o que fez com ela."

Carl percebeu que nunca havia olhado para esse Midas Crook nos olhos. Sempre havia creditado isso à cansativa timidez do garoto, mas agora não tinha certeza. Porque havia um olhar bruto, imprevisível, de desespero nos olhos cinzentos de Midas e em suas pupilas fechadas como pontas de alfinetes. Ele nunca tinha visto nada assim, nem no pai nem no filho.

"E-eu estava fora de mim", ele disse cuidadosamente, "então... eu tentei... ela saiu."

Midas cuspiu enojado e correu para a casa pela neblina branca.

★

Com certeza Ida não teria ido longe, mas ele temia que, de alguma forma, ela tivesse conseguido isso. O frio agudo provocava uma névoa azul nas poças antes que seus pés ligeiros as partissem em fontes de gelo. Partículas de neve exploravam a neblina. Haveria mais em breve, o inverno mais pesado. Nuvens de neve cairiam na terra para morrer. Ele olhava para a direita e para a esquerda, imaginando Ida sob uma camada de gelo, com neblina e neve alvejando-a para fora da existência.

A neve avançava contra a cortina translúcida da neblina, e, de repente, como se fosse feito para esse exato instante, ele viu algo galopando na neblina. Avançava como uma gazela, com pernas brancas finas e flexíveis como caules. O ser parou e ele avançou, quase o pegando. Havia músculos sob sua pele, músculos que ondularam em seu arquear quando se afastou novamente. Midas imaginou ter visto uma cabeça elegante e um *flash* de azul metálico onde a cabeça encontrava o pescoço.

Correu atrás daquilo, abrindo caminho através de arbustos que surgiram repentinamente em meio à neblina. Suas pegadas caíam sobre as que os cascos da criatura iam deixando.

O caminho que fazia foi repentinamente bloqueado por uma árvore derrubada, com fungos cobrindo-a como rosas ocres. A criatura saltou, passou pelo tronco morto à toda e sumiu pela neblina do outro lado. Midas parou sobressaltado e olhou ao redor. De alguma forma havia sido levado à densa floresta. A neblina estava mais tênue lá, talvez absorvida pelas árvores que ficavam próximas com galhos unidos, cascas rachadas e troncos ocos.

Então ele viu os animais.

Um pintarroxo num galho empalidecia passando de castanho a puro branco. Suas pernas se tornaram varetas brancas e seus olhos, pedras de granizo. Seu peito foi vermelho por um segundo e também mudou, para rosa, para branco.

O pássaro voou para outra árvore e capturou uma aranha branca com o bico. Momentos antes, a aranha estava invisível em seu marrom sobre um tronco. Um esquilo branco, que saltava pela terra, subiu na árvore e sentou-se num galho, juntando as patas como se rezasse.

Um pouco à frente, alguém se deitava no chão num casaco salpicado de neve. Ele correu na sua direção.

"Ida?", ele ofegou. "Ida, pode me ouvir?"

Ela abriu os olhos. Seus dentes batiam. "Midas, sinto muito."

"Não diga bobagem. Deus, está ferida?"

O inverno estava dentro do casaco dela e sob sua saia, congelando seus pulmões, mas, mesmo na ansiedade do momento, o fato de tê-la encontrado tornou seu coração quente. "Ponha minha capa. Não se deite, ela vai molhar e você vai ficar com mais frio ainda."

"Não me deixe."

Ajudou-a para que se apoiasse nele. Ela estava fria e pesada como gelo, seus pés arrastados deixavam uma trilha na neve. Levou um tempo para fazerem o doloroso caminho de volta ao carro sobre raízes inóspitas e terra esponjosa. Seguiram as pegadas que ele havia deixado na neve ou na lama, até que Enghem Stead apareceu como uma miragem na neblina. Mas ele queria mesmo era achar seu carro lamacento, estacionado por perto. Não havia sinal de Carl. Os pés de Ida bateram na porta do carro quando ele a ajudava a entrar, mas, ao ser colocada por ele no banco de trás, um toque de cor lhe tinha voltado às bochechas, e isso o fez levantar o olhar para o céu opaco, grato por este ter contido suas neves mais pesadas. Ele entrou ao lado dela e fechou a porta.

"M-merda, está frio", ela disse.

"Eu sei. Sinto muito."

Ela assentiu vagamente. "Seu casaco. Obrigada."

"O carro vai esquentar."

"Me abrace."

"Eu... sinto muito."

Ela abriu os olhos um pouco. Não conseguia focar. Sua íris estava cinza entre pestanas vermelhas. "Coloque os braços em mim."

Cuidadosamente, ele colocou ambos os braços em volta dela, para que os dedos se fechassem em suas costas.

"Você tem de apertar", ela sussurrou, "ou não será um abraço."

Ele apertou gentilmente. Encostaram-se um no outro por um tempo, o calor de cada corpo sustentando-os até o aquecimento do carro tomar conta. "Melhor irmos", disse Midas, afastando-se.

Ela sussurrou algo que ele não conseguiu ouvir. Midas abaixou a cabeça à altura dos lábios dela para ouvir. "Precisa ser mais forte", ela sussurrou, "*por favor*." Então ela apertou o rosto no dele. Todos os traços de Midas pareceram ter um espasmo e repuxar-se quando ela encostou os lábios nos dele e tocou seus dentes com a língua. A pele dela estava congelando, mas seu hálito salgado e a saliva estavam escaldantes. Ele não pôde mover os lábios enquanto ela o beijava. Apenas conseguia abri-los e fechá-los como um boneco de ventríloquo. Mas, para seu espanto, era gostoso.

33

Midas estava fazendo tudo o que podia para parecer natural e confiante enquanto ajudava Ida a entrar na casa, mesmo com todo o corpo dela pressionado ao dele e ele sentindo no peito suas costelas e os seios. Ida o apertava enquanto ele a ajudava a chegar à sala, colocando-a numa poltrona.

Naquela tarde, quando Ida se trocou, ele viu quão doente ela estava. A sombra de seu rosto cavado se estendia aos olhos. Seus lábios estavam aquecidos e cabelo preso num laço comum. Ela usava uma malha tricotada e uma longa saia cinza que fazia suas pernas parecerem um pedaço de rolha.

Midas afofou as almofadas do sofá, em que ele planejava dormir naquela noite. "A previsão do tempo diz que amanhã vai fazer mais calor. Podemos começar a procurar outra forma de curar você."

"É gentil da sua parte, Midas. Mas, na verdade..."

"Vamos pensar em algo. Alguma pista nova vai surgir."

"Tenho certeza de que sim, mas, para mim, o amanhã pode esperar tanto quanto a eternidade."

"O.k. Fique na minha cama. Vou dormir aqui."

"Me ajuda a subir?"

Ele sentiu a suave delicadeza dos dedos dela enquanto pegava suas mãos e a levantava da poltrona. A cintura era fina e firme. Estar tão perto dela ainda o deixava tenso, mas era temperado com uma excitação nervosa. As pernas dela se arrastavam pela escada de madeira subindo degrau por degrau. Então ele desceu correndo, pegou as coisas dela e as levou, encontrando-a encostada na parede do quarto.

"Estou com frio demais para me trocar", ela disse.

Ele a ajudou a subir na cama e colocou o edredom sobre ela.

Ida agarrou-lhe o colarinho e o puxou. Seus lábios apertaram os dele, ávidos e desesperados. Quando ele tentou falar, ela o beijou mais forte. Sua mão afundou-se nos cabelos de Midas e as unhas arranharam-lhe o couro cabeludo. A outra mão correu pelas costas dele. Ele ficou imóvel sobre ela, não por estar petrificado, mas por estar fascinado. Depois de um tempo, os beijos dela foram ficando mais lentos e eles separaram os lábios.

Ele lutou com sua própria língua para dizer alguma coisa. Conseguiu. "Hummm..."

"Tire os sapatos, Midas."

Fez como ela mandou. Ida começou a beijá-lo novamente, agarrando as coxas dele, que deixou as mãos caídas ao seu lado. *Oh, Deus*, ele pensou com felicidade. Uma das mãos dela foi para baixo da sua camiseta, pegou o cinto... Ele fez um som de gargarejo. "Relaxe", ela sussurrou, desabotoando-lhe a camisa. "Qual é o problema?"

Ele balançou a cabeça. "Nada. Sinceramente."

Ela tirou-lhe a camisa e ele sentiu os primeiros sinais de relaxamento: os músculos virando geleia. Em vez de ficar sobre ela como uma estátua, ele caiu como um boneco de pano. Seus pulmões se enchiam com os de Ida. Ela levou a mão dele à cintura macia. Ele colocou os dedos na pele dela, sobre os canais entre as costelas. Ela puxou a mão dele e a colocou sob o sutiã, em que se encaixou como se fosse uma luva. Ela massageava os dedos dele. Estavam roxos novamente. Havia um tecido macio sob seus dedos.

Ela tirou a blusa e o sutiã. Por um momento, a sombra de seus mamilos o hipnotizou, mas então ele notou lágrimas nos olhos dela e saiu de cima. Ela afastava as lágrimas piscando, mas ele notou as marcas na barriga dela.

A pele ao redor de seu umbigo estava marcada com redemoinhos brancos e frios. Eles vinham da cintura até a barriga, fazendo uma poça no umbigo. Acentuavam a textura marcada da pele até que parecesse mais a casca de uma laranja. Cada poro guardava uma partícula que brilhava à luz da lua. Eram as marcas do vidro, um aceno da transformação a vir. Ele se perguntou, aterrorizado, que alterações o vidro já havia feito por baixo do vestido e da calcinha.

Ainda estava olhando quando ela apertou a mão no seu pescoço. Ela buscou sua aprovação. Ele assentiu. Ela tirou a saia. Ele engoliu em seco.

"O quê?"

"Nada."

A pele de suas coxas assumira totalmente o branco morto das marcas na sua barriga. Suas pernas estavam inteiramente sem cor. A inflamação causada pelos emplastros fora quase toda embora, mas a pele ficara de um branco leitoso. Perto dos joelhos, a pele parecia translúcida. O rosa dos tendões surgia sob uma membrana de vidro. Nas partes inferiores transparentes de suas canelas, pedaços de músculos permaneciam como confetes caídos em sarjeta molhada. E, do lado de fora de seu joelho direito, que ela havia machucado em Enghem Stead, havia um pedaço de vidro mais avançado que o resto da transformação, parecendo uma pequena janela na pele. Isso oferecia uma vista de ossos cristalizados como espécimes num jarro.

Ela o puxou de volta para si. Era impossível sentir o alvoroço de experiências simultâneas. O calor dos lábios, a maciez dos cabelos dela, o branco cheio de veias de um olho, o peito subindo e descendo. Ela engoliu seco. A pele suave de seu pescoço. Sua barriga dura de encontro à dele. O frio de seus joelhos. Suas juntas inflexíveis. O peso morto de suas pernas.

Inicialmente, ele achou que a expressão contraída dela era de prazer, mas, quando os suspiros que ela emitiu chegaram a um tom de tortura, ele parou. Ela cobriu o rosto com as mãos.

"Dói", ela sussurrou, "como se houvesse facas na minha pélvis."

Ele se afastou e deitou-se suavemente a seu lado.

"Acho que há vidro dentro de mim, Midas."

Ela respirou fundo e apertou a barriga.

"Ida!"

"Estou bem, estou bem."

Num espaço de translucidez leitosa em sua cintura, ele podia ver algo marrom pulsando... Era um órgão? Seu cólon, sua bexiga, seu ventre? O torso de Ida, braços e rosto brilharam com um suor frio. Veias da cor de ametista lutaram no interior de suas coxas. Ela parecia antiga e desgastada. Num movimento involuntário, ele agarrou os cabelos dela.

Esse toque o fez perceber que a amava. O calor do couro cabeludo dela. A oleosidade dos cachos. Ele afundou a mão em seus cabelos. Escorreu por entre seus dedos como areia. Ficaram juntos por um longo tempo. Em algum lugar lá fora, um cachorro latia. Ele mal podia acreditar que vivera tanto tempo sem querer o toque. A fotografia o fizera esquecer a necessidade do sentimento.

Ela acariciou a bochecha dele. Ele estremeceu, então relaxou. "Midas, quero uma coisa." Ela respirou profundamente e olhou o dedo. "Não posso mais ficar sem ter certeza."

Ele esperou. Percebeu que nem sempre era preciso falar.

Ela fechou os olhos. "Quero ficar com você pelo tempo todo que sobrar."

O cachorro lá fora ficou em silêncio. Midas achou que podia ouvir flocos de neve tocando a janela, e em algum lugar da casa o ar escapou de uma torneira. Continuaram nesse silêncio até que ele ouviu a respiração dela desacelerando. Virou a cabeça para o lado e viu seus olhos se movendo rapidamente sob as pálpebras fechadas. Ele ficou acordado, pensando em como esse momento era igual ao tempo preso numa foto. O momento permaneceria congelado para sempre. Depois de considerar isso por instantes, Midas caiu no sono.

34

A neve estava derretendo nos pântanos. Minúsculas pulgas da neve, adormecidas pelo inverno, abriram suas câmaras de gelo e emergiram na luz da manhã, precedidas por perninhas exploratórias. Uma lontra solitária banhava-se num lago que estivera congelado uma semana antes. O azul do céu penetrava no insalubre amarelo dos juncos e lírios, tornando-as de um verde opaco. Um trio de peixes que havia sido trancado no gelo do rio testou suas barbatanas e começou a nadar novamente.

Henry limpou os livros e desenhos de insetos de sua mesa e colocou a vaca prenhe gentilmente no ninho quente de um velho gorro. Ela se aninhou no tecido para descansar o ventre inchado enquanto ele preparava suas coisas. Primeiramente ligou o aquecedor elétrico com o filamento vermelho aceso na mesa. Então pegou uma carteira de couro de uma gaveta e a abriu, revelando o conjunto de pequenas tenazes que ele fizera especialmente com pinças e alfinetes. A vaca mugiu e enfiou a cara na lã do chapéu, com o rabo batendo em seu flanco.

Ele puxou o chapéu suavemente mais para perto e pôs o polegar sob o pescoço dela e entre as pernas da frente para sustentá-la enquanto ficava de pé. Ela conseguiu se levantar, mas suas asas permaneciam batendo e precisavam ser mantidas longe do trabalho de parteiro de Henry. Ele tinha arreios especiais para a ocasião, que prendeu levemente entre os ombros dela. Preso aos arreios estava um simples cartãozinho que mantinha as asas abertas e longe de sua traseira.

Ele fechou os olhos e acalmou as batidas de seu coração. Tinha havido acidentes no passado, especialmente nos primeiros dias, mas a maioria dos nascimentos nos anos recentes fora bem-sucedida. E ainda assim... ele havia sido distraído do rebanho ultimamente por pensamentos sobre Evaline e Ida e não queria que isso levasse a erros durante uma operação tão delicada. Tomou um gole de gim e deixou o gosto da bebida confortá-lo novamente. Escolheu um par de tenazes e o segurou entre o polegar e o indicador, concentrando-se no metal até sua mão estar firme. Então, com precisão, abriu as minúsculas pinças e as deslizou no traseiro da vaca. Não se podia julgar a pegada da tenaz no bezerro lá dentro, era preciso seguir o instinto sobre quanta pressão aplicar. Segurando o fôlego, ele tirou o bezerro e o colocou na luz. A placenta escorria atrás dele. O bezerro estava preso num saco amarelado que esticava enquanto ele testava as patas. Sua mãe, ofegante de alívio, olhou ao redor e começou a lamber o saco da cabeça da cria, revelando uma cabeça preta encaracolada com mancha branca no focinho. Em suas costas estavam, difíceis de distinguir pelo saco, as membranas lilases das asas. Henry sentou-se, sorrindo, cruzou as mãos no colo e observou.

Sempre o emocionava ver a vaca lambendo o bezerro depois do nascimento. Sempre demonstrava que a paixão não era exclusivamente humana. Sempre marcava sua realidade física. Brindou à nova mãe com o gim. Ternura e emoção iam lado a lado com pedaços de sangue e entranhas.

Queria ter experimentado isso em sua própria vida.

Era estranho o que uma pequena interação podia fazer por uma pessoa. Deixou um pouco de comida para a vaca e foi ao banheiro. Lavou as mãos na pia e desceu ao andar de baixo para comer um pão amanhecido, na esperança de que estabilizasse seu estômago. Ele iria dirigir até Martyr's Pitfall. Duas ou três vezes no passado fora para lá, mas só chegara a espiar Evaline. Cada vez se assegurava de que a mulher que conhecera permanecia ausente do frágil corpo que ele observava em segredo. Nenhuma vez nessas visitas ele se anunciou, mas planejava fazer isso hoje. Tentou passar uma camisa a ferro, mas não se lembrava de como fazer isso. Estava agitado e provocava marcas no velho tecido. Vestindo-a mesmo assim, serviu-se de um copo de gim e bebeu rapidamente antes de sair.

Dirigindo em direção a Martyr's Pitfall, sentiu seus nervos como tambores de guerra, um sentimento que aumentava com o topo abrupto de Lomdendol Tor crescendo próximo, coberto de manchas de neve. Cruzou as pontes em ziguezague e sentiu a sombra da rocha como um mau cheiro. As partes inferiores do morro gigante eram cobertas de árvores cujos troncos estavam repletos de fungos mortos. Entre eles podiam-se ver as fachadas austeras de casas e asilos. Notou que várias outras estavam lacradas desde a última vez que aí viera, seus sinais de À VENDA haviam caído e estavam cobertos de lama. O povo mais jovem de St. Hauda's Land fora embora com o fim do comércio baleeiro e o povo que permanecia estava afundado em tristeza e inatividade. Isso trazia um sorriso a seu rosto, já que o ajudava a imaginar o arquipélago habitado apenas pelo gado de asas de borboleta.

A acompanhante de Evaline, Christiana, atendeu à porta e logicamente não o reconheceu. Ele se esquecera de que teria de passar por ela para chegar a Evaline. Ficou parado por um momento, ignorando as educadas perguntas dela ("Como posso ajudá-lo? Está perdido?"). Então ele saltou para dentro da casa, passando por ela e cruzando o corredor, abrindo a porta da sala de estar e olhando ao redor como se fosse espantar insetos. Evaline se levantou e silenciou a irrequieta Christiana com um dedo nos lábios.

"Uh", ele lambeu os lábios sentindo ainda o gosto de gim. "Uh..."

"H-Henry Fuwa", ela disse.

Ele percebeu então que estivera tão preocupado em encontrar a coragem de chegar lá que não havia pensado no que dizer quando chegasse.

O quarto tornou-se distante. Ele estava a um toque de distância de Evaline, mas, ainda assim, sentia uma barreira de vidro entre eles. Não precisaria fazer nada mais para alcançá-la do que para tocar a bandeja de chá ou para se abaixar e tocar o carpete.

Ela começou a chorar, ele percebeu. A expressão padrão dela era tão próxima das lágrimas que era preciso só um súbito movimento de músculos para os dutos se abrirem. Nem a sua postura de mãos apertadas e ombros caídos tinha mudado. Na verdade, apenas as bochechas tinham mudado. Elas brilhavam como uma pedra do pântano brilha no lugar em que nasce um novo rio.

Muitas coisas tinham acontecido desde que haviam se visto pela última vez, mas apenas o tempo dava peso a isso. A vida havia sido rotineira desde o momento em que ele pousou os olhos nela. Confortável, sim, mas nenhum dia em particular se destacava dos outros. A importância cumulativa de todos esses anos não era nada comparada ao único dia deles juntos com as libélulas da margem do rio. Ainda assim, aqueles anos comprimidos foram responsáveis por essa barreira invisível que dividia a sala de Evaline em duas, repartindo aquele lado para ela e este para ele. Era a coisa mais tangível da casa. Ele estendeu a mão e pôde sentir no ar. Seus rostos não estavam a mais de meio metro de distância, mas isso era o mais próximo que sua mão poderia alcançar. Ela ergueu a sua mão para que as palmas verticais estivessem a poucos centímetros de distância. Seus dedos eram separados por uma placa de ar de dois centímetros de grossura, mas ele não podia fazer nada além de sentir o perfume dela, não podia sentir seu hálito.

Ficaram parados assim até que o cotovelo de Henry doeu e ele abaixou a mão, Evaline o copiou como um reflexo no espelho. Ela voltou a seu lugar na poltrona, fixou os olhos na visão do jardim nevado e pegou sua xícara de chá. Levou-a aos lábios e bebericou. Ele partiu silenciosamente, fechando cada porta – do quarto dela, do corredor, da casa – com o cuidado infinitesimal que havia aprendido em anos cuidando do gado de asas de borboleta.

Lá fora, a sombra de Lomdendol Tor abafava tudo. Não havia trânsito e um gato andava sobre a neve na rua com cuidado para não pisar em nenhuma folha. Seu carro rosnou no silêncio de Martyr's Pitfall. Ele voltaria ao seu gado e aos zumbidos e estalos do pântano. E não voltaria aqui.

35

Nos telhados de Ettinsford, a neve que derretia deixava manchas claras de lama emergirem, corpos plásmicos de luz radiante onde o branco estivera por semanas. Na Igreja de St. Hauda, uma estalactite de gelo que se havia formado pendurada no nariz de uma estátua pingava nas dobras de ferro de suas roupas. O estreito de Ettinsford inchava-se com a água borbulhando morro abaixo para se juntar a ele. Os carros passavam lentamente por estradas molhadas, com os faróis transformando paralelepípedos em bulbos de luz. No quintal de Midas, um pássaro negro pulava sem parar pela sarjeta e então foi atingido por uma bomba de neve. Grasnou e sacudiu as penas ofendido. Gotas escorriam pela sarjeta e pingavam nas latas de lixo, onde a água escorria indecisa pelo latão. Blocos de neve derretendo caíam livres de árvores que davam para a cerca, provocando arrepios nos arbustos.

Midas cantarolava baixinho enquanto o leite para fazer chocolate quente fervia. Sentia o corpo todo mais limpo nessa manhã, como se algo tóxico tivesse sido tirado dele. Não tinha sido o sexo a fazer isso. Acontecera algo fora de seu corpo, fora do corpo de Ida. Um tipo de colisão.

Naquela manhã, ele levou cinco minutos para sair da cama porque foi muito cuidadoso para não acordar Ida. Sua cama sempre fora um objeto funcional para deitar na hora de dormir e sair depois de ter feito isso, mas a cabeça de Ida e seus ombros nus no travesseiro a transformaram. Suas mãos apoiadas no queixo e o cabelo pálido cobrindo o pescoço eram ornamentais de uma forma que as partes de vidro do corpo dela, escondidas sob os lençóis, nunca poderiam ser.

Ele retirou a bateria do relógio para assegurar-se de que o tique--taque não a perturbaria. Rezou pelo silêncio da neve que derretia lá fora. Quando um carro buzinou e as pálpebras dela se agitaram ele percebeu que ela teria de acordar em alguma hora e decidiu tornar pacífico o despertar. Por isso o café da manhã furtivo que lhe preparava agora.

A campainha tocou. Provocado pela interrupção, ele jogou fora o leite quente. Mas provavelmente eram apenas Gustav e Denver e entenderiam que essa era uma manhã que ele queria manter privativa.

Ele encontrou Christiana na porta, mexendo nos punhos de suas mangas. A estrada atrás havia sido salgada e a neve amolecida dava-lhe a aparência de cinzas.

"Olá", ele disse.

"Senhor Crook, vim trazer algumas de suas coisas. Da sua mãe."

"Minha mãe não tem nenhuma das minhas coisas."

Christiana pareceu irritada. Ela se virou e se encaminhou de volta para seu carro enquanto Midas a observava. Ele deu um passo para fora e fechou a porta para que o frio não pudesse passar para cima e acordar Ida. Enfiou as mãos nas axilas.

O carro dela estava cheio de caixas de papelão.

"Não são meus", ele gritou, sabendo exatamente o que eram.

"Mas está na hora de ficar com eles. Estão juntando poeira."

"Bom. Por mim, podem apodrecer."

"Agora você é quem decide."

"O que a levou a isso agora?"

"Sua mãe apenas... está ficando velha, senhor Crook."

"Por favor, não me chame assim."

"É seu nome, não é?" Ela começou a descarregar as caixas na calçada.

"Vou destruí-las."

"Ótimo."

Ele lançou as mãos para o ar, mas logo ela havia acabado de descarregar as caixas e estava voltando ao carro. Ela foi embora, com os pneus deixando marcas na neve. Um minuto ou dois depois, Midas foi à calçada e começou a trazer as caixas para dentro.

Antes de morrer, seu pai havia separado tudo o que tinha, embalado e levado para o outro lado de barco. Midas esperava que essas caixas estivessem cheias dos mesmos livros, diários, papéis e jornais que foram combustível para as rápidas chamas do barco. Só que eram leves demais. Cada uma era etiquetada com uma data, na letra de seu pai. Quando as trouxe para dentro, o chocolate quente que havia preparado para Ida já estava ficando frio.

★

Ida acordou e se esticou. Sair da cama estava ficando cada vez mais difícil. Pensou em chamar Midas para ter ajuda, mas sentiu-se patética. Em vez disso, arrastou-se pelo carpete até o espelho.

Levantou a camiseta como Saffron Jeuck fizera no vídeo de Emiliana. As trilhas na barriga endurecida pareciam piores nessa manhã. Haviam enrugado a pele enquanto ela dormia, deixando linhas vermelhas que corriam verticalmente em direção aos seios.

Ida virou uma perna para olhar o vidro do lado de fora do joelho. Através dele podia ver jorros de sangue ainda pulsando sobre a transversal do joelho; o tutano borbulhava roxo e cinza como um osso de frango.

Espirrou nas mãos e teve de limpá-las na camiseta porque não conseguiu pegar os lenços a tempo. Sentia-se nojenta. Tirou a camiseta e jogou-a na pilha de roupa suja de Midas. O movimento provocou uma dor dilacerante em sua lateral e nas axilas.

O vidro estava crescendo aceleradamente. Havia se espalhado tão rápido na semana passada que ela acreditava que, se permanecesse sentada por uma hora se observando assim, poderia ver a pele perder o brilho e a transparência e tornar-se mais clara. As marcas brilhantes que faziam um redemoinho em seu umbigo logo iriam se preencher, para que a barriga toda se tornasse vidro e a pele, borrachenta. Então ficaria transparente. E, não muito depois, órgãos como os rins e intestinos se transformariam em vidro. Ida não gostava de pensar no que lhe aconteceria nesse momento.

Deteve-se por um tempo nas lembranças da infância, sujando a barriguinha com uma espiral de cola e jogando por cima um pote de purpurina.

Esticou-se para pegar as muletas e tirou-se da cama, indo à janela para abrir a cortina. Era dia de mercado em Ettinsford e as freguesas caminhavam pela neve que derretia, indo e vindo das barracas. Dois garotos em *blazers* baratos dividiam furtivamente um cigarro. Duas senhoras mais velhas os observavam atrás de uma caixa de correio, murmurando emburradas uma para a outra. Ida de repente se sentiu antiga, decrépita. Largou a cortina e cobriu o rosto com as mãos, fazendo uma careta.

No final, o que a tornou capaz de pentear o cabelo, colocar uma camiseta limpa e enfrentar a escada era o homem lá embaixo e o isolamento de seu estilo de vida. Com Carl longe e Henry Fuwa certo da impossibilidade de cura, ela sentia um alívio agridoce na solidão dessa pequena casa com terraço. Tinha poucos visitantes, nenhuma televisão, quase vista nenhuma. Lá eram apenas ela e Midas, guardados longe do mundo. Aqui ela podia se transformar silenciosamente em vidro, apenas com o amor a distraí-la.

Encontrou Midas inclinado na mesa da cozinha, cobrindo uma foto com a palma da mão.

"Midas... Bom dia... Por favor, não finja que está tudo bem."

Ele levantou a mão da foto e a segurou para que ela a visse. Era uma foto solitária de seu pai, tirada da parede. O rosto havia sido perfurado com um lápis.

"Você disse que era a sua única cópia."

"E é. Sabe por que fiz isso?"

Ela esperou.

"Para ver se eu me sentia mal. E claro que não me senti."

"Há caixas na entrada."

"São dele, claro. A acompanhante da minha mãe as trouxe nesta manhã."

"São do seu pai?"

"Sim."

"Não vai me dizer o que há nelas?"

"Não olhei."

"Mas... Midas... Eu achava..."

Ele ergueu as mãos. "Achou que eu seria idiota de olhar? Por Deus, Ida! Cada uma delas é uma caixa de Pandora!"

"É o tipo de coisa que seu pai diria."

Ida esperava que a comparação o sacudisse, mas só o fez parecer mais triste. Se ela pudesse se mover, saltaria nele para beijá-lo violentamente, mas, quando chegou à mesa, o momento não mais parecia certo. "Olhe", ela disse, pegando a mão de Midas (a pele estava fria, os dedos moles), "me lembro de que, quando minha mãe morreu, alguns de nossos amigos olharam as coisas dela para nós, então só tivemos de enfrentar os fatos importantes. Por que não me livro dessas caixas para você?"

Ele murmurou algo e mexeu-se em seu assento, olhando para o chão da cozinha.

"Isso foi sim ou não?"

"Pode se livrar delas se prometer que é tudo o que vai fazer. Apenas... sua curiosidade vai levar a melhor sobre você. Você vai abrir. Não vai resistir a me dizer o que há lá."

"Vou resistir." Mas ela suspeitava que Midas estivesse certo.

"Não, Ida... vão ficar fechadas. Talvez eu as tranque em algum canto. Não vou usar minha sala."

"Isso é ridículo."

"Você acha, é?"

"Vai ser grosso comigo, Midas?"

"Sim. Porque você é que trouxe esse assunto."

Os punhos dela se apertaram. "Ou você pede desculpas ou eu simplesmente vou embora."

"Desculpe. Não é isso. É que..."

"Vai se deixar derrotar por esse... por esse sentimento desgraçado de que as coisas nunca mudam, por mais fodidas que se tornem? Se está bravo comigo por tornar sua vida incerta, você pode deixar um bigode crescer e colocar uns óculos de leitura e se tornar esse fragmento da sua imaginação que acha que despreza."

"Se fosse só imaginação, eu..."

"Não! Tudo o que você é, é esse corpo sentado nessa cadeira! Seu pai não está com você, Midas, nem em espírito. Você fica voltando a ele para não ter de assumir a responsabilidade pelas coisas que despreza em si. Eu tenho de ser grossa com você porque não há tempo!"

Ele engoliu seco. "Vamos, Ida. Vai haver tempo pra nós."

Ela virou os olhos.

"Ida, espere, para onde vai?" Ele correu atrás dela.

Ela já estava entre as caixas. Cortou irritada a fita que mantinha fechada a primeira. Com os punhos na boca, Midas a observou virar a caixa de ponta-cabeça e derrubar o conteúdo no tapete. "Você não pode..."

Ela abriu outra caixa e a virou. Poeira e detritos caíram num jorro.

Uma a uma, ela foi abrindo as caixas. Quando pegou a última, hesitou. "Esta é sua última chance."

Ele se aproximou e tirou dela a caixa. Chacoalhou-a, mas não fez barulho. Tudo devia estar arrumadinho e compacto lá dentro. Ele pegou a fita. Sentiu o ar velho quando quebrou o selo. Então fechou os olhos e virou a caixa de cabeça para baixo. Na breve queda de objetos algo bateu num dedo de seu pé. Ele olhou e viu os óculos de reserva de seu pai.

Diante da bagunça dos objetos no chão, ele se perguntava agora o que esperava. Um terno de passeio, que estivera bem dobradinho na caixa, agora estava amarrotado no carpete. Uma rosa amarela seca continuava presa em sua lapela. Um relógio digital parado às 2h32 da tarde. Um carrinho de brinquedo caído de lado. Midas o pegou suavemente. O metal era frio e as rodas estavam tortas. *Midas Crook,* estava escrito com letra de menino (não a dele) embaixo. Ele o colocou na palma da mão, não pesava quase nada. Esses itens eram apenas restos de seu pai. Não tinha medo deles (parou por um momento para checar se não havia perdido alguma coisa). Nenhum livro ou papel, nenhum recado do além-túmulo. Apenas... lixo. Olhou para Ida, que estava sorrindo com orgulho. Ele percebeu que esperava algum tipo de maldição do faraó, mas isso não houve. Não era tão difícil ter essa bravura.

Midas não podia mais ficar ereto. Com um suspiro de alívio, sentou-se e deitou-se entre as coisas velhas de seu pai e a poeira.

"O que vai fazer com elas?", perguntou Ida depois de um tempo.

"Jogar de um penhasco", ele murmurou.

Ela riu.

"Desculpe", ele disse.

"Pelo quê?"

"Eu não queria que esta manhã fosse assim." Ele se levantou. "Há mais uma coisa."

Foi ao armário sob a escada e tirou um cofre em miniatura. Virou as combinações da fechadura, hesitou quando fez o clique, então abriu com determinação austera. Tirou um livro de dentro, como se fosse o entupimento do cano de uma pia.

"O que é isso?"

Estava encadernado em couro preto, com uma fita cinza costurada na espinha como um marcador de página.

"O livro sujo dele. Primeira versão. Escrito à mão. Passado para mim." Ele sorriu. "Nunca. Nem abri."

"Bom", ela disse, "isso é bom."

★

Seu pai acordou de noite, o coração chacoalhando no peito, e cambaleou até o banheiro para cuspir na pia. Na escuridão sem cor, ele só viu um fluido cinza escorrendo pelo ralo, mas podia sentir o gosto de sangue e bile e, quando acendeu a luz, viu pontos vermelhos na pia, salpicados de cristais de vidro do tamanho da cabeça de um alfinete.

Incapaz de dormir, foi ao sótão para terminar de arrumar as caixas. Então pôs a mão sobre os olhos, cercado por bolas de papel amassado: tentativas fracassadas de explicação por escrito. Todas as suas palavras estavam lacradas naquele outro conjunto de caixas no andar de baixo, cheias de livros e papéis prontos para as chamas. Por um momento, um sorriso estendeu-se em seus lábios. Ele adorava a ideia de que sua vida havia sido dividida em duas. Sua vida acadêmica, nos livros, decorrera separada da vida encaixotada no sótão, sua coleção remanescente de experiência e sentimento.

Passou as mãos frias sobre a superfície de seu corpo, sentindo os braços ossudos, a careca macia, o pênis e os testículos (pensando no curto esforço da criação de seu filho).

Tentou se preocupar com o que Midas pensaria dele. Não se importava com Evaline (ela encontraria outro homem, sem dúvida, aquele homem que lhe mandara libélulas mortas), mas queria se preocupar com o garoto. Ainda assim... toda vez que tentava, sentia a estrela de vidro comprimindo seu diafragma, a pressão do sangue forçado através das veias. Então sentia medo e sabia o que aconteceria a seu corpo. Ele havia feito sua pesquisa. Não queria deixar uma estátua petrificada para impressionar os outros.

Finalmente, escreveu *Querido Midas* e, ao escrever isso, sentiu as outras palavras que queria dizer fluindo pelo seu braço e em sua caneta, como se essas duas fossem o abrigo que mantinha as outras encurraladas.

Ele não tinha certeza se o Midas a quem se dirigia era seu filho ou ele mesmo, ou um amálgama de gerações. Às vezes se perguntava se não estava escrevendo a Evaline ou a seu próprio pai, com quem havia terminado de forma tão ruim. Ou talvez sua mãe austera, ou alguém estranho a ele: a cria de seu filho, que nunca conheceria, ou uma afilhada, que nunca conheceria. A única coisa certa é que nunca se sentira assim escrevendo: era confessional, pessoal, quando antes fora uma procissão de teorias e críticas. Páginas preenchidas com linhas pretas como comboios e formigas, e, mesmo quando seu coração queimava e pesava como rocha derretida, ele conseguiu manter as palavras fluindo. Elas acabaram abruptamente, mas eram exatas. Ele sabia que não precisaria refazer essas páginas. Quando tentou abaixar a caneta, os músculos de sua mão travaram na posição de escrita.

Havia escrito quase exclusivamente sobre o vidro florescendo em seu coração. Sobre o ruído vazio das batidas desse órgão, como uma taça de vinho atingida por um garfo. Sobre a dor que sentia quando enfrentava um lance de escada, ou andava rápido demais pela rua para comprar um jornal. A mesma dor que o penetrava sempre que seu pulso acelerava. Um toque da mão de sua esposa podia fazer isso, fazer seu peito se encher de fagulhas. A fotografia de uma biblioteca que seu menino havia deixado na mesa do escritório fizera isso, havia pressionado seu esôfago e enfiado garras em seus pulmões.

Ele se inclinou na cadeira e se perguntou o que seria dessas novas páginas. Era tarde demais para passá-las adiante: era o risco da formação de um momento emocional e uma coisa dessas poderia deter seu curso de ação. Não, uma ideia melhor lhe ocorreu. Ele bateu o dedo indicador nas lombadas de uma prateleira até que encontrou o primeiro rascunho de *Sobre a beleza*, que havia encadernado num couro escuro como melado. Era inútil voltar à cama, porque, agora, tanto a dor em seu peito quanto a sua empolgação o haviam deixado elétrico. Vestiu o paletó de *tweed* e veludo *côtelé* e foi ao carro com *Sobre a beleza* numa mão e sua carta recém-rabiscada na outra. Livros. Leitura. Mágica de caneta e papel. Seu menino ainda tinha de descobrir isso, mas talvez a leitura dessa carta fosse o ponto de virada. Ele havia escrito sobre tudo o que o aterrorizava e mais. Havia descrito os raios X, o momento em que confrontara pela primeira vez a cartografia negra, transparente de si mesmo. Acreditava que essa carta seria a conexão de pai e filho com a qual sempre sonhara, desde o dia em que o garoto foi concebido.

Saiu dirigindo sob as estrelas, em estradas mortas até Glamsgallow. Estacionou fora do pequeno encadernador, a carta e o rascunho encadernado prontos em seu colo: esperando pela aurora, a hora de abertura, uma chance de acertar as coisas.

★

Midas e Ida dirigiram em direção a Gurmton, pegando a estrada alta do topo do penhasco. Uma neblina estava depositada sobre o mar, tornando difícil dizer a que altura eles estavam. Quando estacionaram num mirante deserto e Midas arrastou as caixas até a margem do abismo, ele parecia estar parado à beira de um lago de nuvens. Travesseiros brancos se estendiam até o horizonte. Era mais divino do que ele desejava que fosse.

A primeira coisa que tirou das caixas foi o terno de passeio de seu pai. Segurou-o ao vento, que o agarrou antes mesmo de ele o soltar, tirando-lhe as calças da mão e depois roubando o paletó. As roupas se agitaram ao longe na neblina. Os óculos de seu pai se seguiram, girando no ar. Um velho lenço que ele nunca vira o pai usar desceu pelo vapor como uma borboleta afogada. Peça por peça, deixou os restos de seu pai esvaecerem e, quando todos haviam sido jogados do abismo nas nuvens, lançou as caixas.

Finalmente, havia o livro, que Ida lhe passou com certa cerimônia. Por um momento, ele pensou duas vezes e se perguntou se, caso conseguisse decifrar a escrita acadêmica, poderia descobrir por que o pai decidira abandonar a vida. Mas segurou-o nas mãos e passou um dedo na capa, com cuidado para não forçar a lombada quando abriu pela primeira vez na vida as páginas secas do livro; tinha a vívida memória de seu pai fazendo os mesmos movimentos ritualísticos. Arrancou as páginas e as jogou furiosamente no ar. Elas enfrentaram o vento como criaturas amedrontadas, batendo umas nas outras.

Então uma coisa inesperada aconteceu: ele gritou involuntariamente "Não!". Buscou as páginas que dançavam loucamente, a escrita de seu pai girando no céu, mas já estavam fora de alcance, passando pelas nuvens. Tropeçou tentando pegá-las e Ida teve de agarrá-lo para impedi-lo de ir até a margem do abismo. Ela o puxou de volta dali, perdeu o equilíbrio e caiu de lado na grama, agarrada ao braço dele, puxando-o acidentalmente para baixo. Ela gritou ao cair, mas o corpo de Midas amorteceu sua queda. E, apesar de ofegar por alguns minutos, ela não devia estar tão atormentada, porque mantinha a bochecha colada nele. Permaneceram assim, de rostos apertados e olhando para o mar, diante de um horizonte infinito de nuvens.

Assim continuaram sabe-se lá por quanto tempo, ele maravilhado com a leveza do corpo dela, exceto abaixo dos joelhos, onde podia sentir o vidro a puxá-la para o chão.

Então ele sentiu uma lágrima no rosto dela. Alarmado, limpou--lhe a bochecha. Sua pele estava macia e seca. Tinha sido apenas uma gota de chuva. Outra caiu na grama ao lado deles. Pilares da neblina do mar haviam se erguido no ar sobre eles e estavam se expandindo em nuvens de chuva. Ida sentou-se cuidadosamente. Midas ficou de pé, ajudou-a e a estava conduzindo de volta quando ela o parou dando uma batidinha na sua cintura com uma muleta. Ida apontou para um ponto na grama em que uma página amarrotada tinha caído. A chuva tateava cuidadosamente ao redor.

Ele se lembrou de como se sentira sufocado quando as páginas do livro voaram nas nuvens. Aproximou-se nervoso da página que sobrara e a pegou.

A chuva e a umidade da grama haviam borrado a tinta, transformando cada letra numa mancha de preto e azul. Era indecifrável, além das duas primeiras palavras, colocadas separadas no alto da página.

Querido Midas.

Isso trouxe um nó à sua garganta. Agora as outras páginas estariam a quilômetros em meio à neblina opaca, mas não importava o que estava escrito nelas – o esforço e a discrição de seu pai eram suficientes. Se as palavras fossem dolorosas, o pai teria falado livremente, nunca chegando a tanto trabalho. Midas, deliberadamente, amassou a página. Mas não a jogou junto com as outras. Colocou-a no bolso da camisa, virou-se para Ida e abriu um sorriso que se tornou genuíno quando ela pressionou seus lábios nos dele.

★

Diferentemente da costa sul onde Midas e Ida agora estavam, as praias do leste do arquipélago estavam claras e os topos dos abismos davam para uma angra de rochas pontiagudas e navios naufragados. Henry Fuwa se sentava com as pernas balançando sobre o abismo e o vento balançando sua calça. Ele tirou o coração de vidro de Midas Crook do saco, saco que o vento levou alto para o ar, amassou e inchou como um baiacu para carregá-lo ascendendo em direção ao horizonte rochoso.

Colocou o coração no colo. A cor de sua calça se distorcia atrás dele.

"Você e eu mal nos conhecemos", ele disse, "e ainda assim tentei tanto entendê-lo!"

Papagaios guinchavam numa pirâmide distante de rochas.

"Percebi como não foi *você* quem me perturbou ao longo dos anos, mas o que estava *acontecendo* com você."

Bateu as unhas no coração de vidro.

"Claro, você lidou mal com as coisas, descontou nos outros. Nunca as encarou. Então eu odiaria que você pensasse que mantive isso por solidariedade. Manter isso foi só... Uma espera até eu entender. Agora que entendo... Percebi que covarde você foi no final. Por se matar em vez de lutar. Porque... *E se*?"

Pegou o vidro frio e avaliou seu peso nas mãos. Podia sentir a queda do abismo por meio de suas botas. O vento mandava seu cabelo para trás, estudava seu rosto com a chuva e afastava os lábios de suas gengivas.

Pensou no corpo no pântano. "Você parou de acreditar; não pensou, há muito tempo, que poderia haver um 'e se'? Então, *e se* você se transformasse inteiro em vidro, poderia transformar-se de volta?"

Ele mesmo não acreditaria nisso. Mas a questão era se devia ter um pouco mais de esperança.

Jogou com indiferença o coração abismo abaixo. Ele mergulhou em ondas raivosas. Deu-se uma explosão de espuma com milhares de cacos de vidro, que se expandiu e contraiu numa batida final do coração, antes de sumir no mar.

Ele suspirou. Seus pensamentos estavam cheios de Evalines em órbita. "Também não acho que haja um *e se*", ele disse, "mas ainda espero encontrar."

36

Com Midas fora, trabalhando na floricultura, Ida não achou a casa tão aconchegante. Percebeu que estava simplesmente esperando a sua volta e decidiu sair. Lutou morro acima contra flocos de neve que diminuíam a velocidade de seu passo e chegou ao local mais próximo em que pensava poder se sentar sem ser perturbada. As árvores no cemitério da Igreja de São Hauda abriam as garras em direção a suas irmãs nos bosques logo acima.

Única alma na igreja, ela se sentou num banco acolchoado e sentiu o cheiro de cera de vela antiga. Um vitral mostrava o anfitrião do céu observando impassível são Hauda que voava pelo estreito de Ettinford, carregado sobre a água por uma revoada de pardais. A cor havia se apagado no vidro e era iluminada agora, como ela imaginava ser inevitável, de forma monocromática. Flores brancas desabrochavam num vaso do altar. Ida supôs que as flores tinham vindo da floricultura Catherine's.

Um vigário deslizou por uma porta da sacristia no saguão da igreja, limpou a prateleira de hinos e desapareceu novamente. Uma Bíblia estava depositada numa prateleira presa às costas do banco à frente dela. Ela a empurrou suavemente para o lado e colocou a cabeça na madeira.

Quando menina, havia testemunhado um deslizamento de terra. Um abismo cedendo à água. Estava fazendo piquenique com os pais do lado oposto da baía onde aquilo acontecia, olhando enquanto o sol forte encontrava o calor dourado nos penhascos. Havia sido um dia calmo e o mar estava plano e azul. Então, de repente, as rochas na baía começaram a deslizar em direção ao mar, como se tivessem sido fatiadas por um cortador de queijo. Pedras cúbicas se libertaram da costa em câmera lenta, traçando uma trilha de purpurina amarela de arenito que se chocava com a espuma do mar. Em trinta segundos, a forma do penhasco mudou para um monte de entulho com pedras e grama e o mar passou a bater na pedra âmbar que a terra havia cedido.

Ela, às vezes, se perguntava o que acontecera invisivelmente no interior daquele penhasco. Que fendas e rachaduras escondidas haviam preparado pouco a pouco a sua rendição final. Nos últimos dias surgiram dores em partes de seu corpo que não existiam antes. Dor em uma costela. Dor no comprimento de sua espinha. Uma dor dentro da coxa que parecia ter o tamanho de uma caverna.

Olhou para os outros vitrais na igreja. Grande parte dos santos havia desbotado como são Hauda. Seria necessário alguém com um conhecimento bíblico do nível de seu pai para saber que figura era aquela; para Ida, eram todos impassíveis, belos fantasmas. Uma mulher virginal com uma urna era a mais próxima. Olhando através do rosto e das vestimentas dela, Ida podia distinguir o movimento de uma árvore no cemitério além, balançando seus galhos no vento.

Ela se sacudiu então; levantou-se com esforço e deixou a igreja de muletas, com seus passos ecoando no telhado bem acima.

★

Midas passou a manhã fazendo entregas de buquês por Ettinsford e as vilas ao redor. A última entrega em sua lista o levou ao abismo de granito depois de Tinterl. O penhasco era uma espinha de morros estreitos que iam das ilhas a Lomdendol Tor. Ele não estivera lá desde o funeral de seu pai e ficou surpreso quando recebeu o pedido. O endereço remetia à sua infância: os precipícios inabitados ao redor de Wodenghyll Force, uma grande cachoeira do tamanho de cinco casas cujos borrifos anunciavam sua presença como a fumaça indicava uma fogueira. Dirigindo morro acima a partir de Ettinsford, parecia que cada fenda em cada rocha sangrava um fio de água cristalina trazida pela pesada nevasca. Diferentemente da maioria das coisas na ilha, as faces cinzentas das rochas e as estéreis áreas repletas de corvos eram tão grandes quanto as de que ele se lembrava da infância. Pequenas cataratas caíam das rochas em poços profundos, espirrando água em estradas esburacadas.

As quedas-d'água do penhasco de Tinterl nunca foram atraentes para os turistas. Mesmo a fúria do jorro de Wodenghyll Force não era capaz de tirar os visitantes das praias e da vida marinha. Era tão dramática quanto qualquer trabalho da natureza, mas carecia de grandeza em sua selvageria. No velho mapa da ilha de seu pai, Wodenghyll tinha a maior anotação.

Um uivo ecoante de morros
Um tordo outrora levado pela água, depois partido – ossos entortados e amassados.
Aqui a natureza é autodepreciativa – cada saliência de rocha, um martírio para os olhos.
Bom.

Trepadeiras e suculento musgo preto haviam crescido a partir do mirante acima de Wodenghyll Force. Os pneus de Midas os estouraram como lesmas quando ele estacionou. O buquê estava ao lado dele no carro, um pequeno maço de caules e pétalas. Borrifos da cachoeira sujavam o céu, mas ele ainda podia ver, bem ao longe, o bosque repleto de nuvens da ilha.

Havia, entretanto, um carro familiar: o único veículo além do seu estacionado no mirante.

Carl Maulsen estava jogado no banco do motorista roendo as unhas. O primeiro pensamento de Midas foi chamar a polícia, mas havia algo derrotado na postura de Carl. O início de uma barba suja, prateada, pendurava-se de seu queixo. Midas esperava a subordinação intimidada que sentira no passado ao redor de Carl, mas ela não se materializou. Caminhou e bateu fracamente na janela, aproveitando a sua nova confiança, o que Ida dizia ser bravura. Carl hesitou antes de descer a janela.

"O que é isso?", perguntou Midas.

"Um pedido de desculpas."

Os bancos de trás estavam cheios de tapetes e travesseiros, uma mochila e uma sacola. Cheiro de gente saía pela janela.

"Você esteve dormindo aqui?"

Carl abriu a porta do passageiro. "Não posso voltar para o chalé. Entre, por favor."

Midas negou o pedido. Havia se inclinado para ouvir o que Carl tinha a dizer. Todas as outras vezes em que se encontraram, a voz de Carl tinha sido forte e encorpada. Agora, os espaços entre as frases eram preenchidos pela fúria das águas.

"Vou embora, Midas. Talvez para os Estados Unidos. Longe dessas ilhas, isso é certo."

Midas ficou em silêncio.

"Acho que os lugares se apoderam da gente e nós nos tornamos meros pedaços da paisagem, assumindo seus costumes e tolices. Há lugares no continente – talvez você seja jovem demais para entender isso – a que não posso retornar sem sentimento, sem *me tornar*, coisas que achei que havia resolvido e finalizado. O *campus* da minha universidade, uma praia em particular, um certo cinema. Apenas por causa de Freya Ingmarsson. Ela é o motivo pelo qual me mudei para St. Hauda's Land, não vê? Mesmo que já estivesse morta quando me mudei para cá. Freya era uma pessoa de sol e barcos e este lugar não tem nada a ver com ela. Foi um bom lugar para fugir dela. Mas eu trouxe pedaços de Freya comigo. Uma ferradura, um cartão de Natal. Tentei começar de novo, mas trouxe pedaços dela. Quando Ida veio ficar... Midas, só me serviu para lembrar quanto eu amava Freya." Ele grunhiu, cobrindo o rosto com as mãos. Seus dentes estavam manchados de nicotina, tortos e serrilhados. Midas se lembrava deles retos e brancos.

Midas olhou a forma monstruosa dos borrifos se erguendo de Wodenghyll Deep, onde as cataratas haviam escavado um lago. Os borrifos traziam leves flocos de neve quando caíam.

"Você é um covarde, Carl", ele disse, sentindo um nível de resolução que mal conhecera dias antes. Perguntava-se se esse sentimento era aquele a que Ida se referia quando falou sobre ansiar por sentar-se num barco em águas calmas. Um sentimento firme no plano espiritual, sustentado pela grande profundidade de pressão domesticada.

"Você tem medo demais de admitir que o mundo não gira ao seu redor. Acha que até a paisagem é subordinada a você. Pode-se ir bem longe na vida com uma atitude assim, posso dizer isso mesmo sem ter tido essa coragem. As pessoas nos respeitam quando têm medo de nós. Mas não acho que se pode amar e ser assim."

As mãos de Carl estavam tremendo quando ele as colocou na direção. "Eu amava Freya."

"Mas ninguém pode dizer que vocês dois estavam apaixonados, Carl. Há uma diferença e acho que, no final, a diferença era que ela tinha medo de você como todos os outros."

Não havia mais nada a dizer e Midas se virou e caminhou de volta ao carro. Jogou o buquê no chão e tomou o caminho de casa e de Ida.

⋆

Carl permaneceu no carro com a porta aberta. Os borrifos entravam, fazendo o interior do carro parecer um quarto úmido de casa velha. Carl se sentiu como um pedaço de mobília apodrecendo ali dentro. Olhou para o horizonte imediato, a queda repentina de Wodenghyll Deep, sabendo que tudo o que seria necessário era virar a ignição e pisar no acelerador.

Imaginou a água batendo ao redor dele, empurrando-o lago abaixo, o rosto primeiro, sem ar, brita em sua boca e ossos de peixe. Era isso ou seguir em frente, mudar-se para algum lugar novo, esperar que os sentimentos não solucionados em seu interior regurgitassem. Não podia suportar nenhum dos dois fins; e se fizesse o seu próprio, então? Carl não acreditava na vida após a morte, mesmo que tivesse precisado disso quando Freya morrera. Ele foi mais forte do que isso.

Mas, de repente, pareceu que a força foi o fracasso que Midas identificara. Ser forte o havia iludido; como explicar que um fraco como Midas tivesse rastejado em seu caminho para o amor e o encontrara? Ele riu alto e amargamente, então parou de rir.

Essas emoções o haviam arruinado, essa ânsia por uma mulher há muito falecida tornara-se poderosa como um poço sem fundo dentro dele, a ponto de sua maior esperança parecer agora a desapropriação do próprio corpo. Considerou que dirigir para Wodenghyl Force seria ir além dos corpos, ao nada onde Freya estava. Onde pelo menos Charles Maclaird não estava. Ainda.

Ligou a ignição. O motor chiou e morreu. Tentou de novo, mas não deu certo. Saiu, levantou o capô e checou as partes mecânicas. O motor não dava partida. Carl fechou a jaqueta e sentiu o borrifo da cachoeira infiltrando-se em suas roupas. Estava com frio. Tentou dar partida novamente, em desespero. Xingando o carro, pegou seu telefone celular do porta-luvas e o ligou. A bateria havia acabado. Ele estava dormindo em seu carro e não a havia recarregado.

Uma fúria repentina se apoderou dele. Rosnou, a saliva voando na água e na neve e voando de volta no vento para acertar seu queixo. O barulho de sua explosão foi engolido pela batalha incessante das quedas-d'água.

A*ndaria* até a porra de Tinterl, pegaria pela gola o pastor da igreja lá, ou arrombaria a porta de alguma cabana e exigiria abrigo do frio. Estava disposto a usar força e ameaças se fosse necessário.

Saiu, cambaleando levemente num vento que havia começado a uivar sobre a lateral do penhasco e que o acertava com borrifos maiores e gotas congelantes. Continuou caminhando e praguejando pela estrada, pisando na água das quedas menores, saltando sobre córregos. Calculou mal um passo e molhou os pés. Seus dedos ficaram instantaneamente frios e pensou em Ida fugindo dele em Enghem Stead. Sentiu-se enojado de ser quem era, enojado de ter feito todas as coisas que fez. Ainda bem que o garoto Crook a tinha encontrado.

Um brilhante céu branco feriu seus olhos.

A estrada fez uma curva. Ele sentiu o vento tentando abrir suas pálpebras. Chuva e neve o atingiam e andou com os ombros caídos contra o gelo que espirrava. Fatigava-se, achando impossível prosseguir, deslizando em trilhas de água congelada do asfalto. Virou-se para outra curva e parou. À sua esquerda, o morro descia um longo trecho, à direita se erguia alto, e uma grande camada de neve havia deslizado para cobrir a rua. Respirou profundamente e tentou passar pela camada, mas seu pé afundou e ele caiu. Seguiu em frente de quatro, cada braço e perna afundando mais do que esperava. Quando finalmente saiu da neve, seus dentes batiam e o hálito cristalizava no ar. Limpando a umidade do rosto, tentou adivinhar até onde teria de ir. A estrada descia à sua frente, serpenteando por rochas e penhascos na distância obscurecida pela chuva com neve. Nenhum sinal da igreja de Tinterl ou de qualquer outra construção.

Um pânico doentio se apoderou dele. Teria ido para o lado errado? Não conseguia ver atrás do monte de neve. Prosseguiu cambaleando.

A chuva ficou mais densa, fechando-se numa parede de plumas. Por um momento, Carl pensou ter visto uma figura de mulher feita das partículas de neve, seu cabelo ártico a flutuar na ventania, mas ela estava de costas para ele e ele não podia dizer se era Freya. Ela desapareceu tão rápido quanto apareceu. Seus membros estavam duros e não respondiam ao comando. Convenceu-se de que não conseguiria chegar à igreja de Tinterl. Perguntou-se se as pernas de Ida estavam tão anestesiadas como as dele lhe pareciam. Deitou-se na neve no meio da estrada.

37

Ela observava os vapores se erguerem de turfas, tornados visíveis pelo frio. O branco leitoso do céu refletia-se nos canais e num rato morto no acostamento, com o rabo e as pernas traseiras crucificados por marcas de pneu.

Num confortável silêncio, eles passaram por árvores enroladas em malhas de musgo verde, por poças densas e trilhas de turfa congelada.

Toda vez que ela se esquecia da ausência da pele por baixo das meias, se esquecia do vidro preso em suas pernas por fechos feitos por seus próprios ossos, parecia que a tentativa de alguém no sentido de curá-la perturbava aquela serenidade. Midas insistia em visitar Henry novamente, em cruzar os pântanos enquanto os preciosos dias dela se esvaíam.

Cura e preservação haviam sido a conversa de Carl. Toda essa baboseira que ele lhe mostrara sobre Saffron Jeuck, falando em termos vagos sobre frear a transformação.

A cabana se aproximava, com folhas de hera nas paredes parecendo algemas na brisa. Ela forçou um sorriso fraco para Midas, querendo apenas ficar sentada com ele e passar por paisagens sem fim.

Henry não estava em casa.

Olhando através da janela suja, viram uma bagunça na cabana. Livros se espalhavam abertos no chão da sala, entre pilhas de papel.

Midas coçou a cabeça. “E agora?”

Um pássaro gritou agudamente em algum canto do pântano.

"Midas", ela disse, quando estavam parados lado a lado no jardim de Henry, "para dizer a verdade, estou feliz por não encontrar Henry aqui. Não quero mais procurar uma cura."

"Mas..."

"Shhhh", ela disse gentilmente. "Quero te mostrar uma coisa."

Ela o levou ao curral do gado de asas de borboleta. Tentou abrir. Não estava trancado. Ele a seguiu pela porta e sentiram o cheiro forte de estrume. Ela abriu a porta interior para revelar o quarto das gaiolas balançando.

Ida encostou uma muleta na parede e usou a mão livre para pegar a mão de Midas. Ela foi ao centro do curral e lhe disse para ficar bem parado.

O rebanho ajustou o voo ao redor deles, uma cascata de odor embolorado, de pelos e asas. Ida arfou quando um touro pousou em sua cabeça e esfregou os chifres em seu cabelo. Outro se sentou ao lado desse e um no ombro de Midas, e outro e outro, até que o rebanho todo tomava ombros e cabeças, roncando e balançando as cabecinhas, batendo as asas e pisando com seus pés de palito.

Então, os dois começaram a se abaixar musicalmente no espaço entre eles. Ela o puxou mais perto até que ficaram a centímetros um do outro, com as vacas zumbindo e os touros bufando em sinfonia. Um bezerro com asas azuis encostado em sua mão levantou a cabeça e mugiu como uma nota de flauta.

"Não vou ser curada", ela sussurrou. "Vamos esquecer isso por um momento."

38

Nos mapas das ilhas, as areias ao norte de Clammum-on-Drame eram uma mão esticada tentando em vão espantar ventos árticos. Geólogos alegavam que as areias, muito tempo atrás, tinham sido duras planícies montanhosas que um terremoto na Antiguidade havia rebaixado ao nível do mar. Uma evidência disso era que cuboides de granito se erguiam das praias cinzentas, achatados ou partidos em diagonais.

O carro com Ida e Midas rodava pela rua de concreto que atravessava as areias movediças, deixando marcas de pneu na camada profunda da areia sobre o caminho. O destino deles era Clammum Knoll, um pequeno morro que descia levemente na parte mais ao norte das areias.

Aconchegaram-se próximos, num banco no alto da colina, vendo o mar ou olhando para as praias que brilhavam cortadas pela rua e pelos canais inundados de água salgada. Tristes cegonhas e maçaricos tomavam esse e aquele caminho, um cormorão grasnava da casca de um barco naufragado que ficava na praia como um esqueleto de baleia.

Ao norte havia um horizonte opaco. Essa era a primeira parada do vento desde que varrera as geleiras e massas de gelo flutuantes. Hoje ele simplesmente sussurrava e não penetrava a face da água.

"Eu sempre quis ir ao Polo Norte", disse Ida, apontando ao longe.

"Você irá."

"Eu não duraria dois segundos."

"Você não sabe..."

O sal do oceano secou e sumiu com as lágrimas salgadas nos olhos dela. Ida evocou seu pai salgando um filé de bacalhau com suas recordações distantes, quando o clima ruim entre eles estava na pior fase. Buscou o mar infinito diante dela e se perguntou quanto sal se encontraria se fosse fervida toda a água.

"Já viu o fundo do mar?", ela perguntou, sabendo que a resposta seria não. Queria falar disso e reviver a experiência. "Bem no fundo, é como o crepúsculo. Você pode ver trilhas de sal na água, como fantasmas."

Midas balançou a cabeça, sorrindo. "Nunca vi nada disso. Sempre me surpreende tudo o que você já fez mais que eu."

"Não por muito tempo."

"Não fale assim."

"Só estou dizendo que... adoro ficar sentada com você, assim."

O mundo era monocromático à semelhança do dia em que se conheceram, o mar negro como vinil. O cormorão no casco naufragado decolou e voou sobre a água.

"Midas... Eu adoraria me sentar assim com você num barco."

"Tudo bem."

"O quê?" Ela não esperava que ele dissesse isso.

"Tudo bem", ele disse, mais devagar dessa vez.

Ela continuou, antes que ele tivesse chance de voltar atrás. "A previsão do tempo é de que estará bom amanhã. Vamos alugar um barco e ir o mais longe que pudermos. Desde que o mar esteja manso, creio que consigo remar um pouco."

Ele engoliu seco. "O.k."

"Midas! O que despertou o desbravador dos mares em você?"

"Na verdade, ainda morro de medo, mas... muitas coisas. Rasgar o livro do meu pai foi... libertador. Te devo isso."

"Ah, então quer me pagar."

"Não. Hum, bem, sim, mas não assim."

"Como?"

"Acho que não há como eu lhe pagar o suficiente."

Ela virou os olhos. "Não seja tão sério."

"Mas..." Ele abaixou a cabeça.

Ida o empurrou de brincadeira. Midas se sentou, com um olhar magoado, então ela o empurrou novamente. Dessa vez, ele a empurrou e ela gritou caindo na grama.

"Jesus", ela gritou, "não consigo nem me sentar."

"Desculpe."

"Não, não, só me ajude a ficar de pé. Minha barriga está fria. Congelando. Por toda a cintura."

Ele a ajudou.

O lugar onde estavam era um nível de concreto elevado que a maré teria de levantar seis pés para cobrir, então a colina estava segura quanto à invasão da água. O pôr do sol, como um ferreiro, estava moldando o céu em lâminas vermelhas brilhantes.

Sentaram-se em silêncio e viram o sol brilhar. Ela pousou a cabeça no ombro dele. Ele colou a sua no alto da cabeça dela.

"Eu deveria tirar uma foto."

"Não. Apenas se lembre disso, de nós aqui."

Ele engoliu seco.

Ela sorriu. Era o tempo e o local exatos.

Então, beijaram-se. O vento soprava sobre eles.

39

Antes de seu próximo turno na floricultura Catherine's, ele deixou para Ida um ramo de narcisos amarelo-claros na mesa. Ela se sentou com eles escrevendo em cartões de Natal que pedira para Midas escolher, já que se cansava só de pensar em fazer compras.

Midas tentou escolher cartões de que ela gostaria. Ida sabia, pelos antigos que ele guardava, quais eram seus gostos. Fotos em preto e branco de natais do passado. Mães de rosto fechado segurando as mãos de crianças arrumadas em ruas de pedra. Postes com lampiões a gás brilhando sobre a neve. Portas de igreja adornadas com coroas de azevinho. Apesar dessas fotos monocromáticas que amava, aquelas que Midas escolheu para ela eram lindas e coloridas. Um conjunto de quatro mostrava imagens de renas em vales nevados. Um fauno malhado olhava com olhos esbugalhados de um ramo grosso em que amoras vermelhas traziam o tom vermelho de sua pele. Uma corça ficava entre os galhos horizontais de um carvalho caído, usando um cômico chapéu de neve azulada. Um veado e sua companheira esfregando o elegante pescoço sob ramos de visco verde pendurados.

Ela abriu o primeiro cartão de Natal e pôs um cartucho de tinta na caneta-tinteiro. Distraidamente, escreveu *Mãe* e *Pai*, então rasgou o cartão e abriu outro para escrever apenas *Pai*. Abaixou a caneta, respirando pesadamente. Uma onda quente apertou seus intestinos e fez o sangue correr para a cabeça. Ela se concentrou em respirar.

Antes de Midas sair, ela lhe disse que estava se sentindo melhor. Não mencionou que sua cintura estava cheia de um novo tipo quente de paralisia. Como uma borbulha insaciável no interior da sua pele. Uma lanosidade em seus músculos era interrompida regularmente por essa queimadura. Ela podia imaginar o que significava.

Seus dedos arranharam a tinta da mesa enquanto a dor flamejou novamente. Ela rangeu os dentes. A agonia diminuiu e ela suspirou. Quando contou a Midas sobre se sentir melhor, o alívio no rosto dele provocou o maior dos seus sorrisos e ele a beijou sem hesitar.

Apesar de tudo, era verdade, mesmo com seu corpo podendo doer mais do que nunca, por causa dele. Dele e dela.

Suspirou. Imaginar tornando-se vidro a fazia se sentir como se um alçapão tivesse aberto dentro dela e toda a sua coragem houvesse escorrido. Ela pensou em quão jovem era para estar sofrendo assim, e como isso fazia tudo parecer menos merecido. Ainda assim havia feito todas as coisas da juventude, e mesmo quando saltara (o ar assobiando no ouvido, o cabo de *bungee jump* espiralando atrás de si) não sentira nada tão compulsivo como a vontade que tinha agora de se agarrar a Midas. Seria impossível para ela dar-lhe a notícia de que não estava melhorando. Ela podia sentir a invasão do vidro como um animal sente o tremor antes do terremoto. Ele não entenderia se ela lhe contasse.

Ela sentira uma colisão com ele e sabia que quisera isso a vida toda: trombar com alguém em tal velocidade que se fundisse nele.

O momento viera não no pico da paixão de uma noite, como ela esperava, mas na manhã, quando os olhos de ambos se abriram ao mesmo tempo e buscaram foco um no outro. Eram recém-nascidos, de olhos esbugalhados, dividindo a sua primeira respiração no mundo. Então isso acabou tão rápido quanto tinha vindo. Midas corou e afastou o olhar dela. Ida se estendeu para segurar o rosto dele.

Agora que ela havia sentido o momento, tudo o que queria fazer era senti-lo de novo. Quando ele saiu pela porta para trabalhar naquela manhã, ela sentiu a temperatura do quarto diminuir, a dor em sua pélvis redobrar, a pele em sua cintura se ferir. Imaginara que seria prazeroso fingir que haveria um futuro.

Escreveu *Feliz Natal, pai, de Ida*, colocou o cartão no envelope, e hesitou com a língua a um centímetro de lamber a cola. Tirou o cartão de novo, abriu a caneta e escreveu:

> *... além disso, pai, há uma chance de que não nos vejamos por um tempinho. Quero lhe dizer quão feliz tenho estado ultimamente. Conheci um cara. Não sei se você vai querer conhecê-lo em breve, então deixe-me falar dele. Ele era muito tímido no começo, mas consegui entendê-lo. Ele tem uma casinha numa pequena cidade da ilha. Você iria gostar daqui. Como você costuma dizer: dá para ouvir seus pensamentos de noite. Ele é fotógrafo. E, principalmente, você deve saber que estou apaixonada. Acho que você disse uma vez que o amor é o que importa. Eu concordo de todo o meu coração.*

Tendo acabado o espaço no cartão, ela soprou a tinta. Colocou-o no envelope, selou-o e saboreou o gosto do selo na língua.

★

Durante a noite, o botão de uma rosa gorda da loja havia derrubado pétalas como pedaços queimados de fita num vaso de vidro. Midas olhou tristemente para os planetas vermelhos perdidos no cosmo da água e pensou nas pernas de Ida. Naquela manhã, haviam acordado juntos e ele não reconheceu a própria cama ou o barulho da rua lá fora. Não reconheceu a sensação de seus velhos cobertores em sua pele. Não reconheceu Ida; era como se a visse pela primeira vez. Como se ela fosse a primeira coisa que ele via.

Colocou as rosas saudáveis num vaso novo e jogou o conteúdo do primeiro na pia. As pétalas rodopiaram no aço inox e se prenderam no ralo. Ele foi à janela e arranjou bulbos de madeira entre tulipas. Havia algo conspiratório nas plantas. Frequentemente sentia, quando estava sozinho numa sala com elas, as pétalas sussurrando numa frequência abaixo da audição humana. Lá fora, uma neblina fraca dominava a rua e a fazia parecer um palco de *show* cheio de gelo seco. A cidade além era apenas imaginação.

Ele suspirou. Queria que seu turno acabasse logo. Queria voltar para Ida. Mesmo que naquela tarde eles devessem sair de barco (um passeio que o enchia de medo).

Sentiu-se paranoico o dia todo. A primeira coisa que fez de manhã foi apagar todas as fotos que tinha de Ida. Observou-a dormindo enquanto ligava o *laptop*. O cabelo dela estava frisado, seus lábios quentes. Esperava que ela estivesse dormindo bem. Não queria que acordasse de novo agarrando-lhe os tornozelos como se tentasse espantar um pesadelo.

Todas as fotos que ele havia tirado dela eram de seus pés. Não eram Ida. Foi por isso que as apagou.

A luz não conduzia a verdade como ele pensara outrora. Não havia nada que se pudesse fazer para preservar a verdade. A luz era útil apenas como uma metáfora do momento intangível. Até que houvesse um tipo de câmera que pudesse colocá-lo de volta inteiramente num momento do seu passado, fotos como aquelas não serviam para nada. Primeiro, sentiu um arrepio ao apagá-las. Sem elas, tinha apenas o corpo dela, cabelos, vidro. A realidade era libertadora. Apenas agora, cercado pelo ar familiar repleto de pólen, lidando com os pedidos monótonos dos clientes, ele começava a duvidar de sua visão.

O sino tocou com a porta se abrindo. Uma lufada de vento estremeceu as tulipas. Midas se lembrou de Ida ao entrar na loja não havia muito tempo, com uma bengalinha fina de apoio. Dessa vez era Gustav, o que significava que seu turno acabara.

Gustav pareceu espantado. “O que há com você?”

Midas, em seu lugar, estava tremendo. “Vou ao mar. Num barco com a Ida”, disse.

“Essa menina fez mesmo maravilhas por você. Nunca em um milhão de anos pensei que veria o dia em que você entraria num barco. Era mais provável que entrasse numa espaçonave.”

Midas, vestindo a jaqueta enquanto ia para a porta, riu com uma mistura de alegria e terror e foi porta afora para a sua casa.

Gustav balançou a cabeça e assumiu o lugar no balcão, desembrulhando um sanduíche de salsicha com molho *barbecue* e o jornal do dia. Lera o jornal página por página e estava na seção de esportes quando bateram à porta e uma mulher numa elegante capa de chuva preta entrou timidamente. Tinha um longo cabelo escuro e não usava nenhuma maquiagem para cobrir as bolsas sob os olhos.

"Estou procurando Ida Maclaird", ela disse com urgência. "Sabe onde posso encontrá-la?"

★

Emiliana Stallows passara os últimos dias no continente. Depois de deixar Enghem, ela telefonou para um hotel à beira-mar em Glamsgallow para reservar uma noite, mas mudou de ideia no momento em que nele deu entrada. Ficou parada por um minuto ou dois na recepção do confortável saguão, ignorando as perguntas da recepcionista, incapaz de pensar em ninguém mais senão em Ida Maclaird. Então pediu o cartão de crédito de volta, pegou a bolsa e foi para o calçadão molhado de chuva do terminal da balsa.

Não aproveitara a viagem. A balsa havia balançado tanto que, olhando pela janela, o mar negro parecia perpendicular ao vidro. O que salvou foi o sentimento de propósito que a jornada lhe deu. O tempo todo ela segurava, firme em seu pulso, o endereço amarrotado da família de Saffron Jeuck.

Foi difícil encontrar a casa, uma propriedade residencial numa cidade recém-construída de ruas estreitas e moradias comprimidas em fileiras ordenadas de tijolos aparentes. Houve um momento desconfortável em que o sr. Jeuck atendeu à porta, o primeiro dessa tarde inteiramente desconfortável para ela.

Emiliana sabia que Saffron se matara por causa do vidro. Isso sempre parecera um fim suficientemente assustador para a história, e entrar nos detalhes dos atos finais da garota era cruel. Apenas agora Emiliana fora tomada pela esperança de que algo pudesse ser aprendido com a história toda. Algo em favor de Ida.

Deixando a casa dos Jeuck, tendo ouvido o oposto do que esperava, ela caiu em prantos. Nas últimas horas de sua vida, Saffron gritou por seu pai e ele correu para se sentar com o corpo dela encostado no dele. Juntos, assistiram a uma inesperada fase final na transformação do vidro. Nos dias anteriores, Saffron tinha se queixado de fraqueza, como se seu corpo estivesse numa longa batalha à qual agora se rendia por simples exaustão. Quando a pele se entregou, o vidro tomou uma velocidade inesperada. Pouco antes, pai e filha haviam discutido o que fariam nessas circunstâncias, mas as mãos do sr. Jeuck tremiam demais para abrir a tampa do frasco de pílulas brancas. Saffron teve de abri-lo ela mesma, colocar as pílulas na língua e engoli-las a seco.

"Você tem de me contar onde Ida está", insistiu Emiliana, debruçando-se no balcão da floricultura. "É urgente. Ou Midas. Posso falar com Midas?"

"Calma aí", disse Gustav calmamente. "Eles acabaram de sair de barco para o mar. Podem estar em qualquer lugar, desde que seja no oceano."

Ela bateu no balcão. "É que...", disse desesperada, "ela está muito mal. E trago notícias terríveis de que ela precisa saber..."

"Não há como contar. E, mesmo se houvesse, tem certeza de que ela ia querer ouvir?"

★

Os penhascos dali haviam sido abertos recentemente, deixando cavernas onde blocos de pedra caíram na praia. Duas rochas dilapidadas mergulharam na água, uma das quais quebrada em duas, tendo um barco baleeiro com o casco furado ao seu lado. Camadas do seu casco jaziam recortadas pela água acima do mastro partido.

Ida reclinava-se num bote e via Midas andar por todo o cais intacto, as tábuas rangendo a cada passo. Ela o observava admirada. As neuroses dele ainda estavam lá, só que agora ele iria desafiá-las. Só precisava se esquentar. Ele grunhiu, abaixou-se para encarar o barco e abaixou-se de novo, assustado por ter de cruzar a água. Ela estendeu a mão. Ele respirou tão fundo que ela jurou ver o ar entortando para entrar nele. Então Midas saltou e o barco estremeceu quando ele mergulhou com estrondo. Agarrou-se à madeira com as unhas, como um gato encharcado, sem perceber que era com isso que lutava, com o fato de não confiar o suficiente na água para deixá-la manter o barco na superfície. Só quando a embarcação começou a flutuar pacificamente, como uma folha de papel numa bacia, ele experimentou tirar as mãos da lateral.

Depois disso, sentou-se em silêncio com os joelhos no peito enquanto Ida remava. Ela receara não conseguir se segurar sem as pernas, mas o vidro a ancorava e deu-lhe um centro de equilíbrio. Eles seguiram para o mar. A praia se tornou uma risca de giz num muro de pedra.

O leito arenoso parecia derreter-se na água e o arco claro transformar-se em profundidades turvas conforme eles remavam para mais longe. Uma fina neblina oceânica nublava o horizonte numa atmosfera branca com cheiro de sal.

Ida estava satisfeita só de olhar para Midas, enquanto ele, tolamente agradecido, respondia do mesmo modo. Ela suspeitou que as irmandades de monges nas abadias soturnas sentiam a mesma ligação elétrica no ar.

Para usar uma analogia de seu pai, que Carl repetira para ele num dia recente quando a neve os havia levado para dentro de seu chalé: ainda há vestimentas a ser despidas. Ela sorriu com a ideia de ter deixado Midas pelo menos de meias e cueca. Havia mais camadas numa pessoa do que a analogia das vestes e capas poderia sustentar, e ela suspeitou que, enquanto se tiram as outras camadas, novas são costuradas em seu interior.

Manchas de espuma se formavam nos remos, flutuando atrás do barco como um vestido de noiva. Ela se perguntava se teria se casado com ele, e isso a surpreendeu tanto, que ter tal ideia quase a jogou fora do barco. Ida nunca pensara em casamento dessa forma antes, nunca se sentira confortável imaginando-se num vestido com uma chuva lá fora e um noivo oferecendo uma aliança.

"O que há de errado?", perguntou Midas.

"Nada."

Não poderia ser daquele jeito, claro, já que ela nunca ficaria de pé num altar sentindo o sangue bombear em seus dedinhos. Mas fingir que as coisas estavam apenas começando a fazia sentir-se prazerosamente leve.

"O que foi?", ele sussurrou.

"Nada." Ela segurou a lateral do barco. "Só estou um pouco mareada. Só isso."

"Você me disse que nunca sentiu enjoo do mar na sua vida."

Ela esfregou os olhos. "Acho que há uma primeira vez para tudo."

Na verdade, suas coxas doíam com um novo tipo de anestesia latente. Não podia sentir nada nas pernas, mas desconfiava que havia algo lá, algo se formando. Balançou a cabeça e olhou o mar buscando distração. Viu algo imediatamente.

Na água, corpos enormes e elegantes se moviam. Um bando de baleias. Engraçado, ela pensou, quão invisíveis essas criaturas poderiam se tornar apenas sob um pouco de água. Lembrou-se de ter mergulhado certa vez entre uma baleia jubarte mãe e seu filhote. Em águas azuis equatorianas.

Os corpos das baleias ficavam mais definidos quando elas nadavam rente à superfície da água.

"Obrigada", ela disse, "por vir comigo."

Ele a estava observando ansiosamente.

Não muito longe, uma ponta espiralada partiu a água e se ergueu como uma lança. Outra perfurou a superfície e acenou ao lado dessa. Os dois dentes se tocavam cegamente.

"Não tenha medo", ela disse.

"Não tenho. Bem... um pouco."

Os dentes foram seguidos de cabeças ásperas com olhos viajantes, infantis. Corpos de baleia abriam o mar como se fosse papel de embrulho. Elas surgiam à superfície enroladas como cracas, sua massa manchada de *flashes* de preto e branco como obsidiana e quartzo. Desafiavam o peso da água por alguns momentos antes de, emburradas, afundar novamente no mar, desaparecendo em crateras do oceano, deixando apenas um jorro de respiração pendurado no ar frio.

Então, caudas varreram a água. Bolhas subiram à superfície.

Midas estava absorto. Ocorria-lhe que nunca pensara no mar desse modo quando estava na terra. Era outro planeta.

O último e maior rabo de baleia acenou e estendeu sua forma de coração contra o céu antes de afundar. O grupo estava mergulhando mais fundo, desaparecendo aonde a luz não podia chegar.

Midas se voltou novamente para Ida com um sorriso aterrorizado.

Ela estava inclinada numa lateral do barco, fazendo-o balançar mais perto da água. Ele se adiantou e pegou os remos que ela deixara descansando.

"Estou bem", ela murmurou, contra as evidências.

"Apenas... ahn... tente respirar. Respire calmamente. Isso vai passar."

Ela descansou a testa na madeira. Correu as mãos nas coxas e apertou os joelhos.

"Devemos voltar para terra", ele disse.

Tentou remar como ela tinha feito. O barco girava. Os remos batiam inutilmente e jogavam pingos de água no ar.

"Pare", ela implorou.

Ela levantou a saia. Meia polegada de um vidro perfeito lhe cobria as coxas. Por baixo, camadas de músculos feridos lutavam. Ele soltou os remos, que ficaram nas anilhas.

Ela apertou Midas tão forte que seus dedos perfuraram a pele dele. Juntos, olharam mudos para os joelhos dela. As articulações estavam travadas.

Ida abriu o casaco e tirou a malha. A superfície de sua barriga ia perdendo os detalhes de manchas e folículos à medida que eles olhavam. A pele estava se contraindo, deixando uma tela lisa no lugar. Ligamentos roxos desapareciam como manchas espalhadas por um pincel. A luz atingia seu umbigo de vidro. Iluminava a silhueta da massa de seus intestinos que se movia por trás de camadas de gordura que endureciam.

"Vamos para a praia", gritou Midas, buscando os remos.

Ida pôs as mãos nos braços dele e os segurou firme. Quando ele entendeu a mensagem, ela se aproximou com cuidado de seu pescoço e da face. Beijaram-se, com os olhos um no outro. Midas sentiu que os cotovelos e braços dela endureciam. O abraço afrouxou. As costelas dela nas mãos dele ficavam mais frias.

Sua pele macia ficou inerte. Ele passou as mãos no seu cabelo. Segurou seu rosto.

Os lábios dela trilhavam os de Midas. Sua língua contou os dentes dele. Seu cílios derramaram lágrimas no rosto dele.

A força de seus braços se desfez. Seus lábios desapareciam. Encostou a cabeça na dele. As lentes de seus olhos se solidificaram.

Os pontos pretos das pupilas se tornaram pontinhos minúsculos, fechados como cadeados; foram-se. Por um momento, a cabeça dela virou uma rosa congelada, e ficou vazia.

Midas começou a tremer e gritou: "Socorro!". Era só o que podia fazer. Ainda estava preso no abraço de Ida. Quando tirou a mão dos cachos dela, incapaz de olhá-la no rosto, ele ouviu um ruído de cacos. Fibras do que era o cabelo de Ida prendiam-se aos dedos de Midas e lhe cortavam a pele. Os braços dela ainda se agarravam a seu ombro. Ele teria de se contorcer para afastá-la.

★

Escondido num círculo apertado de neblina do mar, ele perdeu a conta de quanto tempo estava passando, apesar de cada momento parecer longo e doloroso, com cada respiração sendo como o levantar de um grande peso. A neblina ficou mais cinzenta e escura. Ele não tomava conhecimento disso. Só percebia os movimentos de seu corpo em contraste com a imobilidade dela. Seu estômago roncava e ele o odiava por isso. Seu olhar permaneceu abaixado para o colo, e apenas depois do que deveriam ser horas ele conseguiu reunir a coragem requerida para olhar Ida novamente.

O rosto de vidro da garota, transfixado num beijo, era uma máscara sobre o nada. Ele se aproximou, sentindo o barco balançar e a água bater embaixo. Podia ver através dos olhos vazios dela no vidro sólido. "Para onde você foi?", perguntou, avançando com desespero e tocando-lhe novamente a superfície laminada do rosto. Nesse bloco frio de sílica estiveram os pensamentos e vontades de uma pessoa. Uma vontade que Midas sentira convocar a sua própria contra a inércia e torná-lo mais forte do que jamais fora. Não podia entender isso agora. A força não estava no corpo dela... a não ser que os ligamentos de pensamento e sentimento que fazem uma pessoa sejam mantidos em outro lugar, mais profundo, no coração ou no estômago, como ele já havia sentido tantas vezes.

Ele pegou a barra da malha dela e a levantou, expondo a cintura de vidro. O azul do *top* que ela usava era aparente nas suas costas e na barriga transparente. Sua barriga estava vazia como a cabeça.

Ele soltou a malha e esfregou os olhos. Lágrimas, transparentes como Ida, escorriam por seus dedos.

As mãos dela ainda estavam erguidas para segurar os ombros dele num abraço. Sentindo-se pesado, ele se ajoelhou na frente de Ida e se contorceu para o abraço dela, readentrando o círculo de seus braços para descansar a cabeça na cabeça dela.

Permaneceu assim, chorando tristemente em sintonia com as ondas, até que viu um brilho amarelo através da neblina.

Relutante, soltou-se de Ida para espiar pela água. Um barco cor de laranja rumava em sua direção. Um laranja de salva-vidas.

Ele olhou novamente para os traços brilhantes e anteviu um futuro de interrogações. O exame e contraexame do corpo de Ida. Relatos em jornais, fotos na televisão. A garota de vidro de St. Hauda's Land.

Seu casaco estava sobre ela como um pano cobrindo um móvel antigo. O raio de luz do barco salva-vidas atravessava a cabeça dela e encontrava impurezas, pontos de descoloração coagulados no vidro. Ele se inclinou para beijá-la nos lábios uma última vez, mas se afastou do toque duro e frio dos seus lábios. A boca de Ida pareceu úmida por um momento, mas tinha sido um truque da luz. Sua cabeça sem cabelo não tinha profundidade, era apenas a superfície raspada de um bloco de vidro. Ela não era mais Ida, ele percebeu. O que tornava o que ele tinha de fazer, com o barco salva-vidas se aproximando, muito mais suportável. Suportável o bastante para permitir-lhe pôr as mãos fracas nos ombros dela e empurrá-la com toda a força. Ela balançou, virou-se e atingiu a água com estrondo. O ato fez o barco balançar precariamente, e a madeira escorregadia oscilou sob os seus pés. Midas estava cambaleando atrás dela.

O mar passou por cima dele e a água gelada substituiu o ar. Havia uma eternidade líquida embaixo, na qual ela afundava. Uma bolha presa na cavidade de sua boca (uma boca quente e macia que ele havia beijado) escapou como mimetismo de uma respiração derradeira. Ele deixou um rugido involuntário escapar, que atraiu água salgada direto para a boca. A correnteza virou-o de costas embaixo da água e ele fez a trilha de sua própria respiração final seguindo a dela em direção à luz derretida da superfície. Tentou virar-se e nadar até ela enquanto ela afundava, seu corpo claro e as roupas ondulantes desaparecendo. Mas nadar era impossível, fosse para cima ou para baixo. Apenas conseguiu virar-se e afundar na velocidade da gravidade, com uma estranha calma se apoderando dele. Sua visão se duplicou, quadruplicou. O mar era uma centena de círculos brilhantes.

Sentia uma terrível falta dela.

Então ele estava voltando-se para cima ou para baixo, não tinha ideia. Tudo o que sabia era que estava sendo arrancado para longe dela, e isso o fez gritar (mas não havia ar) e o fez chorar (mas as lágrimas não se formavam debaixo da água.)

Houve uma explosão de luz e cacofonia. Suas costas acertaram uma superfície dura. Seu corpo teve um espasmo e ele pensou que estava sendo eletrocutado. Lábios ásperos estavam nos dele, quentes e com gosto de suor, forçando o ar em cada alvéolo como um alfinete. Tentou afastá-los, mas não tinha força. Quando terminaram, ele se virou para um lado e ficou chorando, vendo suas lágrimas que escorriam para o convés e se misturavam com a umidade de lá.

Permaneceu nesse estado por algum tempo, com cobertores sobre o corpo e o cabelo caído congelado sobre o rosto. Ele sentia o golfo que se abrira entre Ida Maclaird e Midas Crook. A batida de cada onda no casco do salva-vidas soava como o apocalipse. Acabou distinguindo vozes entre os sons opressores do mar e das gaivotas. Podia sentir uma mão em seu ombro e uma voz familiar.

Midas levantou o olhar.

Gustav estava vermelho de preocupação. "Aguente firme, amigo. Você vai ficar bem."

Atrás dele, alguns guardas costeiros observavam com preocupação profissional. A mão de Gustav estava presa ao ombro de Midas. Depois de um tempo, o toque inerte fez Midas se levantar, passar os braços em volta do pescoço de Gustav e segurar-se frouxamente. Os braços largos de Gustav se fecharam ao redor dele e o apertaram. Midas enterrou o rosto na pele quente e vermelha do pescoço de seu amigo e chorou. O ruído desapareceu na expansão do oceano.

40

Numa manhã cheia de vento, pouco depois, Henry Fuwa atendeu à porta em que Midas batia.

A cabana de Henry tinha cheiro de mofo. Um arrepio úmido no ar fez Midas cruzar bem os braços (ele ainda podia sentir a pegada petrificada de Ida: tinha cinco ferimentos da marca dos dedos em cada ombro).

Henry voltou com um pote de chá verde e duas xícaras de porcelana sem alça. Beberam cuidadosamente, sem olhar um para o outro.

"Você a amava?", perguntou Henry, com voz baixa.

Quando Midas falou, percebeu que as palavras vinham de dentro, talvez de alguma aliança de órgãos que não tinham nome. "Nunca achei que fosse amar alguém. Mas, sim, eu a amava."

Henry assentiu. Havia honestidade entre eles depois da suspeita que marcara alguns dos encontros anteriores, trazida do conhecimento de que o que acontecera nunca poderia ser discutido com mais ninguém além deles mesmos, e que, a partir de agora, nunca suportariam encontrar-se para discutir isso novamente.

O vento esfriou as paredes da cabana. Midas fechou os olhos. "Quero dizer que sempre esperei que as coisas funcionassem para você. Com relação a minha mãe e a tudo o mais. E quero dizer que estou indo."

"Indo agora?"

"Indo embora de St. Hauda's Land."

"Ah. Para onde?"

"Ainda não sei ao certo. Mas já fiz as malas."

Tocaram suas xícaras. As mãos de Midas doíam no lugar em que o cabelo de Ida as cortara. Os ferimentos estavam deixando leves cicatrizes, como a textura de uma casca de árvore.

A perna da cadeira raspou no chão quando ele se levantou. Ele estendeu a mão. Cumprimentaram-se rapidamente. Midas saiu andando no solo do pântano coberto por uma neve fina.

41

Meses depois, o mar turquesa carregava um barco rangente e Midas Crook para longe de seu arquipélago familiar, longe das terras arenosas cujas oliveiras e vilas barulhentas se aqueciam todo verão num calor que dava à pele de Midas um tom mais vivo e a seu cabelo preto um marrom profundo.

Ele estava usando vermelho pela primeira vez, segundo se lembrava. A cor feroz o ofuscava quando olhava o próprio corpo. Todo de vermelho, com um macacão de mergulho que exagerava a ossatura de seus joelhos.

Peixes-voadores saltavam da água, com as barbatanas batendo como asas de borboleta antes de submergir novamente. Um cardume inteiro pulou para fora e mergulhou sob aplausos.

O instrutor bateu em suas costas. “Está pronto?”

Midas assentiu e colocou sua apertada máscara plástica. Enfiou o tubo de oxigênio nos lábios.

Mergulharam. Ele ainda não podia superar o medo, não apenas do mundo fluido ao seu redor, mas dos fluidos em sua mente, que borbulhavam para se ajustar à pressão. A água azul era um lar de peixes brilhantes cortando entre torres de coral. Ele nadou para mais longe, chutando com as pernas no ritmo que lhe haviam ensinado, constantemente se esquecendo de que não precisava segurar o fôlego. Logo, no fundo, deslizando num leito enriquecido por conchas e anêmonas ondulantes, ele criou coragem de nadar um pouco mais distante de seu instrutor do que fizera no dia anterior.

Este era seu plano: nadar mais e mais longe a cada dia, até que pudesse mergulhar sozinho em segurança.

Até que pudesse mergulhar em oceanos mais nublados. Em cantos mais pálidos, mais imóveis do mundo.

Este livro foi composto em Sabon MT
para Texto Editores Ltda.
em setembro de 2010.